公元787年,唐封疆大吏马总集诸子精华,编著成《意林》一书6卷,流传至今
意林:始于公元787年,距今1200余年

告白的书
路漫且迢,有你就好

时光也倾城

SHIGUANG YE QINGCHENG

风晓樱寒 作品

吉林摄影出版社

·长春·

图书在版编目（CIP）数据

时光也倾城 / 风晓樱寒著 . -- 长春：吉林摄影出版社，2018.10
（告白的书）
ISBN 978-7-5498-3816-5
Ⅰ. ①时… Ⅱ. ①风… Ⅲ. ①长篇小说—中国—当代 Ⅳ. ① I247.5

中国版本图书馆 CIP 数据核字 (2018) 第 223145 号

时光也倾城
SHIGUANG YE QINGCHENG

著　　者	风晓樱寒
出 版 人	孙洪军
主　　编	顾　平　杜普洲
责任编辑	施　岚　孙　瑜
总 策 划	蔡　燕　黄　磊　李　岚
流程编辑	黄　磊
设计总监	资　源
特约编辑	王天颖　肖依然
封面设计	资　源
美术编辑	徐　丹　常亚南
发行总监	王俊杰
开　　本	880mm×1230mm 1/32
字　　数	200千字
印　　张	8
版　　次	2018年10月第1版
印　　次	2018年10月第1次印刷

出　　版	吉林摄影出版社
发　　行	吉林摄影出版社
地　　址	长春市泰来街1825号
	邮　编：130062
电　　话	总编办　0431-86012616
	发行科　0431-86012602
网　　址	www.jlsycbs.net
经　　销	全国各地新华书店
印　　刷	三河市宏图印务有限公司

书　号	ISBN 978-7-5498-3816-5	定　价：32.80 元

版权所有　翻印必究

（如发现印装质量问题，请与承印厂联系退换）

目录 | CONTENTS

楔子 | 001
第一章　穿白衬衫的顾师兄 | 007
第二章　抢亲大混战 | 023
第三章　侠侣泽木 | 045
第四章　"嗜血双煞" | 061
第五章　意外的邀请 | 072
第六章　这是巧合吗 | 088
第七章　师兄，晚上我请你吃饭吧 | 108

目录 | CONTENTS

第八章　第一份策划案　|124
第九章　我的人,不是谁都可以欺负的|142
第十章　再见了,过去的自己|159
第十一章　r=Arccos(sinθ)|179
第十二章　这场胜利,来之不易|194
第十三章　我好喜欢你……|207
第十四章　他的告白|221
第十五章　最好的你|238

楔子

最幸运的事,是你在人群中,一眼认出了我。

周三上午的犯罪心理学课,向来不在意出勤人数的史丹利教授突然心血来潮,翻出花名册,用他那一口蹩脚的普通话点了一次名。

底下立刻响起一片庆幸的窃窃私语声。

彼时林玳玳正在用电子词典查阅几个生僻的专业词汇,突然听到教授念到自己的名字,条件反射地站了起来。

"林玳玳——"

"啊……到!"

没想到起身的时候,折叠椅夹住了衣角,她动作太猛,这么一扯,连带着书包也被扯落到地上。

桌面上的手机又不合时宜地振动起来,在针落地声可闻的教室里格外清晰。等林玳玳反应过来发生了什么的时候,耳边已是一片笑声。

真是糟糕透了。

她难为情极了:"抱……抱歉。"

"没关系。"史丹利教授善解人意地笑道,"不必紧张,请坐下吧。"

林玳玳垂下眼帘,弯腰去收拾地上的东西。起身的时候,却听到一句令她尴尬的话——

"我们班上有这样漂亮的妹子吗?我怎么从来都不知道。"后排的男生对同伴说,"我还以为是来旁听的师妹。"

林玳玳是 A 大法学系的学生,目前大二。

法学是 A 大最为热门的专业,光林玳玳所在的 2 班就有一百多人,同班两年,不知道对方名字也实属正常,但是连印象都没有,就说不过去了。

倒是史丹利教授对她印象深刻,在下课之后兴致勃勃地叫住了她:"林玳玳同学,请等一下。"

"能帮我一个忙吗?"

林玳玳有些无措地点了点头。

"Good(太好了)!"史丹利教授打了一个响指,"麻烦你帮我把这份文件送去给心理学系的顾师姐,他现在应该是在教学楼 F 区的心理实验研讨 1 室。"

说罢,他就将一份文件塞到了她的手上,接着掏出手机拨打了一个电话,往外走去:"OK, I'll be right there(好的,我这就过去)."

兜里的手机一直在振动。

林玳玳走出阶梯教室,翻出手机,给刚刚那位"罪魁祸首"发去一串敲打的表情。

李晓萌立刻回复了一个哭泣的表情:"啊啊啊!玳玳,我错了,我忘记你还在上课。不过,法学系的老师为什么让你给心理学系的学生送东西啊？"

林玳玳回复："犯罪心理学是我们系和心理学系共同开设的，史丹利教授是心理学院聘请的外教，严格来说，他并不算是我们系的老师。"

李晓萌回道："原来是这样。"

手机又振动了一下。

李晓萌通过微信发来语音："打字太不方便了。玳玳，你怎么不用语音？我想听你说话，之前我们在YY（YY语音，一款互动直播平台）聊，你的声音很好听的。"

林玳玳指尖微微一顿，一字一字地打出："我这里不方便使用语音。"

"好吧，那你快去送文件吧，回来再聊。"

退出微信页面，正要按下锁屏键，她的手指停在退出微信后显示的页面上，上面显示着她刚刚查阅的英文单词。

Social Phobia，社交恐惧症。

教学楼F区，这是林玳玳从未踏足过的区域。

刚好下一节课的上课铃声刚刚响过，教学楼的走廊略显冷清。

林玳玳的脚步声在空旷的教学楼中清晰可闻，她一直走到最末端的教室，停了下来，看向教室外挂着的门牌。

心理实验研讨1室。

没错，的确是这里。

确认后，林玳玳站在门前，磨蹭了好久才走上前去。她敲了敲门，得到应允后推门而入。

里面的人正在开一个小型的会议，全是男生，他们看到一个女生感到很是稀奇。

林玳玳顶着数道目光的打量，局促不安地说："师兄你们好，我找心理学系的顾师姐。"

最边上的男生一愣，有些茫然："顾师姐？我们项目组没有姓顾的女生呀。"

林玳玳说："是史丹利教授让我送文件过来的。"

另一个男生插嘴道："师妹啊，你要找的人全名叫什么？"

林玳玳看了手中的文件一眼，论文封皮正中端正地印着三个字：顾时泽。

"是顾时泽师姐……"

屋内的几个人神色顿时变得微妙起来，男生更是瞠目结舌："等等。你说，你找的是顾时泽……师姐？"

她点了点头。

刚刚回话的男生握拳抵到唇边，努力憋着笑。最里面的板寸头男生却忍不住了，"扑哧"一声，直接笑趴在桌子上。

"我就说，刚刚听到史丹利的时候就觉得不对劲儿了。"

"哈哈，看样子，史丹利教授的普通话还是没有长进啊。"

没有人理会她，林玳玳抱着文件，有些无措地站在原地，只觉得耳根子发热。

"请问……"

这时，有人推门进来。

屋里的男生好半天才止住笑，一抬头，视线落在了林玳玳身后，冲着门口挥手喊道："喂，阿泽，这里有位师妹说要找顾时泽师姐。"

他故意咬重了最后两个字的字音。

林玳玳回过头，才发现身后不知什么时候站了一个人。

顾长的身形挡住了他身后的光线，逆着光，青年的面容显得更加深邃，一瞬间让她想起了"霁月清风"这个词。

来人的视线落到她的身上："你要找谁？"

林玳玳有些无措地重复道:"啊,我要找顾时泽师姐,是史丹利教授让我……"

他说:"我就是。"

"啊?"

林玳玳有点儿蒙。

他看着她,黑眸深沉,重复道:"我就是顾时泽。"

林玳玳僵在了原地,此刻她的内心是崩溃的。

曾在M国斯坦福大学任教的史丹利教授为人风趣幽默,讲课生动有趣,很受学生们欢迎,就是普通话说得不太标准,因此经常闹乌龙。

这一回,林玳玳终于领略到教授普通话"不太标准"的程度。

原来,史丹利教授说的,不是"顾师姐",而是"顾时泽"。完蛋,这下该怎样圆场?

俗话说,伸手不打笑脸人。这时候,她想起了李晓萌教给自己的"秘诀":"紧张的时候,只要保持得体的微笑就可以了!"

林玳玳抬头,努力挤出一个笑容:"顾师姐……啊不,顾师兄,这是史丹利教授让我给你送的文件。"

"谢谢。"

顾时泽微微颔首,看到她脸上的表情,不由得蹙了一下眉,语气是毫不留情的嫌弃:"不想笑的时候,就不要勉强自己笑。"

"呃,是……"

林玳玳脸上又是一红,将文件交到顾时泽手上便夺路而逃。

一口气跑出教学楼F区,她停下了脚步。

林玳玳突然想起来,自己为什么会觉得那个名字如此耳熟。

顾时泽……

这不是她听舍友们闲聊时被反复提起的名字吗?

她的室友,素来有"法学系小喇叭"之称的林诗淇,要是听到这个名字，一定会滔滔不绝地说出自己的所知所闻。

A大是国内最顶尖的学府之一，风云人物辈出，心理学系的研究生顾时泽就是其中之一。

在本科四年，他获得的奖项和成就已经数不胜数。大二的时候，他就在国际知名刊物上发表过论文。

在大三那年，顾时泽作为替补参加了三年一届的高校推理大赛。原本他并没有出场的机会，但没想到领队的师兄在总决赛前出了意外。A大失去主力，比分一直处于落后的状态。最后还是顾时泽力挽狂澜，一举扭转了不容乐观的局势，带领A大打败了对手，斩获冠军。

不过人云亦云，顾时泽在校为人低调，从不争抢风头。除了学校论坛上的几张照片，以及A大学生口口相传的事迹，他鲜少出现在公众视野中，反而更显得神秘莫测。

然而，林玳玳想到的并不是顾时泽的光辉事迹，此刻她满脑子都是——

刚刚！

她！

笑起来的模样！

一定！

难看极了！

第一章
穿白衬衫的顾师兄

近日,一张出现在游戏论坛的匿名帖子掀起了一阵热议。

"喜闻乐见!择木而栖的大红名泽木终于被大佬干掉了!"

发帖人先用各种夸张的形容词控诉了一番泽木平时的所作所为有多么十恶不赦,接着又贴出一些视频和图片来佐证他所说的话的真实性。

泽木是谁?

服务器"择木而栖"中臭名昭著的大红名玩家,每天在游戏里杀人抢怪、无恶不作,位居"PVP(玩家对战玩家)夺魂榜第一""装评榜前十""鸡蛋榜榜首"等。

泽木独来独往,没有加入任何帮派。但择木而栖里的老玩家几乎没有不知道他的,甚至连其他服务器的玩家也听过他的"鼎鼎大名"。

排行榜上的玩家几乎都惨遭过他的毒手,甚至连女玩家也没能逃过厄运。全服玩家都对他敬而远之。

但是，这样一个不得人心的家伙，终于在几天前被一个叫"猫猫猫团子"的大佬干掉了，真是大快人心！

发帖人接着又分析了一番，直言那位叫猫猫猫团子的玩家大概是一名为人低调、深藏不露的绝世高手，看不过泽木的恶行，所以替天行道，惩恶锄奸，将他除之而后快……

而帖子提到的当事人之一猫猫猫团子——林玳玳对此事却浑然不知。

此刻她面临着一个艰难的选择。

"叮"！

在你的眼前，有两个选择——

1. 杀死她，得到100万两银子。

2. 放了她，友情无价。

友情无价，怎么可能跟钱比较？

林玳玳一脸凝重地想，毫不犹豫地选择了"1"。

她迅速退出队伍，给自己开了加成状态，拂尘一扬，打出了一个精彩的暴击。一连串技能接连轰炸过去，砸得面前顶着"木子熊猫"ID（账号）的女方士无法还手。

木子熊猫的血条迅速清空，很快倒地挺尸，空余一缕幽魂。

倒地的同时，李晓萌发来了私信轰炸。

【私聊】木子熊猫：！！！！！！

【私聊】木子熊猫：玳玳，你这个人渣！我就随口一说，你还真的下手！

无视李晓萌表达愤怒的感叹号，林玳玳将得到的一半赏金转给了她，这才不慌不忙地回复。

【私聊】猫猫猫团子：你被人发了高价悬赏令，与其便宜了别人，不如我们自己赚回来。

【私聊】木子熊猫：咳咳，好吧。收了补偿，我就当没事发生过吧。

【私聊】猫猫猫团子：说起来，你怎么会被人发了悬赏令？

【私聊】木子熊猫：还不都是那个大狗熊！（愤怒表情）

【私聊】猫猫猫团子：啊？大狗熊？他又做了什么？

【私聊】木子熊猫：不说这个了，论坛上的帖子你看了吗？

【私聊】猫猫猫团子：什么帖子？

李晓萌立刻通过QQ（一种流行的中文网络即时通信软件）发来一个网址。

林玥玥点开一看，直接被自己呛到，差点儿把嘴里的蛋糕都喷在屏幕上："这……完全是一个意外！"

这件事情，的确是一个意外。她回想起几天前发生的事情——

下课之后，她回到寝室，像往常一样打开电脑，登录了游戏《新倩女幽魂》。

上线后，林玥玥被李晓萌拉着下副本。但这个副本必须三人或三人以上组队才可以进入。

队伍缺了一个人，两人商议之后，她打开附近频道喊话。

【附近】猫猫猫团子：有人要刷青蛇本吗？还缺一个人。

平时副本门口总是人满为患，但今天这个时间因为公会战的缘故，竟然半天找不到人。

林玥玥又重复喊了几次，过了好一会儿，才有人搭理。

【附近】泽木：我来。

应话的是一个在附近打怪的男偃师。

林玥玥也没细看ID，就点击他发送了组队邀请，接着转身去取水。饮水机就在她的桌子旁边，接水十分方便。没想到回过头来的时候，面前的男偃师已经倒地身亡。

【系统】你杀死了泽木，增加了0点PK（对决）值。

一串系统提示从眼前滚过，林玳玳惊呆了。

这是怎么回事？她不过是去接了个水，怎么回来就……

【私聊】木子熊猫：我找到人了，快进队！

还好李晓萌及时雨般扔来一个组队邀请，将她从水深火热中救了出来。

两个人在副本里划水打着怪，有一搭没一搭地聊天。

【队伍】木子熊猫：玳玳，你是不是用脸滚键盘了？怎么我刚才看见你像是不要钱似的把技能往他身上砸。

【队伍】猫猫猫团子：你才用脸滚键盘呢！

【队伍】木子熊猫：那是怎么回事？

【队伍】猫猫猫团子：好像是我不小心按错键了，然后按键卡在键盘里，所以才……

【队伍】木子熊猫：（坏笑表情）那和脸滚键盘有什么区别？

【队伍】猫猫猫团子：（掀桌表情）

林玳玳所在的服务器原本叫眉黛烟青，因为玩家活跃度和人数不高，被戏称为"僵尸服"。在半个月前，游戏公司做出了合服的决定，眉黛烟青被并入了同一地区的服务器择木而栖中。

在旧服的时候，林玳玳与世无争，压根儿不知道泽木的事迹以及择木而栖一干玩家的恩怨情仇。很快便将这件事抛到脑后去了。

但没想到，她刷副本时那么随手一下，会被人截图发到官方论坛上。难怪今天一上线，就收到一大堆奇怪的私聊。

林玳玳正烦恼着，左下角的私聊频道闪动，提示有新的消息。她随手点开。

【私聊】时有思念：嗨，大佬你好，我是CC直播平台的主播时有思念，我有一个关于泽木的合作想和你商量，不知你是否感兴趣呢？盼回复，比心。（可爱表情）

林玳玳握着鼠标的手微微一顿，还没反应过来，屏幕上又一条消息闪了出来。

【私聊】木子熊猫：玳玳，你不是说下午要去参加宣讲会吗？现在都过一点了！

"糟糕了！"

林玳玳这才如梦初醒，手忙脚乱地关掉电脑，捞起自己的小包冲出了门。

今天的宣讲会是由Y集团举办的，参加宣讲会的人均有机会得到进入Y集团旗下公司实习的机会。

Y集团是全国一流的互联网公司，用人严苛，非名牌大学的高才生不要，名额十分有限，每年求职者都挤破了头。当初林玳玳看到公告，也只是抱着尝试的心态报了名，没想到得到了机会。

为了参加今天这场重要的宣讲会，林玳玳难得地穿上了闲置已久的高跟鞋，这对于穿惯平底鞋的她来说无疑是一场灾难。

外面刚下过一场雨，地面湿滑，加上她走得急，刚出门不久，就不小心崴了脚。好不容易挤上公共汽车，却在路上遇到了堵车。

所谓祸不单行便是如此，当林玳玳到达目的地时，已经是下午一点三十六分了。

"请等一下！"她气喘吁吁地跑上前，赶在电梯门合上之前，用手隔住了电梯门。

总算赶上了！

林玳玳松了口气，没想到一抬头，顾时泽的身影就这么突兀地进入了她的视线。

柔和的灯光打在他身上，晕染了他清俊的眉目。发梢上光点跃动，集结了明耀和犀利。

林玳玳从来都不知道，有人能将简约的白衬衫穿得如此好看。

可是，真……不凑巧啊！

顾时泽微微挑眉："要进来吗？"

林玳玳这才从僵硬的状态中缓了过来，连忙道谢："谢……谢谢。"

顾时泽略一点头。

林玳玳迈着沉重的脚步走入电梯。"叮"的一声后，电梯门重新关上，然后电梯缓缓上升。

林玳玳缩在角落里，努力降低自己的存在感，心里不停地默念：没看见我，没看见我，没看见我……

顾时泽没有看她，只是目不斜视地看着屏幕上跳动的数字。

他似乎是不记得她了。

林玳玳深吸一口气，也将目光投向前方。

抵达会场的时候，离宣讲会开始仅剩下一分钟。

会议尚未开始，但偌大的会场几乎坐满了人，只剩下最后一排的位置。为了不引人注目，林玳玳特意落后几步，绕到后门进入会场。

她踩着一深一浅的脚步走向剩余的空位，刚从包里拿出笔和笔记本，就听见坐在前面的两个女生低声交谈起来："是顾师兄啊！他升上研三后，就很少在学校里出现了，想见一面都难。没想到今天他也会来！"其中一人兴奋地拿出手机，声音里是难掩的激动："不行，我要发到朋友圈去，她们没来一定后悔死了。"

另一个女生嗤笑她："张妍，你就不怕你家大陈看到了吃醋？"

"那怎么能一样？"张妍反驳道，"男朋友是自己的，但是大众'男神'谁都有欣赏的权利。更何况像顾师兄这样的高岭之花，我们这等凡人就只能远望不能亵玩。"

前排的男生转过头来，不赞同地说："顾师兄哪里是高岭之花了？

他人蛮好的。我还记得读本科时的高校推理大赛，我们学校的领队本来是理学院的凌衍，但他在赛前出了意外，不能带队出赛了，那时候我们都快急死了，后来我们系的学姐找到了他，他二话不说就答应了。"

张妍："……咳，我说的是气质，气质懂吗？"

"哎，顾师兄刚刚是不是在看我们？"

前排的声音拉回了林玳玳的思绪。不经意间抬头，她与顾时泽的目光不期而然地碰撞在一起。

仿佛是她的错觉，那如墨渲染的黑眸似乎起了微澜。

他往这边看过来了！

心跳快了一个半拍，林玳玳赶忙低下了头。

今天出现在Y集团的A大学生大多是来参加宣讲会的，所以林玳玳并不意外顾时泽会出现。但他是作为负责人之一到来的，却让她意外。

这时，张妍的声音又传入耳中："之前我听说顾师兄在Y集团参与一个项目的研究，看样子是真的……"

笔试的试卷已分发到每个人的手上，嘈杂的声音渐渐小了下去。林玳玳收回思绪，低头填写了个人信息和联系方式后，阅读起题目来。

Q1：你对Y集团有怎样的了解？

Q2：最近玩过Y集团旗下哪款游戏？

……

一共十道题目，涉及的都是专业知识以及Y集团旗下游戏产品的相关信息。

很快，耳边只剩下笔触纸张的沙沙声。林玳玳思索了一下，提笔写下自己的答案。

一个小时后，宣讲会终于结束了。

林玳玳站在Y集团门前，神色略显局促。她用包遮住了小腹处的一大片污渍。

A大位于南方G市，此时已是夏天，天气格外闷热。近来天气更是反复无常，刚刚还艳阳高照，转眼间就乌云密布。

林玳玳才走出大楼，大雨就倾盆而下，她没有带伞，只能留在大厦一层等雨停。但十分钟过去，雨非但没有停的迹象，反而下得更大了。

再遇顾时泽的这一天，似乎是一个黑色星期五。

"玳玳，今天宣讲会还顺利吗？"好友李晓萌在这时打来电话。

林玳玳眉头微皱，低语道："别提了，出门的时候脚扭了，刚从电梯出来又被人洒了一身奶茶，我都没时间去换。"

刚从电梯出来的时候，一名冒失的外卖小哥撞上了她，对方手上的奶茶洒了她一身。

李晓萌听后沉默半晌，然后说了一句："笨。"

"不和你说了，我先回去了。"

林玳玳收起手机，转身向门外走去，却没想到一抬头，一个熟悉的身影就映入眼帘。

就在她的面前。

握着手机的手微不可察地一僵，林玳玳收住了脚步。

他的名字在舌尖徘徊着，她却用尽最后一丝理智压抑着。

"顾……师兄？"

一身正装的顾时泽，因为雨天的沉闷松开了衬衫上的几颗扣子。此时他正要离开，伞已撑起，侧眸与林玳玳的目光碰在了一起。

顾时泽微微颔首，视线一低，马上注意到她的动作。

大雨滂沱，身边是行色匆匆的路人。顾时泽走上前，轻轻摇了摇手中的伞，声音清晰而有力："进来，我送你回去。"

这声音实在太有杀伤力，林玳玳的大脑一下子就宕机了。

半晌，她才找回自己的声音："啊？我……不……不必了，这太麻烦师兄了，我之前跟朋友说好了一起回去。估计……估计一会儿，等她过来,雨大概已经停了。"

顾时泽听到这语无伦次的回答,仅仅是眼睫低垂,忽而收起了伞:"是吗?既然这样,师妹路上注意安全。"

看着他转身离开,林玳玳暗暗松了一口气。如果李晓萌现在在这里,肯定会撇着嘴不屑地说:"社交恐惧症?你确定这不是你怕麻烦的借口吗?"

林玳玳向来不善交际,这种面对面的对话,只要持续两分钟,就会让她心跳加速、呼吸困难。特别是对象是顾时泽这样沐浴着光辉的风云人物,无疑会让她紧张得说不出话来。

雨丝在玻璃门上刻下一道又一道的水痕,外面雨下得很凶猛,恐怕一时半会儿不会停,在这里干等也不是办法。要不,就这样淋着雨回去吧。

林玳玳将外套脱下,正在她犹豫不决的时候——

"叮"!

电梯停在一层。

她侧身让开,正好与刚出电梯的人打了个照面。

对方一愣:"林玳玳同学?"

她抬起头,开口的人是一个长相斯文的男生,戴着黑框眼镜,看起来儒雅俊秀。

"林同学,真的是你。刚刚宣讲会看见你,我还以为认错人了。"男生惊喜地说道,"你认识我吗?我叫任剑锋,跟你是一个班的。"

"上学期在犯罪心理学课上,我一直以为你是来旁听的师妹。"他提议说,"你现在有空吗?要不一起去吃个饭?"

林玳玳拒绝道:"这……不太方便吧。"

任剑锋用握成拳头的手抵到唇边,轻咳了一声,说道:"其实是这样的,从那天起,我就注意到你了,我想……我想更多地了解你……"

林玳玳的表情僵住了。

"所以，你能不能给我一个机会？"

她深吸一口气，无比认真地说道："你认错人了。"

任剑锋有些蒙："啊？"

"我不是林玳玳，之前我也是帮别人答'到'的。"林玳玳脸上没有显出表情，但内心实则已乱作一团，"林玳玳是我的朋友，她现在就在……"

林玳玳随手往身后一指。但是下一秒，她的声音戛然而止。

还有比现在更糟糕的事情吗？

大概是有的。

任剑锋顺着她指着的方向看去，顿时一呆："顾师兄？"

被林玳玳指中的，不是别人，正是不久前离开的顾时泽！

气氛一时尴尬万分。

林玳玳立刻背过身去，懊恼地想，事情又被她搞砸了。

轻微的脚步声响起，一把伞突然撑在她的头顶上，一片阴影覆盖而下。

林玳玳错愕地回过头，发现顾时泽正低眸看着她，那双眼深邃如古井深潭，漆黑得看不见底。

"还不走？不是说回去吗？"他语调平缓地问。

低沉的声音落入耳中，一瞬间，她再也感受不到外界的一切。

"顾师兄，你……你们……"任剑锋瞪大了眼。

她听到顾时泽对任剑锋说："现在雨很大，师弟，你还是先回去吧。"

她又听到他温声对她说："走吧，先离开这里再说。"

仿佛是收到指令一般，林玳玳挪动脚步，才发现自己的身体早已麻木。想起什么，她回头歉然地冲着她的同班同学点了点头，然后乖巧地跟上了顾时泽的脚步。

任剑锋还僵在原地，一脸石化的表情。

走出一段距离后，林玳玳方才如梦初醒："顾师兄，刚刚……我……"

顾时泽侧头看向她，开口问道："你要去哪里？我送你过去。"

"就不麻烦师兄了。"林玳玳别开眼，不敢与他对视，"我在校门口等一下就好。"

顾时泽说："只是顺路罢了。"

见他坚持，林玳玳只好说："那劳烦师兄送我到食堂吧。"

雨比想象的要大，林玳玳脚上有伤，走得慢，跟不上顾时泽的速度，好几次落在后头。

顾时泽注意到她的异常，不动声色地迁就着她的脚步，慢了下来。

然而，林玳玳毫无察觉。和学校的风云人物走在一起，她只觉得每分每秒都是煎熬。

还好是下雨天，A大校道上行人稀少，应该不会有人认出她来。林玳玳自欺欺人地想。

顾时泽不动声色地将雨伞往林玳玳那边斜了一点儿，问："你是大三的学生？"

林玳玳惊讶："师兄，你怎么知道的？"转念一想，自己初见他，是在大二选修的犯罪心理学课上，当下了然，"师兄，你本科的时候也选修过犯罪心理学吗？"

顾时泽略一停顿："不是，我在大二的时候，也去旁听过朋友的课。"

说完，顾时泽便开始细细地讲解起关于这个课题的内容，令林玳玳感到非常意外的是，明明顾时泽只是平平淡淡地讲述着一些研究的细枝末节或是心理学领域的东西，这些东西她竟然都能够听懂。

她心里那份尴尬和窘迫仿佛随着顾时泽的温言细语慢慢消融，像是冰山在良久不见的春阳下缓缓融化，全世界都安静了下来，剩下的只有身旁淅淅沥沥的阵雨,手臂偶尔碰到的撑伞的青年。

林玳玳微微抬头看向顾时泽,注意到顾时泽说话时只是目视前方,目光平静如水。

"怎么了?"他问。

"没事……"

林玳玳不知道如何接话,很快冷了场,幸好已经到了A大的食堂门口。

她赶紧说:"师兄,我到了,送到这里就可以了。"

顾时泽收起伞,跟随着她迈上台阶。

已经消失的窘迫感顿时又涌了上来,林玳玳满脸通红地收回手,却发现顾时泽只是抬头看向外面的雨幕。

雨似乎小了一些,他从容地站在潮湿的空气里,刘海儿下的目光聚焦在林玳玳眺望不到的远方。

似乎察觉到了她的目光,顾时泽向她看来,问道:"没淋到吧?"

"没有。"

林玳玳想了想,扬起一个笑容:"师兄,谢谢你。你真是一个好人。"

顾时泽微愣,看着她仓促跑上台阶的身影,眼中浮上了一丝笑意。

手机铃声响起。

顾时泽看了一眼手机屏幕上的来电显示,接了起来。

电话那头传来大嗓门儿的男声:"阿泽,会议快开始了,你在哪里?刚刚老朱说在公司门口看到你跟一个妹子跑了,我说怎么可能……"

顾时泽淡淡回道:"嗯,被发好人卡(拒绝)了。"

"肯定是他看错了,啊?你刚刚说什么……"电话那头的人似乎被惊到了。

"我马上过来。"

"喂,阿泽,等等——"

顾时泽挂掉电话，打开伞，信步走入雨中，往与宿舍相反的方向走去，身影很快消失在雨幕之中。

回到宿舍，林玳玳第一时间脱掉了高跟鞋。

周五的晚上，大多数人都回家了，寝室里只剩下她一个人。

等她换掉衣服，登录《新倩女幽魂》游戏，已经是一个小时后的事情了。

一幅古色古香的画卷在林玳玳的面前铺展开来，画面跳转后，顶着"猫猫猫团子"五个字的女医师正站在一处悬崖边上。

恰逢雨停，云雾缭绕的高山上架起了一座彩虹桥，山顶上绿草如茵，百花盛开。这是她上次下线的地方，天姥仙山。

才刚上线，林玳玳就收到了一条私聊消息。

【私聊】时有思念：大佬你好，我是之前私信你的主播时有思念，上次说的事情不知道你考虑得如何？

【私聊】时有思念：泽木应该也是你的仇人吧？

看着这两条私聊信息，林玳玳的心情有些复杂。犹豫了片刻，她回复了一个问号。

【私聊】猫猫猫团子：？

【私聊】时有思念：太好了！大大（受人敬佩的人），你终于回复我了。

两三句的试探后，林玳玳弄明白了事情的缘由。

时有思念是 CC 直播上小有名气的游戏主播，靠着直播《新倩女幽魂》游戏收获了一批粉丝，因为人美声音甜，加上就读于名牌大学，被封为"学霸女神"，微博上也有数十万粉丝。

但并不是所有的玩家都买她的账，比如泽木。

在时有思念直播的时候，泽木曾毫不客气地将她杀死，让她在粉丝面前丢尽脸面，从此两方结下了深仇大恨。

林玳玳发去一个笑脸的表情。

【私聊】猫猫猫团子：这听起来很不错。

【私聊】时有思念：你也觉得不错，对吧？

【私聊】猫猫猫团子：对啊。

【私聊】时有思念：太好了！要是你同意我的提议，那我们可以从明天开始就实施计划。

【私聊】猫猫猫团子：但我没有兴趣。

仿佛已经看到了对方此刻的表情，林玳玳忍不住抿嘴一笑。

对方沉默了一阵，并不死心地追问。

【私聊】时有思念：为什么？这次合作，我们会付酬劳的，大大不妨再考虑一下。

【私聊】猫猫猫团子：不了，我没有兴趣。

回复完毕，林玳玳勾了勾唇角，直接关掉了私聊窗口。

这时候，右下角的提示闪动起来，点开一看，是李晓萌发来的组队邀请。她刚点下"确认"，李晓萌的消息立刻十万火急地跳了出来。

【队伍】木子熊猫：玳玳，江湖救急！快过来天宫支援，坐标177.19），我被大狗熊偷袭了！

怎么回事？

来不及细想，林玳玳立刻放出坐骑仙鹤，操作着女医师以最快的速度来到了天宫，果然看见木子熊猫正跟一个男刀客缠斗在一起。

她迅速收回坐骑，开始吟唱给对手增加负面状态的技能，顿时男刀客的状态全部呈现负面，急速下降。

【队伍】木子熊猫：玳玳，注意身后！

林玳玳被她吼得一惊，赶紧全神贯注地防御后方的进攻，这种三百六十度无死角的系统虽然玩起来格外爽快，却也有个弊端，那就是破绽太多，容易被人偷袭。

女医师艰难地躲过对方的攻击，而就在这时候，一阵难以察觉的狂风从木子熊猫的身下卷过，角色的生命值马上狂掉一大截。

等林玥玥回过头来的时候，对方已经大笑着离开了。

李晓萌气得咬牙切齿，这不是第一次被他袭击了。

刚刚偷袭的人是ID为"我是大英雄"的玩家，但此人行事风格不得人心，所以被本服玩家戏称为"大狗熊"。

不知道为什么，这个人放着日常任务不做，副本不刷，帮派战不参与，每天就盯着她们打，打完还要发来一排大笑的表情，特别嘲讽。

【附近】木子熊猫：哼，作为满级玩家居然还偷袭，真是不要脸！

【附近】我是大英雄：游戏可没有偷袭的说法，胜者为王，败者为寇。别以为叫来帮手就能逃掉，今天你输定了！

这个人一边说，一边在四周游荡。看这架势，只要林玥玥一离开，李晓萌肯定会再遭偷袭。

林玥玥掩护着李晓萌撤退，但就在她们撤退的同时，林玥玥的聊天框里跳出一条私聊信息。

【私聊】我是大英雄：众里寻你千百度，蓦然回首，美人却在，灯火阑珊处。

林玥玥看着他发来的不伦不类的情诗，只觉得莫名其妙。她噼里啪啦地敲键盘，不客气地回复。

【附近】猫猫猫团子：大狗熊，你又想做什么？

【私聊】我是大英雄：别怕，我不是坏人。

【私聊】我是大英雄：你是第一个让我心动的女孩子。

【私聊】我是大英雄：为什么不理我？

林玥玥看得很无奈。

这大英雄，开始总在游戏里和她作对，后来不知道为什么，突然转变了态度，总是给她发来一些诸如此类的奇怪的话。

林玳玳已经拉黑了他无数个账号，但他像牛皮糖一样，越战越勇，拉黑一个号再注册一个。猫猫猫团子的黑名单里，已经有了一堆诸如"大英雄""一个大英雄""大英雄就是我"的ID。

【系统】【我是大英雄】向【猫猫猫团子】送出了999朵玫瑰花，一时间三界下起了花雨！

瞬间，林玳玳面前的整个屏幕都飘落着玫瑰花瓣，一片艳丽的红色充斥了整个屏幕。

赠送玫瑰的消息一连刷了十多条才停止，聊天频道里顿时开始了各种膜拜土豪的刷屏。林玳玳皱眉，将这个ID拉黑，世界顿时清净了。

【私聊】木子熊猫：玳玳，这家伙又来纠缠你了？

【私聊】猫猫猫团子：他刚刚给我发了一堆乱七八糟的话，我把他拉黑了。

【私聊】木子熊猫：他有完没完？以前也总是给我发这种乱七八糟的话。

【私聊】猫猫猫团子：咦？后来怎么没有了？

【私聊】木子熊猫：我说我是人妖，他就把我给拉黑了。

【私聊】猫猫猫团子：……

林玳玳给她发送了一排炸弹表情。

【私聊】木子熊猫：不过，这样下去也不是个办法啊。

【私聊】木子熊猫：等等，我想到一个办法。

【私聊】猫猫猫团子：什么办法？

【私聊】木子熊猫：不如，我们结婚吧！

【私聊】猫猫猫团子：啊？

结婚？

第二章
抢亲大混战

李晓萌所说的,自然是指在游戏里结婚。

这是林玳玳从来没有考虑过的事情。

当初建立角色的时候,她和李晓萌选择的职业不同,但性别是相同的。

不过,这并不是问题。

在《倩女》的世界里,一切皆有可能——只要在商城里购买一个道具,就可以转换游戏角色的性别。

这的确是一个不错的提议。

【私聊】猫猫猫团子:行,我们现在就去金陵城。

【私聊】木子熊猫:等等,我们就这样结成侠侣,有点儿千篇一律了,会不会太没意思了?

林玳玳毫不客气地回了她冷冰冰的三个字:说人话。

李晓萌立刻发来一个笑得贼兮兮的表情。

【私聊】木子熊猫：玳玳，你别这么严肃嘛。我是想说，最近新推出了抢亲的玩法，不如我们来试一下？

【私聊】猫猫猫团子：你是要成亲还是抢亲？一字之差，可是差之千里。

【私聊】木子熊猫：当然是抢亲！

【私聊】猫猫猫团子：可是，我们只有两个人。

【私聊】木子熊猫：放心吧，我早就想好了，我们可以开一个小号。你先和小号定亲，到了举行迎亲仪式的时候，我再用木子熊猫这个号过来抢亲。

【私聊】猫猫猫团子：你想得这么周全，说实话，是不是早有预谋？

【私聊】木子熊猫：嘿嘿嘿，就这样说定了。我还有事，先下了，有事微信联系。

【私聊】猫猫猫团子：得了，你快去准备聘礼吧。

【私聊】木子熊猫：等着我，到时候一定风风光光地把你抢走。

林玳玳回了一个擦汗的表情。

李晓萌下线后，林玳玳拾起了许久未练的小号。

结成侠侣，等级必须大于或等于50级且双方友好度达到一万。

林玳玳特意在网上搜了一堆快速增长友好度的攻略，但粗略估算了一下，友好度增长到一万最快也要两天的时间。

她也不着急。因为扭到脚，不方便出门，周末两天她估计都得待在宿舍了。

林玳玳戴上耳机，打开了司考网络课程，一边听一边挂着号刷友好度。

Y集团二十一层的会议室中，持续了一个半小时的会议终于结束了。

顾时泽合上资料,看向团队的成员,问道:"今天的会议就到这里,还有其他问题吗?"

众人一致摇头。

"没有的话,那就散会吧。"

项目组的其他人陆续离开,顾时泽收拾好桌上的资料,走出会议室。

借故落在后头的朱辰挤到他身旁,神秘兮兮地问道:"哎,阿泽,前几天给你发好人卡的,到底是谁?哪个系的?"

顾时泽笑了一下,没有理会他,低头翻看着手中的资料。

朱辰观察着他脸上的表情,猜测道:"不会是艺术系的安思念吧?"

顾时泽从文件上抬眼,看向他:"什么?"

"看这里。"

朱辰立刻翻出手机,点开了微博,递到顾时泽面前。

时有思念V:前几天错过了"男神"的宣讲会!没想到今天和朋友去咖啡馆的时候偶遇到他,太幸福了。好紧张,虽然距离很近,但是不敢靠近,默默看着就是最大的幸福了。

配图是时有思念的自拍,从她这个角度,恰好照到了咖啡馆的玻璃落地窗外一个模糊的轮廓。

这条微博发布时间是一个小时前,短短的时间内,这条微博已经有上百条的回复。

安小萨:谁那么没眼色?

绿树green:心疼"女神"。

大力果:"女神"好美。

Ant:思念有颜又有才,别人怎么可能注意不到?

轻舟已过万重山:加油,思念"女神"这么优秀,一定可以的!期待你和"男神"发展!

……

顾时泽收回了视线："我不认识她。"

"就这么简单？那她为什……"

朱辰一愣。

顾时泽走得飞快，转眼已进入了电梯。

"哎，等等我。"朱辰三步并作两步，跟着进入了电梯。

按下要去的楼层，电梯缓缓下降，顾时泽继续翻看手中的文件。翻到某一页时，他的动作微微一顿，把纸页抽了出来。

朱辰随意往纸张上扫了一眼，发现这是前几天宣讲会上的试卷，不由得疑惑地说："我们项目组要找的不是游戏策划吗？怎么连法学系的也来报名？"

"没有专业的要求。"顾时泽言简意赅，"我们项目组需要的是想象力丰富的人才，只要能有新颖的创意，就不应该拘于任何形式。"

朱辰若有所思。

顾时泽微微侧头，问："对了，上周的实验数据整理成报告了吗？"

朱辰回过神，说："早上发到你邮箱里了。"

"好，我回去看。"

电梯停下，"叮"的一声开了。

"话说回来，阿泽，你在游戏里的仇人可真多啊。"朱辰边走边说。

顾时泽向他投去一个询问的眼神。

朱辰继续说："前些天我登了你的号去刷副本，结果没想到组队的时候，被一个玩家偷袭了。"

顾时泽并不在意："哦？"

"还是个女玩家，好像叫什么……猫猫猫团子！对了，就是这个昵称。"

"猫猫猫团子？"

顾时泽看向手中的试卷，忍不住轻声道："真巧。"

朱辰问:"你在游戏里拉的仇恨也够多的了,我们还要继续收集玩家的数据吗?"

顾时泽嘴角噙起笑意:"不必了,实验的对象,已经足够了。"

大三下学期课少,同级的不少同学已经找好了实习的单位,除了有课的时候,大家都很少回宿舍。

周一,到了中午十二点,跟林玳玳同寝室的舍友依然没有回来。

经过两天的休养,林玳玳扭伤的脚好得七七八八了,便打算出去吃午饭。

出门的时候,她遇到了隔壁702宿舍的方巧人。

方巧人是学校学生会外联部的部长,交际能力极强,平时经常来林玳玳的宿舍串门,跟她们宿舍几个人的关系不错。

她很热切地跟林玳玳打招呼:"玳玳,你要出门吗?正好,今天我刚拉到一个赞助,我请你们去吃烤串庆祝吧。"

林玳玳一愣,下意识拒绝:"不必了,我……"

"去嘛去嘛,就当给我个面子。"方巧人劝说,"我们已经大三了,离多聚少的,能聚上一次多难得。"

盛情难却,林玳玳不好再拒绝,便答应了。

同行的还有几个还住在宿舍的同级女生。

一行人来到学校外一家新开的烧烤店,落座后,方巧人翻着菜单,喊来老板开始点餐:"老板,要半打鸡翅,羊肉串和牛肉串各一打,还有生蚝……"

等上菜的工夫,大家闲聊起来。林玳玳安安静静地坐在一旁,听她们讨论未来的去向。

方巧人问:"现在大三了,毕业之后,你们有什么打算?"

另外一个宿舍的唐糖说:"当然是通过司法考试,不然这个专业就白读了。"

"那你们实习单位都找好了吗？"

"我还没有，不过我打算投简历去一些大公司的法务部，放假的时候去实习一下，熟悉一下流程。"

这时突然有人问："玳玳，你呢？"

林玳玳受宠若惊，她在班上一直是小透明般的存在，没想到话题会突然转到她的身上。

"我嘛……也是先通过司法考试再作打算。"她捏紧了杯子，手心直冒汗。

"你们的烤串。"

"谢谢老板。"

老板端上烤串，大家的注意力都被转移了。而刚刚那一句似乎只是随口一问，大家吃着烤串，继续议论着刚才的话题。

林玳玳低头，咬着手中的羊肉串，食不知其味。

司法考试的报名通知发布后，同级的同学都十分踊跃地报了名，林玳玳随波逐流，也报了名。

但是，从事法律行业需要能言善辩的口才。她并不适合这个行业，因为她不擅长与人交流，甚至从心底惧怕与人交流。

当初报读法学专业，只是因为父母的期盼。

这从来都不是她的梦想。

吃完烧烤后，方巧人一行人还要去KTV（配有卡拉OK和电视设备的包间），林玳玳以脚上有伤为由婉言拒绝了。可没想到回去的时候，她又遇到了熟人。

"……直播到这里就结束了，谢谢大家的礼物。我们晚上七点半再见。"

前方的校道上传来一道声音。

林玳玳停下脚步，抬眼望去。参天大树的绿荫下，正巧结束了一场直播的安思念收起手机，刚转过身，便与林玳玳对上了眼神。

不过一瞬，安思念脸上的惊讶之色消失无踪。她扬起微笑："好久不见。"

林玳玳不知回以什么样的表情，只是朝安思念微微点头，然后转身离开。

她和安思念是高中同学，但毕业之后，便形同陌路。

回到宿舍后，林玳玳像往常一样打开了微博。

五分钟前，时有思念发了一条新微博，被关注的人转发了。

时有思念V：今天遇到了以前的朋友，才发觉现在的友情越来越少，礼尚往来越来越多。还好有你在，@妹妹是小妖精，谢谢好闺蜜送的生日礼物。希望我们友谊长存，也祝愿大家能够拥有最纯真的友情。

配图是一瓶摆拍的某品牌樱花限量版神仙水，还有一条与友情相关的鸡汤长微博，文末配上了"突然害羞"的表情包。

怎么在哪儿都能遇见她？

林玳玳本想屏蔽，谁知道手一滑，不小心点了进去。

她看见有高中的校友转发了时有思念的微博，还评价道：我是思念高中隔壁班的，我记得思念以前有个土圆肥朋友，但她一点儿都不嫌弃对方，还帮她变得更好。

冷小叶："女神"真善良，这份鸡汤我喝了！

汤汤：没想到"女神"这么重情，羡慕"女神"的朋友。

……

看着那一溜儿的评论，林玳玳觉得自己都快要不认识"闺蜜"这个词了。

她退了出来，屏蔽了与时有思念相关的微博。

得知她今天的遭遇，李晓萌感到义愤填膺。

"她怎么还有脸跟你打招呼？还有，也不想想她当初对你做了什么，现在还委屈上了？原来友情是用所谓的'限量版'来衡量的？"李晓萌气笑了，"这是'闺蜜'这个词被黑得最惨的一次。"

林玳玳说："算了，没有必要为了不相干的人生气。"

话虽这么说，但她还是被恶心到了。林玳玳决定化悲愤为食欲，于是在晚饭的时候，她多吃了一份鸡翅。

晚饭后，林玳玳登录了游戏。

李晓萌最近有一个重要团队比赛要参加，据说这几天都会晚些上线。但直到林玳玳清空了日常任务，木子熊猫依然没有上线。

她给李晓萌发了一条微信，过了好一会儿，李晓萌回复了一个号啕大哭的表情，接着发语音道："我现在还在开会，晚饭都没来得及吃，估计今天是上不了游戏了。"

"没关系，你忙完了赶紧吃饭去。"

林玳玳正要下线，却看到角落的小信封突然闪动起来。她点开，一个眼熟的 ID 映入眼帘。

【私聊】大英雄最英俊：猫猫淑女，君子好逑。猫猫淑女，寤寐求之。

这大英雄每次登场，总要说一句被他改编的古诗句。

林玳玳也懒得跟他客套，直接将他拉入了黑名单。却在这时，猫猫猫团子的脚下冒出了一个法阵。

不好！

"定身陷阱"，这是刀客的技能！

这位不速之客不知什么时候出现在她身后，并朝她释放了技能。等她反应过来时，已动弹不得。

是她大意了，她怎么能够忘了，这大英雄最擅长的就是偷袭呢？

似乎是怕她挣脱，大英雄手中大刀一挥，又一道刀芒挥出，一招"晕眩陷阱"和"束缚陷阱"砸到了她的身上。

林玳玳切换到附近频道。

【附近】猫猫猫团子：大狗熊，你到底想做什么？

【附近】大英雄最英俊：猫猫，你相信我，我对你是真心的。为了你，我什么都愿意做。

【附近】猫猫猫团子：那你能消失吗？

【附近】大英雄最英俊：除了这个，我什么都答应你。

大英雄抬步向她走来，林玳玳暗忖要不要直接退出游戏的时候，变故突生。

大英雄像中了诅咒一般，周身忽然燃起黑色火焰。他被"锁魂灵丝"定住了身，血量骤减，瞬间去了将近三分之一。

"锁魂灵丝"是偃师的技能……

等等，偃师？

林玳玳掉转视角，才发现大英雄所站的位置有一处视觉死角，这男偃师就是从这里冒出来的。

螳螂捕蝉，黄雀在后。估计大英雄也没有料到，在他偷袭的时候，他自己被一个藏在暗处的偃师给盯上了。

林玳玳拉近了鼠标视觉，男偃师惊为天人的面容越发清晰，剑眉入鬓，双目幽邃，白皙的面容在黑金战袍的映衬下更添了几分神秘的美感。

一身极品装备的红名角色，悬浮在他头顶上的两个红色文字——"泽木"。

大英雄反应极快，立刻退出去老远。

技能时间很快过了，他立刻举起大刀反击，跟泽木缠斗在了一起。

卑鄙，居然偷袭！

大英雄气急败坏地表达自己的愤怒之情，可泽木压根儿不理会他，技能一串串往他身上砸。大英雄上蹿下跳，显得狼狈极了。

两相对比之下，大英雄的操作水平烂得可以。虽然两个人装备水平相近，但在泽木面前，他的攻击简直不堪一击。到了最后，完全是泽木对他的单方面碾压，这场打斗的结果也是不言而喻。

见情况不妙，大英雄转身就跑，临走前还不忘扔下一句——

等着，我一定会再回来的！

他以为自己是灰太狼吗？等一下，大英雄被打跑了，那下一个……不会轮到她了吧？

看着离她只有几步远的泽木，林玳玳顿时紧张起来。

那天误杀了他之后，林玳玳立刻给他发了好几条道歉的私信，但不知道对方是不是屏蔽了消息，她发出去的消息都石沉大海，始终没有得到答复。

莫非他是来找自己算账的？这么想着，林玳玳连忙打了一个笑脸。

【私聊】猫猫猫团子：对不起，上次是我不小心按错了键，绝对不是故意的。

眼前的泽木一动不动。

【私聊】猫猫猫团子：你先前掉的那一级，要不，我让你杀回来？

过了一会儿，泽木动了一下。

【私聊】泽木：没关系。

这次总算有了回复，没想到他跟她在李晓萌和别的玩家口中听到的并不一样，竟然出乎意料地好说话。这反而让她越发内疚。林玳玳飞快地敲打键盘。

【私聊】猫猫猫团子：我把装备还给你吧。

玩家没有绑定的装备或道具会在被带有自己仇恨值玩家击杀后掉落，所以那天泽木被她击杀之后，掉落的装备就全部进了她的背包。

【私聊】泽木：不必了。

【私聊】猫猫猫团子：啊？

【私聊】泽木：装备被你打出来，就是你的了。

【私聊】猫猫猫团子：这……不合适吧？

【私聊】泽木：如果觉得欠了我的人情，就帮我一个忙。

【私聊】猫猫猫团子：什么忙？

泽木没有回答，过了一会儿，他发来添加好友的请求。

【系统提示】泽木请求添加你为好友，是否同意？

林玳玳点了"是"。

【私聊】泽木：我还有事，过几天再找你。

说完这句话，他就下线了。

顾时泽退出了游戏。

室友张原逸从他的电脑界面上收回视线，不解地问："阿泽，你怎么老爱在游戏里拉仇恨？"

顾时泽微微挑眉，说："你不觉得看着他们恨我又干不掉我，在那里活蹦乱跳的模样很好玩吗？"

张原逸打了一个哆嗦："阿泽，你什么时候也学会开玩笑了？"

笑话不但冷，而且一点儿都不好笑。

顾时泽笑了笑，说："别紧张，这不过是一个心理实验。"

张原逸兴趣盎然，很快转移了话题："不过你怎么回来了？不是说项目组很忙吗？"

顾时泽回道："嗯，回来到图书馆查些资料。"

"哎，真羡慕你，毕业论文这么快就通过了。下午的时候，陈教授又把我的论文打回来了，烦死了，我都改了不下十遍了。"张原逸挠了挠头发，烦躁地说。

这时，桌面上的手机响起，顾时泽看了眼来电显示，合上笔记本电脑，起身往外面走去。

想起一事，张原逸抬头，冲他的背影喊道："对了，陈教授找你有事，让你有空的时候去他办公室一趟。"

"好，我知道了。"

第二天只有上午的两节国际法课，临近下课的时候，老师布置了一篇论文。

结束了上午的课程，林玳玳回到宿舍，发现有两位舍友已经回来了。

一位是有"小喇叭"之称的林诗淇，她正半蹲在桌前，捣鼓自己的电脑；另一位身材高挑、正在阳台打电话的女生叫刘珊。

林玳玳跟她们打了招呼，回到自己的位置上。

国际法向来是林玳玳苦恼的科目，特别是一些生僻的专业词汇，理解起来很困难。她打算利用下午的空闲时间上网查些资料，把论文写完。

林玳玳刚放下东西，宿舍的门就被推开了，进来的是最后一位舍友付桐玉。

听到开门的声音，林诗淇回过头，立刻像是看到救星一样说道："小玉，你回来了，快来快来，帮我看看电脑怎么回事，为什么突然开不了机？"

"我看看。"付桐玉放下手上的东西，走了过去。

她戴着厚厚的黑框眼镜，虽然看上去一脸书呆子气，内在却是十足的"女汉子"。宿舍里的水电维修，都是她一手包办的。

林玳玳刚打开电脑，就听见"啪"的一声，宿舍的灯灭了，顶上的风扇也停止了运转。

"怎么突然停电了？"

"大中午的这是要热成热狗呀？"

"为什么断电连网都要断了？"

宿舍外传来一阵吵嚷的声音，付桐玉站了起来，走出去打听情况："我出去看看。"

不一会儿，她就回来了，摇了摇头说道："听说是我们这栋楼的电路需要维修，最迟要傍晚才会来电。"

林诗淇盯着电脑，一脸纠结："啊，我还打算下午把论文写了呢。要不，我们一起去图书馆吧。"

付桐玉摇摇头说："图书馆每天人这么多，这时候估计已经满座了。我还是去外面的猫咪咖啡馆吧，人少还能撸猫。"

"我也去，我也去。"林诗淇兴奋地说。

决定了去处的舍友们陆续离开。

断电的宿舍的确是不能待了，尤其是对于要使用电脑的人来说。林玳玳也只能转移阵地，她打算去图书馆，顺便借几本专业参考书，把论文写完。

去图书馆的路上，林玳玳又碰到了顾时泽。

看着那个熟悉的身影，她本想假装没看见，但这是前往图书馆的必经之路，同走一条道路，必然会碰上面。

怎么这么不巧？

抱着矛盾的心态，林玳玳越走越慢，以往从宿舍到图书馆她只要十几分钟，这一趟她硬是走了二十多分钟。

来到图书馆门前，林玳玳再抬头，顾时泽的身影已经不见了。

这时刚过一点，正如付桐玉所说的，图书馆人满为患。林玳玳在里面转了一圈，好不容易在一个不显眼的角落找到了仅剩的两个位置。

位置不太好，靠近墙角，好在旁边有电源插座。

林玳玳坐下后，打开了电脑。

落座没多久,一道低沉的声音突然传入耳中:"请问这里有人吗?"

一抬头,林玳玳就看见了站在自己面前的顾时泽。

她有些蒙:"顾……师兄。"

初次见面的乌龙让她先入为主,对他的称呼一时难以纠正过来。每次称呼对方的时候,她都格外小心。

似是想到什么,林玳玳连忙将书和笔记本电脑挪过去了一些,说:"这里没人,师兄,你坐吧……"

"谢谢。"顾时泽朝她点点头,拉开椅子坐了下来,就坐在她的旁边。

林玳玳握着鼠标的手紧了紧,心里莫名紧张起来。她佯作若无其事地收回视线,打开了文档。

浅谈引渡和庇护制度的……

她在文档上敲下一行字,想到什么,微微一顿,删掉,又敲了敲键盘,重新打出一行字。

引渡的国际法规则及其发展……

忽然手指又是一顿,删掉。

国际引渡条例……

删掉删掉。

不行,这些题目都不够精简,也不符合她的想法。

虽然林玳玳眼睛还盯着文档,可心思却不在这上面了。

她无法静下心来。

林玳玳缩小了文档页面,点进网页,去搜索引擎查找相关的资料。但输入关键字后,大概是图书馆网络信号不好的缘故,网页加载了老半天也没加载出来。

她犹豫着是否要去找几本参考书,但她的座位在里面,要出去必然从顾时泽的位置经过。

林玳玳如坐针毡。

图书馆安静得能听到针落地的声音，她也能听到旁边书页翻动的声音。

林玳玳伸手去拿旁边的教材，却不小心把钢笔碰掉到了地上。她正要弯腰去捡的时候，钢笔已经被一只修长的手捡了起来。

林玳玳接过钢笔，小声地说："谢谢师兄。"

"不客气。"顾时泽回应，声音清越好听。

他似乎并未受到干扰，很快收回视线，继续翻阅手中的参考书，做着笔记。

不知怎的，林玳玳想要离开的想法打消了。

不要胡思乱想了，还是继续写论文吧。

她决定先把手中的教材翻阅一遍。但这一版的教材晦涩难懂，书里的很多内容林玳玳并不能很好地理解。半个小时过去了，她的论文才写了不到两百字。

又过了半个小时，顾时泽起身离开，林玳玳如释重负。

她收拾好东西，到图书区挑选了几本参考书，去前台办理借书手续。

意外的是，顾时泽此时正站在柜台前，也在办理借书手续。

林玳玳突然生出了退缩的想法。

而此时，图书管理员拿着一张校园卡在识别器前来回晃动，又在电脑上捣鼓，自言自语："奇怪，怎么不行了？是机器坏了吗？"

尝试了几次，仍旧是失败，他转向在一旁等候的林玳玳："这位同学，能借你的卡试一下吗？"

林玳玳收回思绪，将自己的卡递了过去。

谁知道……

"嘀"！

图书管理员拿着卡往识别器上一试，居然成功了。

他愣了一下，将顾时泽的校园卡还了回去："很抱歉，你的卡估计消磁了,需要补办一张。"

顾时泽问:"能打借条吗?"

图书管理员为难地说:"这……不行啊,学校图书馆有规定,借书都是要入电子记录的。"

顾时泽轻蹙起眉。

不知怎的,林玳玳鬼使神差地开口:"顾师兄要是着急,就用我的卡吧,反正已经刷了。"

补办校园卡需要十五天,可能会耽误正事。

"谢谢。"

顾时泽接受了她的好意。

临走之前,他问林玳玳:"方便给我你的手机号码吗?我还书的时候联系你。"

手机号码?

林玳玳迟疑:"这……我……"

顾时泽看出她的为难,善解人意地说:"不方便吗?也没关系……"

"啊,不……不是的。"她赶紧解释说,"我不怎么打电话。顾师兄,你加我的微信吧。不不,我的意思是,最近的课程蛮多的,我上课的时候都是把手机调成静音,可能会接不到电话,用微信联系比较方便,我都能看见。"

顾时泽忍不住弯了弯唇:"好,那就加微信吧。"

体会到什么叫言多必失,林玳玳干脆闭了嘴,打开自己微信的二维码。

她的微信昵称和游戏里一样,都是"猫猫猫团子",头像是李晓萌无聊的时候随手涂鸦的猫咪团子,她觉得有趣,就拿来当头像了。

顾时泽扫了她的二维码,互相加上了好友。

离开了图书馆,林玳玳走在回宿舍的路上,才迟钝地反应过来——

等等,她刚才的举动,会不会被认为是故意搭讪?

主动要求添加对方微信好友,更有迫不及待的意味……这不都是平时舍友互相传授的搭讪套路吗?顾师兄会不会认为自己不怀好意?惨了,这下子一定会被误会。

林玳玳懊恼地想,下意识地低头看向手机。

顾时泽的微信名叫"Zerus",头像是一只布偶猫,它站在一块地毯上,睁着黑溜溜的眼睛望着前方,一脸的呆萌。

他跟自己想象中的不太一样。外人给顾时泽贴的标签是"清冷孤傲",在她的印象里,他是学术型的人才,属于不食人间烟火的类型。没想到他的朋友圈全是猫咪的卖萌照。

果然道听途说来的事情,并不一定真实。

晚上七点整,林玳玳准时登录了游戏。

看了公告,她才知道今天游戏进行了维护。

经过几天的努力,猫猫猫团子和小号之间的友好度已经刷满。昨天,她和李晓萌约定了晚上七点在游戏里碰头。

【私聊】木子熊猫:玳玳,我来了!

【私聊】猫猫猫团子:那我们开始吧。

准备就绪,猫猫猫团子和名为"一条懒咸鱼"的小号组了队,一同进入了三生湖。

这场仪式,只是为了抢亲而准备的,所以两人只邀请了几个平时经常一起组队的好友参加,喜宴、发红包等一系列步骤都省略了。

游戏内的时间与现实同步。

三生湖畔,正是夜色正浓之时,星辰倒映在湖面之上,湖心亭落于水上,有游鱼腾飞而上,溅起点点潋滟水光。

平静的湖面上展开了浩瀚星空的倒影,头顶漫天的星辰如梦似幻。

流萤点点,宛如满天星斗,跟繁星互相映衬。

凤冠霞帔的猫猫猫团子,与一条懒咸鱼缓缓走向了月老……

这时候,应该轮到木子熊猫出场了。

只是——

【喇叭】大英雄:衣带渐宽终不悔,为猫猫消得人憔悴。

大英雄隆重登场,这次他倒不换小号发私信了,直接刷起了喇叭来。

这一连串突然出现的大煞风景的消息将三生湖中浪漫的气氛破坏殆尽。

大英雄毫无自觉,反而刷得更起劲了。

【喇叭】大英雄:猫猫,你等我,我这就来救你!

【喇叭】大英雄:心上人猫猫猫团子就要成亲了,到三生湖帮忙抢亲的一律发88888银两。

……

伴随着一连串的喇叭,一条系统消息悄然无声地出现在了世界频道里。

【系统】大英雄眼见心上人将要与他人结为夫妻,再也顾不得自矜持重,将要出手抢亲了!此战结果如何,请拭目以待。

他这一举动,立刻炸出了一堆玩家。

【世界】gugu鸭:咦,这猫猫猫团子……怎么听起来这么熟悉?

【世界】半步天涯:不就是之前打败泽木的那位大神吗?

【世界】酒味少年:哇!狗熊哥一发冲冠为红颜。

什么?这大英雄也要来抢亲?

经大英雄这么一喊,原本冷冷清清的婚礼立刻变得热闹非凡,迎亲队伍被围观群众堵了个水泄不通。

林玳玳暗觉大事不妙,立刻点开私聊,联系李晓萌,却发现她并不在线。

怎么回事？

【私聊】猫猫猫团子：晓萌？

【私聊】猫猫猫团子：晓萌，你在哪儿？

发出的消息都没有得到回应。

她给李晓萌发去询问的微信："晓萌，你怎么下线了？"

李晓萌秒回："我刚刚被那可恶的大狗熊给偷袭了。那可恶的家伙，居然蹲守在三生湖的入口！接着学校的网出了问题，我掉线了。现在怎样也连不上了，我都要急死了。"

"等下，你尽量拖延时间，我打电话去问问网络管理员。"

听李晓萌这么一说，林玳玳蓦地反应过来。

不好！这大英雄是有备而来，这一切都是早有预谋的。

没有收到婚礼请柬的人，是无法进入三生湖的。但是，却有一个例外。

抢亲。

没错，通过参加抢亲的途径，玩家便可进入三生湖，参与抢亲。

果不其然，三生湖很快多出了一群来抢亲捣乱的玩家。

人群中，一个头上顶着"大英雄"ID 的男剑客突然冲了出来，直奔猫猫猫团子而来。

说是抢亲，被大英雄邀请来的"抢亲"玩家大都站在一旁围观，并给大英雄摇旗呐喊。

绝对不能让大英雄得逞！

林玳玳飞快地想着应对的方法，但毫无头绪，不由得心急如焚。

就在这千钧一发的时刻，有一人从人群中斜冲出来，直朝着大英雄杀去。

玩家们一阵哗然，乱套了，场面完全乱套了。好好的一场成亲仪式，变成了大乱斗的婚礼。

【附近】商量：好久没看见过这样热闹的婚礼了。

【附近】book：大英雄土豪加油啊！

【附近】萧萧北风：对啊，我们可等着你发88888银两。

……

大英雄被打了个措手不及，一个狼狈的翻滚后，他立刻举起大刀，裹挟着蓝焰的刀锋直劈向对手，只看到一阵黑影闪过，对方已跟他拉开了距离。

人群密密麻麻，压根儿看不清楚大乱斗的场面，只能看到技能的特效相映交错，殃及了一群无辜的群众。

很快，人群中冒出了一句话——你输了。

【附近】momo好运：咦？这么快就结束了？

【附近】云想衣裳花想容：这大英雄怎么两三下就被砍死了。

【附近】我爱辣条：狗熊哥这操作也太水了吧？

【附近】happy：这水平，等级肯定是代练给练上来的。

……

胜负已分，看见玩家们的议论，林玳玳总算松了一口气。

看来是李晓萌及时赶到了，并且打败了大英雄。没想到她这次如此给力。以往林玳玳和她联手，也只能堪堪和大英雄打个平手。

很快，三生湖划出了一块决斗区域，场景跳转，一条懒咸鱼很快被打倒在地。

与此同时，一条系统提示跳了出来。

【系统】

一番激烈的战斗之后，当下胜负已分，你是否认可被抢亲呢？

剩余时间：12秒

确定/取消

为了避免节外生枝，林玳玳赶紧点了"确定"。

然而，就在这时候——

【私聊】木子熊猫：不好意思，刚刚学校的破网突然间断了，我掉线了。

【私聊】木子熊猫：发生了什么事？为什么抢亲已经结束了？

等等！

如果刚才抢亲的人不是李晓萌，那是谁？

林玳玳迟钝地反应过来，迟疑地在键盘上敲下一行字。

【私聊】猫猫猫团子：晓萌，你刚刚上线？

【私聊】木子熊猫：对啊，发生什么事了？

【私聊】猫猫猫团子：难道刚才来抢亲的人不是你吗？

【私聊】木子熊猫：什么？你已经被别人给抢了？

林玳玳僵住了。

她赶紧翻回之前的记录，然后才发现……

【系统】恭喜泽木和猫猫猫团子成为本服第99999999对侠侣，祝他们比翼齐飞，白首不相离。

刚刚抢亲成功的人，是泽木。

【私聊】猫猫猫团子：貌似……好像……

【私聊】木子熊猫：谁？大狗熊吗？

【私聊】猫猫猫团子：不是他。

【私聊】木子熊猫：是哪个家伙？我要跟他决斗！

林玳玳无语。

她刚才以为跟大英雄决斗的人是李晓萌，没看清楚就点了"确定"。

而围观的玩家惊呆了，世界频道顿时出现一片同情声。

【世界】不见花旗不见参：刚刚跟大英雄打起来的，是泽木？

【世界】BIBI：泽木大魔王又来了，这是要扰乱猫猫猫团子大佬的婚礼吗？

【世界】床前明月光：心疼团子大佬！我就说泽木怎么可能会放过跟他有仇的人，他就是个睚眦必报的小人！

不服？

泽木只说了一句话，围观的吃瓜群众立刻作鸟兽散。

婚礼已经完成，但新郎却换了一个人。

还没正式参与抢亲就被淘汰出局的大英雄立刻愤怒地刷起了喇叭。

【喇叭】大英雄：泽木，你有胆子抢亲，有本事我们来单挑！

【喇叭】大英雄：你敢不敢应战？

有人提出决斗，围观的群众自然不能少。

只是，喇叭没刷几个，他很快就销声匿迹了，吃瓜群众纷纷表示幸灾乐祸。

【世界】酒味少年：刚刚我在杭州城外看到大狗熊，他已经被泽木杀了两次了。

【世界】落落落落落：土豪狗哥变成了二狗哥了。

【世界】不见风雨不见云：二狗哥，记得我们的88888银两啊。

【世界】蔷薇花开：发生了什么？几天没上游戏，错过好戏了。

【世界】lo吃肉：泽木和大狗熊我都讨厌，看他们打起来了，莫名开心。

虽然没有看到实际的场景，但光听其他玩家的形容，就知道当时大英雄被虐得有多惨。

第 三 章
侠 侣 泽 木

对于眼下这种状况,林玳玳的内心也是崩溃的。

【私聊】猫猫猫团子:高手兄,这是怎么回事?

【私聊】泽木:你答应帮我的忙。

【私聊】猫猫猫团子:哎?

【私聊】泽木:我需要找一个人帮我做夫妻任务。

的确,夫妻任务需要互为夫妻的玩家才能领取。就是因为这个,她和李晓萌才有了结成侠侣的想法。放着丰厚的奖励不领,未免有些可惜了。

【私聊】猫猫猫团子:这……其实,可以开小号的。

【私聊】泽木:太麻烦了,不如现抢一个。

抢……林玳玳被他这逻辑打败了。

难道,他突如其来的抢亲只是巧合?还是说,他和大英雄结仇,看到对方抢亲,特意赶过来捣乱?

这么想着，她随手点开了泽木的个人信息。

真如帖子上说的那样，泽木向来独来独往，PK值奇高，连帮派都没有。

【私聊】泽木：我不喜欢强人所难，要是你介意，我们现在就去离婚。

【私聊】猫猫猫团子：不必了，就这样吧，我之前答应过你帮你的忙。

这倒也没什么，玩游戏本来就是为了消遣。

想到什么，林玳玳发了一个笑脸。

【私聊】猫猫猫团子：对了，你没有做过帮派任务吧，我拉你进我们的帮派？

【私聊】泽木：好。

见他答应，林玳玳向泽木发送了入帮的邀请，把他拉进了跟李晓萌一起建立的帮派里。

【系统】泽木已加入帮派。

都是一个帮派的，也算是自己人了。

【帮派】木子熊猫：哈哈，欢迎新人。

【帮派】猫猫猫团子：你刚才不是说要决斗吗？

【帮派】木子熊猫：咦？谁这样说过？

【帮派】木子熊猫：快看，有飞机飞过了！

【帮派】猫猫猫团子：……

李晓萌转了私聊频道。

【私聊】木子熊猫：玳玳，你这算不算是抢了个压寨夫君回来？

【私聊】猫猫猫团子：你不是说要跟他决斗吗？

【私聊】木子熊猫：还是算了吧，对方可是泽木，我这样的操作水平，还是不自讨苦吃了。

林玳玳发了一个汗流满脸的表情。

【帮派】泽木：你们的帮派……

这是泽木进帮后首次发言。他加入帮派后，才发现里面只有三个高等级的玩家，加上他是第四个。

　　林玳玳建立的帮派名字叫"专杀队友联萌"，高等级的玩家除了猫猫猫团子和木子熊猫外，还有一个叫作"吃饭睡觉打兜兜"的129级男异人，但他的头像是暗的，显示已有100多天没上线了。

　　其他的都是只有25级的小号，不值一提。

　　林玳玳主动解释：那些等级低的，都是我和熊猫的小号。

　　至于"吃饭睡觉打兜兜"，是林玳玳和李晓萌新手时期组队认识的，是帮派里的吉祥物，她们称他为"萌物"。但因为升上高三，目前正在备战高考，暂时不上游戏了。

　　【帮派】泽木：那帮派为什么要叫这个名字？

　　【帮派】木子熊猫：哈哈，这个嘛……

　　【帮派】猫猫猫团子：这是因为，我们玩《倩女》的时候，操作不熟练，组队经常会把队友给坑死，所以就建了这么个帮派……

　　可说着说着，林玳玳不由得沉默了，泽木也沉默了。

　　木子熊猫发了一个哭泣的表情。

　　【帮派】木子熊猫：黑历史就别提了。

　　为了避免冷场，李晓萌又主动找话题。

　　【帮派】木子熊猫：既然你已经成为猫猫的压寨夫君，那以后就拜托多罩着我们了。

　　林玳玳见状，赶紧给她发私信：晓萌！注意措辞。

　　平时帮里只有她们，怎么插科打诨都没关系。

　　消息刚发出去，李晓萌立刻纠正：咳，手误手误。

　　【帮派】木子熊猫：我的意思是，以后我们可以组固定的副本队伍了。不过我和猫猫的操作水平不高，高手兄要多包涵。

　　林玳玳为她捏了一把汗。

【帮派】泽木：没关系。

为了圆场，林玳玳提议：时间还早，不如我们一起去下个副本？

其余两个人欣然同意。于是，组队。

突然，李晓萌发来私聊：玳玳，你怎么点了困难模式？我们都没打过呢。

副本是林玳玳随便挑的，没怎么看就点进去了。

副本分为普通、困难还有英雄模式，其中英雄模式难度最高。

林玳玳回道：要不退出重进？

李晓萌表示：有泽木在，我想我们可以试着打一下。

两个人跃跃欲试。

进入副本后，泽木总算知道她们说的"操作水平不高"是怎么回事了。两个人完全是盲打，走位操作也一塌糊涂。

【队伍】木子熊猫：哎呀，我忘记穿上夜行衣了。

在副本的第一关卡，地图的四个角落放有夜行衣，玩家拾取后穿上，可以降低小怪对自己的伤害。

少了夜行衣的保护，木子熊猫的血量骤减。林玳玳立刻跑过去给她加血，没想到走位失误，不小心开了BOSS（关卡压轴出现的非常强大的非玩家控制角色）。对方气势汹汹，林玳玳躺倒在地了。

【队伍】木子熊猫：这是个意外。

林玳玳略微心虚，但她觉得有必要解释一下。

【队伍】猫猫猫团子：我们平时不是这样的，估计是第一次打困难模式，有些紧张。

【队伍】泽木：……没事。

因为两个人接连的失误，导致小队差点儿被团灭。

三个人干脆退出来，重来了一遍。这一回，三个人之间的配合默契了许多，打起怪来游刃有余，李晓萌抽空和林玳玳闲聊了起来。

【队伍】木子熊猫：以后你们可以去做夫妻任务了，我该怎么办？不行，等萌物回来，我要拉他结婚。但不知道他什么时候才能上线？

【队伍】猫猫猫团子：等他高考完，估计就会上线了。

【队伍】木子熊猫：时间过得真快呀。想当年，我们高考的时候，他是不是也望穿秋水等我们回来呢？转眼间我们上了大学，他就要高考了。

【队伍】泽木：你们是大学生？

【队伍】猫猫猫团子：是的。

【队伍】泽木：那你们是同一所学校的吗？

【队伍】木子熊猫：哈哈，就知道你会这么问。很多人都猜我们是同一所学校的，其实不是的。我在H省，猫猫在G市。不过，我和猫猫初中的时候就认识了。

李晓萌在H省的S大上学，距离G市起码隔了两个省份。

林玳玳和李晓萌最初是在网络上认识的。

李晓萌是一名画手，初二的时候，她在漫画平台上连载了一部叫《仙萌奇缘》的作品，也算是小有名气。连载中途，她没有思路，于是就在留言区里给自己的作品征集龙套角色。

那时候，林玳玳还不叫"猫猫猫团子"，她有一个十分"中二"的网名，叫"墨锦樱"。看见作者在征集名字，她没怎么考虑，便踊跃报了名。

很快，她收到了李晓萌的留言："这位亲，我很喜欢你提供的名字，能不能用在一个反派身上呢？"

林玳玳受宠若惊，立刻回复："当然可以。"

李晓萌对这个名字的确特别厚爱，别的龙套角色只是昙花一现，只有她的角色……李晓萌把她的ID安在了一个反派女配角身上，此女配角拥有跌宕起伏的身世，行事作风阴险毒辣，频频和主角作对，粉丝们都恨她恨得咬牙切齿，纷纷留言要求李晓萌将其画死。

李晓萌也的确为她精心设置了一个悲惨的结局，只是后来……

没有后来了，因为黑历史不堪回首，李晓萌很不厚道地弃了坑，而林甙玳也抛弃了过去的马甲。

自那以后，两个人倒是成了无话不说的好朋友。

泽木持续沉默中。

【队伍】木子熊猫：对了，你们看到今天的更新公告没有？那个最新推出的侠侣蜜月模式。

今天游戏维护后，上线了新的侠侣任务——蜜月模式。

【队伍】猫猫猫团子：蜜月模式？是新的侠侣副本吗？待会儿我去看看。

【队伍】木子熊猫：是的。不过，江湖侠侣任务已经被称为《倩女》史上最难的副本，迄今只有寥寥几人通关。这么快又更新了蜜月模式，这不会比江湖侠侣更难吧？

【队伍】猫猫猫团子：应该……不会吧？

这时，一直没怎么说话的泽木开口了。

【队伍】泽木：你什么时候有空，我们来做一下侠侣任务。明天晚上。

【队伍】猫猫猫团子：明天晚上有个辩论赛，我得去参加，可能没有时间上线了。后天怎么样？

【队伍】泽木：好。

【队伍】木子熊猫：辩论赛？

【队伍】猫猫猫团子：是我们系和心理学系的。

【队伍】木子熊猫：你要出赛吗？怎么没听你提起过？

【队伍】猫猫猫团子：不是，我只是去当观众撑场子的。你也知道，我们系里的人都不怎么积极参加集体活动，辅导员担心出勤率太低，每次都拿学分威胁我们。

每次举办集体活动,法学系都没几个人参加。辅导员觉得面上无光,干脆弄出了一个规定:每次集体活动,都需要签到。

【队伍】木子熊猫:那你们做任务的时候记得录像,我要看!

【队伍】猫猫猫团子:好,我会记得的。

辩论赛定在了晚上七点,地点是教学楼 A201 的大阶梯教室。

当天下午,林玳玳有两节选修的金融法课,课程结束后已经是六点半了。下课后,她直接前往 A201 教室。

来到阶梯教室后,原以为不会有很多人的场地几乎坐满了人。

宿舍里唯一没有选修金融法的林诗淇早早过来占了座位,就在后排靠近出口的位置,方便后面溜之大吉。

林玳玳在辅导员处签了到,跟着付桐玉去找林诗淇。

"你们总算来了。"林诗淇挪到最里面,让出三个空位,"幸好我来得早,不然就没有位置了。"

付桐玉坐到她的身旁,趴到桌子上,无精打采地说道:"上了一下午的课,都快要饿死了,还要为了两个学分到这里继续挨饿。"

林玳玳坐下后,从包里取出一袋上课前买的吐司面包,问:"要面包吗?"

"要要要!"

付桐玉激动地抱了她一下:"玳玳,你真好!"

林玳玳默默地分面包。

林诗淇四处张望,问:"刘珊呢?怎么没来?"

付桐玉说:"不用找了,她上完课就走了,应该是约会去了。"

林诗淇收回目光,捧着脸,一脸忧伤地说:"哎,又去约会,我们大学三年了都没找到男朋友,珊珊却天天'撒狗粮',真是虐死我们这群'单身狗'了。"

付桐玉吃着面包，含混不清地问："对了，诗淇，今天人怎么这么多？"

"据说是因为心理学系的顾师兄来了，心理学系的人听说后都跑过来了。"林诗淇往一个方向一指，"就在那里。"

"顾师兄？"付桐玉顺着她指的方向看去，好一会儿才反应过来，"他怎么会过来？"

林玳玳也愣了一下。

顾时泽正站在阶梯教室讲台的右侧，那里已经被心理学系的学生占领了。面对师弟师妹们热切的发问，他耐心地为他们一一解答。

他的着装并没有上次宣讲会那么正式，只是简单的短袖T恤和长裤。即便是这样随意的配搭，他依然成了人群中的焦点。

不知道是不是她们的目光太过炽热，顾时泽突然抬眼往她们这个方向看了过来。

林玳玳立刻低头假装看手机。

林诗淇说："他是心理学系的辅导员请来的外援吧。"

付桐玉疑惑地问："外援？"

林诗淇压低了声音："我们系的辅导员和心理学系的辅导员是大学同学，两个人在大学期间就经常暗地里较劲，什么比赛考试总要争个第一。这会儿辩论赛碰上了，还不是火星撞地球呀？估计学校活动的出勤人数，他们也要争个高下……"

不愧是"小喇叭"林诗淇，连各系辅导员之间的恩怨也一清二楚，付桐玉忍不住向她竖起大拇指："这你都知道？厉害厉害。"

林诗淇有些小得意："那是，也不看看我是谁。"

林玳玳漫不经心地吃着面包，听她们闲聊。不过她推断这一回的确是巧合。顾时泽是心理学系的研究生，前来指导本系的学弟学妹，合情合理。

只是，每回遇见他，尴尬的感觉总是挥之不去。

林诗淇往辅导员的位置看了一眼，又凑了过来，小声地说："辅导员的脸色从刚才开始就不太好。"

法学系的辅导员姓刘，是一位三十来岁的男性。

心理学系的辅导员正向他炫耀："老刘啊，你们系这出勤率可不行，学生也太不自觉了。虽然这是自愿参加的活动，但没有点儿集体荣誉感怎么行？看看我们系的人，都是自发过来的……"

刘辅导员全程黑着脸，一言不发。

"本来以为这一次辩论赛，我们系的选手对上心理学系结果是没有悬念的。"林诗淇叹了一口气，"我们系的人都能言善辩。只是，没想到顾师兄亲自来指导他们系的人，这下胜负倒是说不准了。"

付桐玉说："别担心，要相信我们系选手的实力，要知道他们曾经在法庭辩论课上辩得容老教授都交口称赞。"说着，她瞥见一抹蓝色的倩影，于是回过头去，问道："哎，安思念怎么也来了？我记得……她好像是哪个系的来着？"

安思念刚一出现就吸引了不少人的目光，她今天显然进行了精心的打扮，身穿蓝色小洋装，脚踩一双细带坡跟鞋，大波浪的长发随着轻盈的步伐飘动着。

林诗淇的目光随着她的身影移动，又打开了话匣子："是艺术系的。我听说她跟心理学系的班干挺熟的，两个人经常在微博上秀友谊。而且，她对顾师兄有意思这件事在 A 大是半公开的事情了。我在心理学系的高中同学说是请她过来做直播，给我们学校打宣传。我猜她愿意过来，肯定是醉翁之意不在酒。"

付桐玉得出结论："看来艺术系还蛮闲的嘛，我们法学系哪有空整这些有的没的？"

这时候，一个人坐到了林玳玳旁边空着的座位上。

林玳玳下意识侧头，才发现在她旁边落座的，是那位在Y集团大楼外跟她搭话的同班男生任剑锋。

"咦？同学，好巧，又见面了。"任剑锋发现自己旁边坐着林玳玳，顿时有些兴奋，"对了，上次没来得及问，你是哪个系的？叫什么名字？能告诉我吗？你和……"

付桐玉越过林玳玳拍了他的肩膀一下，打断他："大锋，你说什么胡话呢？都是一个班的，一起上课这么久了，连我们班上的同学都不认识了？"

任剑锋又蒙了："啊？"

六点五十五分，距离辩论赛开始还有五分钟。选手们进入准备阶段，教室里的说话声渐渐小了下去。

聚在讲台前的人也散了，顾时泽返回观众席，安思念似乎等待这一刻已久，立刻抓住机会迎上前去。

"顾师兄，你好，我是艺术系大三的安思念。"她脸上带着得体的微笑，落落大方地做自我介绍，"同时我也是CC直播的主播，今天我是受心理学系的朋友邀请前来做直播的。最近我打算在A大做一辑关于我们学校知名人物的专访，请问在比赛之后，能否占用你一点儿时间做个小采访吗？"

顾时泽回道："谢谢你的邀请，不过很抱歉，待会儿我还有别的事情，大概无法接受你的邀约了。"

安思念的脸僵了僵，有些尴尬地说："那好吧……谢谢师兄。"

很快，安思念就被朋友呼唤过去了。她和她的朋友们在前排占了位置，方便进行现场直播。

顾时泽环顾教室寻找座位，但阶梯教室此刻已座无虚席，就连过道都站着前来观赛的学生。

他的目光在教室里略略转了一圈，便顺着台阶往上走。

当顾时泽从林玳玳这一排路过时，任剑锋做了一个令人出乎意料的举动。

他主动站起来，叫住了顾时泽："顾师兄，你过来坐这里吧。"

顾时泽停下脚步，向他投去询问的眼神："那你呢？"

"没关系的。"任剑锋打了一个哈哈，解释说，"我约了人，来报个到就走了。顾师兄是要观看比赛吗？"

顾时泽点头。

"那正好，你坐，你坐。你们慢聊，我先走了。"

说完，任剑锋又和林玳玳等人打了个招呼，便大步离开了。

喂！兄台，你这是怎么回事？林玳玳整个人都不好了。她只能眼睁睁地看着任剑锋一溜烟儿似的跑出阶梯教室，然后看着顾时泽坐了下来。

相比顾时泽，她宁愿旁边坐着的是那个神经大条的任剑锋啊！

付桐玉咋舌："没想到任剑锋人脉这么广，连顾师兄都认识。"

林诗淇问："小玉，你说，我们要不要趁机向顾师兄要个微信号？"

林玳玳瞬间身体僵硬。

她的两个舍友正在低声议论着要不要趁机向顾时泽讨要联系方式，可她们绝对想不到，顾时泽的微信号就在她的微信好友列表里面。

林玳玳感受着不时从四面八方投来的目光，只觉如芒在背。

这时，她的手机振动起来。

李晓萌发来一个表情包，是一只从桌子上探出了半个身子的猫咪，底下配上"你的小可爱突然出现"的文字。

她问："辩论赛战况怎么样？激烈吗？"

林玳玳回复了一个小人儿倒地吐血的表情："比赛不怎么样，我感觉像是走进了修罗场。"

　　李晓萌问："为什么？"

　　林玳玳没有回复，她的目光落到前方的讲台上，心中升起了焦躁和不安。

　　这场辩论赛的主题为"睡不着与起不来哪个更痛苦"，正反双方就话题辩得激烈，但她一个字都没有听进去。

　　坐在这里的分分秒秒都是煎熬，她想起身离开，可要出去，必然要向顾时泽借道。

　　幸好，她还能和李晓萌聊天，稍微转移自己的注意力。

　　林玳玳低头看向手机。

　　李晓萌发来一条信息："今天你和泽木都不在线，我只好一个人玩耍。"

　　先前没等到林玳玳的回复，李晓萌紧接着又发了一连串的语音消息。

　　林玳玳点开第一条语音，却忘记手机音量没有调整——

　　"玳玳，你旁边那个男生是谁呀？你怎么一脸悲壮的表情？"

　　这段语音，就这样被外放了。

　　虽然李晓萌的声音很快淹没在被麦克风放大的声音中，但至少周围一圈的人都听到了，几道诧异的目光落到了她的身上。

　　这下不仅仅是悲壮了。

　　林玳玳把音量调小，快速地打字。

　　"别发语音！"

　　"还有，什么男生？"晓萌怎么知道她旁边坐了一位男生？

　　过了好一会儿，李晓萌才回复："刚刚无聊，无意中点进了时有思念的直播间，之前总是听别人吹嘘她操作水平多好多好，我就打算看看。没想到她今天倒是不直播游戏了，改直播辩论赛了？"

林玳玳心里"咯噔"一下，立刻抬头，果真看见安思念恰好从旁边的台阶走过。从顾时泽身旁经过的时候，她脚步微顿，但很快掉转镜头，往前排走去。

手机又振动起来。

李晓萌说："不过镜头一晃就过去了，她果然跟你不对盘，连一个镜头都吝啬给你。"

这下林玳玳的内心更加崩溃了。

李晓萌又猜："莫非是男朋友？"

"不是！绝对不是！不要乱猜！"

林玳玳手一抖，手机掉在地上了。

她动作一僵。

手机掉落到顾时泽的座位底下，但很快被捡起。

顾时泽将手机递还给她。

"谢谢顾……师兄。"林玳玳接过手机，艰难地开口道谢。不仅是说话，这一刻，她连拿手机的动作也变得吃力了。

顾时泽语气平缓地说道："不客气。"

停顿了一下，他又问："师妹的脸色看起来不大好，是不舒服还是……对我有意见？"

"不……不是的。"林玳玳赶紧否认。恰好这时，心理学系一方提出了"睡眠瘫痪症"的观点进行反驳，于是她顺水推舟，"我只是在想，刚刚反方提出的那个观点……我有时候觉得自己已经醒过来，但是老睁不开眼睛，原来这是'睡眠瘫痪症'吗？"

顾时泽问："你也对这个话题感兴趣？"

林玳玳把手机紧紧攥在手里，胡乱点了一下头。

"对对对，我也经常会这样。"林诗淇插话，"有时候意识很清醒，却怎样都睁不开眼睛，这是什么原因造成的呢？"

第三章 侠侣泽木

057

顾时泽解释："睡眠瘫痪症，其实是一种睡眠障碍。在心理学上，它被称为'梦魇'……"

林诗淇听得津津有味。

付桐玉也探过身来，戳戳林玳玳的腰，压低了声音："玳玳，看不出来嘛。你这招真厉害，欲擒故纵，这么快就搭上话了。"

林玳玳心里却有个小人儿在默默吐血。

辩论赛一直持续到九点多才结束。

总之，这个晚上，林玳玳过得异常尴尬。她一直正襟危坐，连手机也没怎么看了。比赛一结束，她就跟着舍友飞快地离开了。

第二天晚上七点半，林玳玳抱着和平时无异的心情登上游戏。

刚一上线，就是邮箱爆满的状态，各种消息纷沓而至。世界频道里也是热闹一片，出现频率高的词都是"大英雄""泽木抢亲""猫猫猫团子"之类的。

林玳玳略略扫了一眼挤满邮箱的邮件，发件人大都是不认识的，甚至未曾打过交道，但是有许多人的名字在服里都算得上是响当当的。

她直接忽略，再看了一下好友列表，木子熊猫并不在线。

林玳玳刚给木子熊猫留了言，就接到了泽木的私聊信息。

【私聊】泽木：来了？那我们现在去做任务？

【私聊】猫猫猫团子：好。

一条系统提示弹了出来。

【系统提示】泽木邀请您共同进入蜜月模式，是否接受？

蜜月模式？就是李晓萌上次所说的新推出的任务副本？

林玳玳直接接受，然后使用侠侣技能"千里婵娟"传送到了泽木身边。

这是林玳玳第一次进入泽木的家园。

看着泽木空荡荡的花园，她突然觉得，男生的审美和女生的果然不一样。

她和李晓萌的庭院都是姹紫嫣红、花团锦簇，但泽木的家园里除了几盆零散的花草，就什么也没有了。

【队伍】猫猫猫团子：做蜜月任务，为什么要组队进家园？

【队伍】泽木：蜜月副本的入口就在家园里面。

咦？新出的副本入口，在家园里面？

林玳玳在泽木的带领下来到了后院，她才发现，院子的一角多出了一个名为"时光庭院"的副本入口。

她跟在泽木身后，两人一前一后朝着一个闪烁着五彩光晕的洞穴走去，走进了带着让人目眩的光辉的入口。

地图载入后，林玳玳和泽木进入了一片桃花林。

带着淡红的桃花漫天飞舞，成片的桃花林直入迷雾的深处，彩蝶成双成对地在花丛和绿草地上飞舞嬉戏，清泉自山间潺潺流下。

第一次踏入时光庭院，林玳玳有些意外。这里别有洞天，和其他地方完全不一样，真如同世外桃源一般。

桃花树下伫立着一抹嫣红倩影，正是桃花林的NPC（非玩家角色）桃花妖灼灼。

泽木走上前去，跟她对话。

桃花妖灼灼：你们准备好接受心有灵犀的考验了吗？

林玳玳选择了"是"。

接受任务后，两个人得到了一粒桃花树的种子。林玳玳和泽木一起将种子种到了旁边的空地上。

系统提示播种成功后，整个画面突然一变，出现了一个题目问答的界面。每个问题下面都有一些答案要选择，而令人不解的是，这些问题根本不能称之为问题，回答还有时间限制。

第一个问题：请选择你最喜欢的水果。

第二个问题：请选择你最喜欢的数字。

第三个问题：请选择你最喜欢的颜色。

……

这样的"问题"共有五个，每个都有五个选项。问题不多，林玳玳很快完成了选项，可就在她感到莫名其妙之际，屏幕上的问答框变了。

请继续回答以下问题：

第一个问题：你的侠侣最喜欢的水果。

第二个问题：你的侠侣最喜欢的数字。

第三个问题：你的侠侣最喜欢的颜色。

……

怎么还有？

不过，看到第二份问答，林玳玳倒是恍然大悟了。原来这些问题，是为了考验侠侣之间的默契而设的。

想知道对方的喜好，询问本人是最便捷迅速的方法。

林玳玳打开私聊界面，正打算给泽木发消息，没想到输入框居然被锁定了。

系统提示：您正在蜜月任务中，消息系统暂时关闭。

林玳玳无语。

倒计时快要结束了，她也来不及搜索攻略，只好盲选一通。

结束了问答，桃花妖灼灼惋惜地摇了摇头，说："你一共答对了 0 个问题。很遗憾，你跟你的侠侣还不够心灵相通呢。"

紧接着，又有系统提示出现：泽木和猫猫猫团子，获得的心有灵犀点数为 0。

真没想到，她竟然完美地避开了所有正确答案。

第四章
"嗜血双煞"

问答结束，聊天系统也随之解锁。

桃花林中，女医师和黑袍偃师相对而立，相顾无言，气氛颇为尴尬。

当然，这是林玳玳单方面认为的。

【队伍】猫猫猫团子：抱歉，让你任务失败了。

【队伍】泽木：没事，这是新推出的副本，也需要摸索的过程，你不必觉得愧疚。

【队伍】猫猫猫团子：要是当时有别的联系方式就好了。

【队伍】泽木：如果你不介意，我们互相加一下微博，以后再做这样的任务，可以及时沟通。

这的确是一举两得的办法。听了他的解释，林玳玳当下也没有犹豫，回复了一个"好"。

【队伍】猫猫猫团子：你的微博叫什么？我去关注。

片刻后，泽木发来了他的微博名。

林玳玳打开微博，在搜索栏输入"泽木而栖"。

泽木而栖，简介：无。

他的头像是一张小树苗的特写照，嫩叶上滚着透明的水珠，背景是模糊的青色烟雨。

微博一如简介那般简洁，只有几条转载，都是与时事评论相关的。

林玳玳点了关注，又打开游戏官网查找蜜月副本的相关攻略。不过因为是新推出的副本，论坛上相关的攻略寥寥无几。

不过据官方资料介绍，刚刚的问答是蜜月副本的前置任务，每日可以完成一次。

答对一个问题，增加10分，但答错一个，要被倒扣10分。按这个说法，答错一题倒扣10分，那么得分应该是-100才对，可他们最后得了0分。也就是说，泽木全答对了？

林玳玳微微诧异。

她大致浏览了一遍，然后返回游戏中，询问泽木：刚刚那五个问题，你都答对了？

泽木：嗯。

你是怎么做到的？她既惊讶又好奇。

泽木：乱蒙的。

林玳玳：……

在两个人聊天之际，系统频道出现了一行提示。

系统：【冬之蜜月】已开启。

林玳玳从官方资料里了解到，蜜月模式里共有四个副本，是以四季为元素设计的。

冬之蜜月副本是蜜月模式里最基础的副本，只要完成一次侠侣问答即可解锁开启。其余的副本，需要随着桃花树的升级解锁。

在四季副本里面，也设置了一些获取心有灵犀点数的关卡，但并非是强制性的，玩家可以自行挑选完成。

系统提示：您是否确认进入【冬之蜜月】副本？

点击确认后，猫猫猫团子和泽木所在之地被一阵柔和的白光覆盖。白光消失后，他们站到了一处庭院里，看上去和刚才的时光庭院没有什么差别，一山一水、一草一木都如出一辙，只有一点不一样，就是原本的家园被一团灰色的迷雾覆盖了。

林玳玳疑惑：我们这是……被传送出来了？怎么回事？

泽木提醒：看右上方。

林玳玳这才发现，右上方的城镇名字起了变化。

镜面之城（冬）。

她注意到，这个"城镇"也和之前的城镇不一样了，虽然一切摆设都如出一辙，但城镇此时却被冰雪覆盖。

寒冬凛冽，大雪封城。

两个人依照着任务指引，向城外走去。

走出城镇后，出现在面前的并不是往常的野外地图，而是一片茫茫的雪山。

雪山的入口处，有几个青衫男子和几个黑衣男子正在打斗。

猫猫猫团子和泽木的突然出现引起了众人的注意，原本打斗的两伙人突然停了下来，齐齐看向了他们。

为首的白衣人突然说道："恶人当道，魔教当诛，还望两位少侠出手相助，匡扶正义！"

为首的黑衣人也站了出来，说道："呵，名门正派，衣冠禽兽，我魔教俯仰天地，可昭日月。不屑与你们这些伪君子为伍！"

白衣一帮人摆出了战斗姿势，道："两位少侠若是肯相助，我们愿献出稀有千年冰莲作为酬谢。"

黑衣一帮人也摆出了战斗姿势，道："千年冰莲算什么！我魔教自然也不会亏待弃暗投明之人！"

眼前立刻出现了三个选项——

1. 帮助白衣人。

2. 帮助黑衣人。

3. 消灭两帮人，抢夺千年冰莲。

千年冰莲是消耗物品，使用后可以获得心有灵犀点数和经验。

看来不管帮哪一边，都能得到一株千年冰莲。

林玳玳犹豫了一下，给泽木发了一条信息：选哪个？

泽木言简意赅地回复：三。

林玳玳依言选择了第三个选项。刚选择完，系统便提示：选项达成一致，心有灵犀值增加10点，战斗开始。

林玳玳惊讶。

原来同时，泽木也是要做出选择的，并且双方选择要完全一致。幸好她随口问了一句，没想到这蜜月副本到处是坑啊！

只是，刚选择完毕，两帮人突然战斗力狂升，几乎是方才双方打斗时候的两倍之多，并且他们一致将矛头对准了猫猫猫团子和泽木。

【队伍】猫猫猫团子：怎么回事？我们不是选了同一个选项吗？刚才他们还是普通小怪的等级，怎么现在突然变成BOSS了？

【队伍】泽木：大概是因为，刚才他们是互相敌对，互相牵制，如今你我二人是反派，他们一致对外，各项战斗力自然成倍提升了。

既然如此，那泽木为什么还要选择第三个选项呢？

两帮人突然举刀，朝着猫猫猫团子和泽木逼近，泽木突然一个技能砸向了两伙人，并退开一段距离，远离了猫猫猫团子。

他把小怪的仇恨都拉了过来，黑白两伙人一拥而上，围住了泽木。

林玳玳急忙给他加上状态，很快，两伙人都被泽木消灭了。

系统提示：泽木和猫猫猫团子丧尽天良，是非不分，获得"嗜血双煞"

称号!

林玳玳忍不住无语了：这称号……

泽木：挺适合的。

这哪里适合了？

林玳玳心情复杂，她默默地脑补出一幕场景——

一名"中二"少年坐在电脑前，冷笑一声："错的不是我，而是这个世界！"

正在林玳玳胡思乱想时，泽木又发来消息。

【队伍】泽木：还有时间，我们去做一下江湖侠侣任务？

【队伍】猫猫猫团子：好。

林玳玳欣然接受。

两个人又去挑战了传说中《倩女》史上最难的江湖侠侣副本，果不其然以失败告终。原因是林玳玳的操作跟不上泽木的节奏，频频出现失误。

挑战结束后，林玳玳不好意思地问：我这操作水平，还能拯救一下吗？

泽木：也许……

林玳玳眼睛一亮。没有否定，就是还有希望？

换一个人操作的话。

林玳玳：……

接连挑战了两个副本，距离上线已经过去了一个多小时。

这时候，木子熊猫的头像亮了起来，帮派的聊天频道传来消息。

木子熊猫：叮咚，你的小可爱上线了。

林玳玳当即发过去一个敲打的表情：你的小可爱不想理你，并朝你扔了一个白眼。

木子熊猫：你有了新欢，就要抛弃我了吗？

林玳玳没好气地回复：你昨天差点儿害死我。

木子熊猫：咦？难道昨天那位不是男朋友？

猫猫猫团子：只是同校的一位师兄。

木子熊猫：师兄？

猫猫猫团子：嗯，人蛮好的，帮过我几次。

木子熊猫：等等，你给他发好人卡？

没等林玳玳反应过来，木子熊猫又说：那我懂了。

猫猫猫团子：欸？

李晓萌这话来得没头没尾，林玳玳奇怪：什么意思？你为什么说懂了？

因为在橘子大大的文章里，被称为"好人"的人，都是……

李晓萌喜欢的作者"一只小橘子"曾经说过这样一段话，一直以来都被她奉为至理名言：被称为好人的男生，一定不是帅哥，要么很胖，要么就是长相不如意。

她把这段话告知林玳玳后，言之凿凿地下了结论。

木子熊猫：我看到他的背影，感觉也不是很胖。根据橘子大大的理论，这就说明……他的长相一定不尽如人意！

林玳玳失笑："辩论赛直播的时候，你没看到他的长相吗？"

木子熊猫的语气带着几分嫌弃：时有思念那镜头晃得那么快，只顾着展示她的"盛世美颜"，我满眼都是她那张大饼脸，哪里看得清那种一闪而过的路人甲。

林玳玳：……

她们在帮派里聊天，泽木自然能看得到。但他一直沉默着，没有出声，也没有下线。

A大研究生宿舍内，顾时泽翻看着聊天记录，一副若有所思的模样。

"我长得……像是个好人吗？"

他突然冒出这句话的时候，张原逸正在电脑桌前抓耳挠腮地修改着论文，一时没听清楚他说的是什么，回过神后脑海中只剩了一个莫名其妙的词。

好人？什么玩意儿？

他回过头，一脸迷茫地问："什么？"

顾时泽淡淡地重复："我的长相，不尽如人意吗？"

张原逸原本还处在半睡半醒的状态中，听到他这句话，顿时清醒了，惊得差点儿从椅子上掉下来。

他抓了抓头发，欲哭无泪："大哥，我改论文改得都快要发疯了，你就别跟我说冷笑话了，好吗？"

和林玳玳闲聊着，李晓萌终于知道了事情的前因后果。

嘿嘿，原来是这样，你当时那么拘谨，我还以为你和他有什么不可告人的关系。

隔着屏幕，林玳玳忍不住说出了心里话：那时候我挺紧张的，害怕得都不知道自己身在何处了。

一向沉默寡言的泽木难得开口：为什么害怕？

半响，林玳玳才慢慢地在键盘上敲出一行字：其实我也想像正常人一样和别人交流，只是每次想要好好说话时总觉得难为情。真羡慕那些可以和老师同学正常交流，自如地请教别人的人。

李晓萌豪气万丈地说道：怕什么，直接上啊！

看着李晓萌的回答，林玳玳既好笑，又有些无奈。

如果是这么简单就好了。她并非没有尝试过去寻找克服这种心理障碍的方法，在她的电脑文件夹里，收藏着许多关于克制社交恐惧症的资料，她也曾经在图书馆查阅过相关的书籍，然而都是纸上谈兵，毫无用处。每当到了最关键的时刻,她总是鼓不起勇气,踏出最关键的一步。

泽木却是沉默了一会儿,回复道:其实,你没必要一蹴而就,完全可以从最简单的事情做起,一点点地改变。比如,第一步,你可以先试试独自去奶茶店买一杯奶茶。

从买一杯奶茶开始吗?

林玳玳的目光落在泽木的回复上,怔怔出神。

大概是晚上想的事情有些多,第二天林玳玳起得有些晚。

上午有一节公共选修课,她出门晚了,来到教室的时候,教室已经坐得满满当当,只剩下后排几个座位。

她猫下身,飞快地溜到一个角落的位置。落座后,她发现旁边坐了一位行为动作鬼鬼祟祟的男生。他个子很高,长得白白净净,戴着眼镜。

这男生……似乎有点儿眼熟,林玳玳对他有些印象。

一个月前,在 A 大和 B 大联合举办的动漫节上,这个男生穿着一身黑色制服,戴着黑框眼镜,吊儿郎当地坐在六楼教室的窗台上,还撑着一把大黑伞。

在旁观者看来,这个举动十分危险。

路过的人被吓了一跳,问他想要做什么,却只得到一个不屑的眼神和一句"呵,愚蠢的人类"。

于是大家以为他要跳楼,议论纷纷,引来的人越来越多,连警卫室和副校长都被惊动了。

保安拿着大喇叭在楼下歇斯底里地大喊:"窗台上那位同学,不要冲动!"

一番周折之后,他被老师和学生齐心协力地"救"下窗台。这时候,他才不情愿地说出自己只是在模仿一个动漫主角坐在窗台的情形。

当时，林玳玳就在六楼的教室里上课，正好目睹了这一幕。那时候，她就觉得这男生有点儿神经质。

总之，一言难尽。

林玳玳刚准备收回视线，那男生似有所觉，转过头来，对上了她的目光。他推了推眼镜，不屑地瞪了她一眼："看什么看，没看过帅哥吗？"

林玳玳惊呆了。

本就不擅长和人聊天的她更是没有和这样的人说话的经验，只好假装没听到，默默地从包里拿出书和笔放在桌上。

尽管如此，旁边那个男生一直在肆无忌惮地打量着她，让她浑身不自在。

铃声响起后，教授开始看着花名册点名，然而从头到尾都没有点到男生的名字，他似乎是来旁听的。

点完名后，教授切入正题，开始讲课。

而男生却从书包里翻出一本与课程毫不相关的书，竖在桌子上，躲在书后，不甘寂寞地东看西看。

教授看到他探头探脑的样子，眉毛一皱："那个穿着格子衣服的男生，麻烦站起来解释一下什么叫'马太效应'！"

教室在一瞬间安静下来。

为了避免被殃及，林玳玳自觉地往远离他的方向挪了一些。

可是，男生压根儿没有意识到教授在说自己，依旧在东张西望。

教授眉毛皱得更紧，语气也严厉起来："就是那个坐在最后一排，穿着绿色格子衣服，戴着眼镜，一直盯着旁边的女同学看的男生！"

教授话音落下，同学们顿时哄堂大笑。

万众瞩目之中，男生这才如梦初醒，慌慌张张地站了起来，一张脸涨得通红，结结巴巴地说道："那个，老师，我只是来旁听的……"

"哦？"教授翻着花名册，颇感兴趣地问，"你是哪个系的？叫什么名字？"

男生："其实……我不是这个学校的，我是 B 大计算机系的。"

B 大，与 A 大只相隔一条街道的学校，名气不输 A 大。

教授眯起眼："B 大计算机系的？居然还是外校的，同学，你专程跑过来听我讲课，是对我的课程很感兴趣？"

男生眼珠一转，赔笑说："是啊是啊，我对教授的仰慕如江河之水般滔滔不绝，之前就一直想瞻仰教授的风采。所以今天一早就过来占了位置……"

教授立刻换上另一副严肃的脸孔："那好，既然你对我的课这么感兴趣，请你解释一下什么叫'马太效应'。"

教室里又是一阵哄笑，男生僵住的表情似乎有龟裂的趋势。

男生并没有在教室里待太久，第一节课刚结束，他就趁着课间休息的机会，抓起书包落荒而逃。

下课后，林玳玳收拾好书包，离开教室，去食堂吃饭。

中午十二点，学校食堂又是人满为患，林玳玳转了一圈，发现菜色也不怎么样，于是决定去校外吃。

在路过学校门口的奶茶店的时候，她脚步顿了顿，忽然想起泽木的话。

——先从买一杯奶茶开始。

她曾经听舍友说过，这家奶茶店里的饮品和小食都很不错，她一直想买来尝试，但每次走到奶茶店的门口，就失去了走进去的勇气。

想到奶茶店来来往往的人，林玳玳心里弥漫出了紧张的情绪，她做了一个深呼吸，正准备向奶茶店走去，忽然被一个人重重地撞了一下。

尽管不是自己的错，林玳玳还是习惯性地开口："不好意思，我……"

"呵。"

没想到下一刻传入她耳中的，却是一道有些耳熟的声音，林玳玳心里生出一种不祥的预感，她抬起头，映入眼帘的是那张熟悉的脸——之前课上遇到的 B 大男生。

林玳玳张了张嘴，正打算说话，对方却先一步，轻蔑地说："又是你，跟着我想干吗？想要吸引我的注意吗？你以为这样就能拿到我的手机号码？你想错了。"他拨了拨刘海儿，语气不屑，"像你这样有心机的女孩我见多了，以为我是那种会轻易上当的肤浅男生吗？"

这家伙是怎么回事啊？他们压根儿就不认识呀！

林玳玳听他噼里啪啦说了一通，完全愣住了，慢了一拍的脑子刚想出反驳的话，鼓起勇气想要说出口，对方已经趾高气扬地离开了。

遇到这样的事情，让林玳玳直到点餐后依然十分心塞。

她坐下后，打开微信，愤怒地对李晓萌吐槽："我刚才在学校外的奶茶店，遇到了一个莫名其妙的自恋狂！"

李晓萌几乎秒回。她兴致勃勃地说道："求详情！"

林玳玳把事情的来龙去脉告诉了她，可是，对方的反应却让她更心塞了。

李晓萌："听起来真像是一个欢喜冤家型爱情故事的开头！"

"你走开！"

第 五 章
意 外 的 邀 请

正午阳光炙热，落地窗户外，路人行色匆匆。

围绕 B 大男生展开的讨论很快结束，李晓萌转移了话题，说自己最近开了一个新的漫画连载，让她去捧捧场。

林玳玳的第一反应，却是——"等等，你不会又要把我画成恶毒的反派女配角吧？"

李晓萌迅速回复："当然不是！我怎么会是那样的人？"似乎想起了过往的黑历史，她略有些底气不足。但她很快又信誓旦旦地保证："你就放心吧，这一次我让你做女主角。"

林玳玳半信半疑，点开了她发来的网址。

李晓萌刚上传了新连载的第一话，名字取得很文艺，叫《时光也倾城》。漫画讲述了职场新人林喵喵在送文件的时候，误把顶头上司当成了女生，结果闹出了一系列的乌龙。

好像还蛮有趣的，不过……这场景怎么看着有点儿熟悉？

林玳玳看了几页,手机振动起来,提示她收到新的微信信息。

她顺手点开。

Zerus:师妹,你最近什么时候有空?

是来自顾时泽的消息。林玳玳的手指在屏幕上停顿片刻,才回复。

猫猫猫团子:师兄是要去还书吗?

Zerus:嗯,借来的书看完了,打算去办一下还书手续。

Zerus:估计要麻烦你走一趟了。

猫猫猫团子:这周六下午可以吗?

过了一会儿,对方回复。

Zerus:好,那就在图书馆前见。

最近几天,G市的天气格外闷热,似乎正酝酿着一场暴风雨。

果不其然,到了周六,早上还是艳阳高照,临近中午的时候却突然下起了雨。

考虑到雨天路面湿滑,林玳玳提前了二十分钟出门。

路上人影稀疏,偶尔遇见几个落单的人,都是脚步匆忙。

雨势渐大,雨点砸在铺着青砖的校道上,溅开了透明的水花。灰蒙蒙的水雾在A大校园里弥漫,景物的边际似乎被模糊了,影影绰绰,看不真切。

走入图书馆的区域内,林玳玳远远地就看见图书馆门前那道修长的身影。

顾时泽穿着白色衬衣,衣袖挽至肘部。他往那里一站,周围的一切仿佛都成了他的陪衬。他就像是雨中一道亮丽的风景线,吸引着旁人的目光。

要说她对顾时泽的感觉,无疑是敬畏的。但潜意识里,却不想与他有太多的牵扯。她本来就不善交际,更害怕暴露在别人的目光下。和像顾时泽一样的人物走在一起,无疑会成为他人关注的焦点。

不过，过了今天，终于要结束了。

这么想着，她的心情也轻松不少。

林玳玳收起伞，快步向他走去。水珠沿着伞滚落到台阶上，伞尖在地上画出一条蜿蜒的水迹。

"顾师兄，不好意思，让你久等了。"

顾时泽微弯唇角，说道："是我不好意思才是，大雨天还要让你特意出来一趟。"

林玳玳摇了摇头："没关系，反正我也是要过来还书的。"她取出校园卡，向柜台走去，打算以最快的速度把还书手续办妥。

然而，事情却没有跟随着她的想象而发展。

顾时泽叫住了她："师妹，今天邀请你出来，其实还有另外一件事。"

林玳玳一愣，迟疑地回过头："什么事？"

他说："我们待会儿换个地方谈。"

办理完还书手续，两个人去了学校外的咖啡馆。

雨过天晴，天空蔚蓝如洗，外面被雨水冲刷过的街道焕然一新，但林玳玳的内心并不踏实。

侍应端上两杯柠檬水，顾时泽向他点头致谢后，转头看向了林玳玳，问道："我看了你的答卷，觉得你的一些想法十分新颖，也很有趣，所以，你有兴趣加入我们的策划组吗？"

林玳玳睁大眼睛，难以置信："师兄，你是说……要邀请我进……"

他的语气极为认真："是的。"

顾时泽突如其来的邀请像天上掉下来的一块馅饼，把林玳玳砸晕了，反倒让她有些不知所措。

见她面露迟疑，顾时泽似乎误会了什么，问道："你有什么难处吗？如果是为了住房或是其他的问题，我可以帮你解决。"

林玳玳犹豫着开口:"不是,我只是觉得……师兄,这个问题……我……"

惊喜过后,和人交流的紧张感觉又出现在心里,她深呼吸了一下,勉强维持着镇定,不敢直视顾时泽的眼睛,原本打算勇敢说出自己真正的想法,然而话到嘴边的那一刻,她却又退缩了,声音低了下来。

她端起杯子抿了一口柠檬水,说:"我能回去考虑一下吗?迟一些给你答复。"

顾时泽没有为难她,只是说:"好,你想好了,就给我打电话,或者发微信也行。"顿了顿,又补充道:"我的电话号码是138×××,你可以记一下。"

林玳玳点了点头,心里对自己失望的同时又微微松了口气,默默地掏出手机记下了这串数字。

咖啡馆外,正与好友逛街的安思念突然停下了脚步,她的表情有一瞬的僵硬。

身边的同伴顺着她的视线望去,疑惑地唤道:"思念?"

安思念很快收回了视线,表情沉静地说:"没事,刚才以为见到一个老同学。是我看错了。"

"那我们走吧。"身旁的好友并不在意地说,"最近YSL(圣罗兰)唇釉出了新的色号,我特意让专柜留了几支,我们赶紧过去吧!"她的语气里满是兴奋之情。

安思念敷衍地点了点头,明显心不在焉,但很快被好友给拉走了。

跟顾时泽分别后,林玳玳心事重重地回到宿舍,给李晓萌发了一条信息。

"晓萌,我之前不是参加了Y集团宣讲会的笔试吗?今天在Y集团负责一个项目的师兄邀请我加入,可是我还没想好究竟去不去……"

信息才发出去不到一分钟,提示音响起,李晓萌回了短信:"真的吗?这是好事呀,有什么好犹豫的?当初不是你自己报的名吗?"

看着李晓萌的回复,林玳玳无声地叹了口气,依然拿不定主意。

话是这么说没错,但是……实际上,她当初只是尝试投简历,并没有想到会有被选中的可能,谁知道这个天大的馅饼竟然真的落到她的头上了。

林玳玳把手机扔到一旁,用枕头蒙着脑袋,脑子里一会儿是泽木的话,一会儿又是顾时泽诚恳的邀请,她怎么都下不了决心。

她心里生出一阵烦躁,索性丢开枕头,爬下床,打开了游戏。

进入游戏界面,熟悉的背景音乐让她烦躁的心情逐渐平静下来。

待到自己的角色出现在视线中,她习惯性地拉开了好友列表,发现只有泽木是在线状态。

泽木……想起他之前的话,林玳玳心里生出了淡淡的心虚。

他给自己的提议,原本自己答应得好好的,可她并没想到会遇到那个奇怪的B大男生。他彻底打乱了她的计划,导致她的奶茶没有买成。

等她吃完饭再路过那家奶茶店时,却发现那家店提前关门了。

大概鼓起勇气也是需要时间的,短暂的午餐时间似乎把她好不容易存起来的勇气给用完了。直到现在,她还没有把这样简单的小事做好。

可是,今天发生的事情……她却又很想告诉泽木,听听他的建议。

回过神时,林玳玳发现她已经点开了和泽木的对话窗口。

或许是因为隔着屏幕,不知道对方究竟是谁,对方也不可能知道她的身份,这样的距离让她觉得很有安全感。

林玳玳犹豫片刻,十指落在键盘上,轻轻敲打。

在吗?

消息发送过去,过了很久也没有得到回复。

正疑惑着,林玳玳看到一支乱哄哄的队伍从自己身旁经过,向城外跑去，他们的言语之间提到了"泽木"和"大英雄"。

发生了什么事？

这时，她收到了泽木姗姗来迟的回复：稍等一下。

林玳玳心里顿时有种不太好的预感，她悄悄地跟上了队伍。

果不其然，刚来到城外，她就看见大英雄带领着一伙人在追杀泽木。

大英雄指挥着他的喽啰堵住了泽木的去路，嚣张地大声嚷嚷：泽木，你有本事娶猫猫，就来和我决战啊！

是男子汉就来跟我一决生死！

怎么不作声了？之前不是还很嚣张吗？难道怕哥了？

大英雄和他的狗腿们像猴子似的，在泽木周围上蹿下跳，附近频道全都被大英雄的语言污染，没完没了。

泽木岿然不动，只丢出冷冰冰的三个字：没时间。

哈哈哈！

见状，大英雄更加得意了。他嘲讽地刷出一排哈哈大笑的表情，正准备进一步嘲笑泽木的时候，他的身影突然定住了。

正当附近的玩家疑惑之际，大英雄的身影化作一道白光，掉线了。

怎么回事？

刚刚还附和着大英雄，叫嚣着要把泽木打到删号的狗腿子们都愣住了。他们看着大英雄消失的地方，面面相觑，不知所措。

大英雄这一出让围观的吃瓜群众意外不已，世界频道立刻出现了一片嘘声。

大英雄的狗腿子们本来就是被临时召集而来的，见领头的突然跑路，都傻眼了。看着众人的嘲笑，狗腿子们觉得特别丢脸，赶紧跑路了。

等大英雄再次上线的时候，他才发现世界的风向已经变了。不仅他带来的人落荒而逃，就连他也被挂在了耻辱柱上，大家都嘲笑他挑衅不成，还被吓跑路。

不对，我没有，我不是落荒而逃！大英雄气急败坏。

话虽这么说，但只看见大英雄在世界频道上发信息，人却不见踪影。

这下子，狗腿子们纷纷把矛头对准了他。

大英雄，哥儿们讲义气给你找场子，你竟然丢下我们跑了？

呸，害我们丢这么大的脸，还好意思回来。

面对千夫所指，大英雄急急地辩解：别胡说！我才不是怕了泽木！我只是忘记交这个月的网费，所以才突然掉线。

你们看我现在是用手机口袋版登录就知道了。

喂，你们听我解释！

可是没人相信他。

这场由大英雄引发的闹剧结束了，看着他和他的狗腿子们狼狈逃跑的模样，林玳玳愉悦地笑出声来。

她正要返回城里，泽木已经使用技能"千里婵娟"来到她的身旁。

抱歉，刚刚解决了点儿小麻烦。他的私聊信息随之而来。

这个小麻烦，自然是指大英雄。但泽木只字没有提起他，只轻描淡写一句话就把话题带过去了。

林玳玳发了个笑脸的表情：没关系。对了，大英雄的事情，谢谢你。

刚才的事情，实际上是因她而起，泽木居然一声不吭地扛了下来，说不感动是假的。

泽木：不必言谢，分内之事。

这句话杀伤力十足。林玳玳微微脸红，但转念一想，说不准他只是随口一说，并没有弦外之音。

这时，泽木开口：你遇到了什么困难？

回到正题上，林玳玳收起思绪，飞快地打字：是的，我……

她向泽木倾诉内心的矛盾。在这过程中，泽木没有插话，而是耐心地听她讲述完。

良久,泽木回复:既然有机会,为什么不尝试着跨出一步呢?

林玳玳一愣。

机会,尝试,跨出一步。

林玳玳低声重复着他的话,渐渐地,心中有什么闭塞已久的东西被冲开了,豁然开朗。

泽木又说:你也不必把自己逼得太紧,有些事情,需要经过深思熟虑,才会得到最好的解决途径。你不妨给自己一些时间。

谢谢你,我会好好考虑的。

林玳玳向他道谢,忽然想起了什么,她又随口问了一句:泽木,你是学生吗?

泽木:嗯。

他的回答印证了林玳玳的猜测。果然如此,不过怎么感觉泽木一个中学生,想法竟然比自己还成熟?

这么想着,林玳玳的唇角不由得浮起了一丝笑意,心里却飞快地掠过一抹怅然。

年少时期真好,总是这样天不怕地不怕的性子,讲义气,为朋友两肋插刀,也不会像她一样无论做什么事情,总是瞻前顾后,犹豫不决。

谢谢你,泽木。

尽管曾经的她并不是现在这样……

临近期末,A大的学生都进入了紧张的复习阶段。

2班的班长把考试相关的复习资料上传到群里,以供班里的同学下载参考。

除了刘珊外,林玳玳宿舍里常不见人的舍友也都回到学校备考。

本学期的课程已经结束,在学期末,图书馆的自习室很难占到位置。

林玳玳减少了上网的时间,一大早就起来去图书馆自习。

回到宿舍的时候,林诗淇和付桐玉正在看书。

林玳玳早上出门的时候,她们还没起来。大概是起床晚了,就索性留在宿舍里自习。

林诗淇静不下心来复习,走马观花地翻看着手中厚重的教科书。翻了几页,她扔下书本,抱着脑袋烦躁地说:"啊啊啊,书看不进去怎么办?这学期忙着找实习单位,我都没怎么听课,要是期末挂科了怎么办?我可不想下学期提前回来补考。"

付桐玉扶了扶眼镜,随口说道:"你这是考前焦虑症,我建议你去心理宣泄室打沙包发泄一下。"

"心理宣泄室?"林诗淇转过头,问,"在哪里?"

付桐玉说:"就在心理学系的教学楼,我大一的时候压力太大,就经常去打沙包。"停顿了下,她又补充:"哦,对了,那边还有一个心理咨询室,不过我没有进去过。是心理学系的教授轮流值班,遇到什么情感问题都可以去,免费的。刘珊就经常把那里当作恋爱咨询室。"

心理咨询室?

林玳玳拉开抽屉的手一顿,下意识把付桐玉的话记在了心里。

接下来的一周,林玳玳的时间都是在图书馆里度过的。

周五自习完,距离她平时吃饭的时间还有一个多小时。这时,她想起了付桐玉提过的心理咨询室,不由得放缓了脚步,鬼使神差地转了一个方向。

教学楼F区,102心理咨询室。

看了一眼墙上的门牌,林玳玳走上前去,小心翼翼地敲了敲门。

"请进。"

得到应允,她推门走了进去。只是,映入眼帘的却是一张熟悉的面容,林玳玳不由得吃了一惊,脚步顿了顿,迟疑地唤道:"顾……师兄?怎么会是……"

顾时泽眼眸抬起,看到来人是她,似乎也有一些意外。

他朝她微微颔首,解释说:"陈教授临时有事,叫我顶替一下。"说着,他不动声色地站了起来,走到饮水机前接了一杯水递给她:"坐,先喝口水,不用拘谨。"

林玳玳接过水,迟疑地坐了下来:"谢谢。"

没想到在这里值班的人会是顾时泽,林玳玳只好在心里为自己鼓气,努力把面前的顾时泽想象成心理学系那些胡子花白的权威教授。

"不必担心,你在这里所说的一切,不会有第三个人知道。"仿佛看出了她内心的疑虑,顾时泽善解人意地开口,循循引导她进入话题,"你遇到了什么困难?"

她垂着眸子,犹豫了下,才低声开口:"顾师兄,你知道……社交恐惧症吗?"

说出这句话的时候,她不敢抬头去看顾时泽的表情,生怕他脸上出现什么异样。

顾时泽问:"是从什么时候开始的?"

他声音平静,并没有其他类似于同情、诧异之类的情绪。

"啊?"林玳玳一时没有反应过来。她抬起头,恰好对上他沉静的眼睛。

他定定地看着她,重复道:"你的社交恐惧症,是从什么时候开始的?"

从什么时候开始?

这个问题,一下子把林玳玳心底那些不好的回忆勾了出来。

她的目光与顾时泽的视线对上了一刻,却又不自然地匆匆避开。

她摇头："我……具体什么时候，我也记不太清楚了。"

顾时泽把她的犹豫和挣扎尽收眼底，却没有点破。

"没关系。"他不动声色地跳过了话题，"那么，对于你这种状况，你以前是否有尝试过做一些事情，去改变它呢？"

林玳玳点点头，迟疑地说："有，但是……"

每当到了最关键的时刻，她总是可耻地选择了逃避，结果是不言而喻的。

顾时泽没有再追问她的社交恐惧症的由来，只是问了一些简单的问题。他的问话方式非常有技巧，就像在与好友聊天一样。林玳玳并没有感到任何的不适，盘旋在心头的紧张感反而奇迹般地消失了。

问答结束了，顾时泽说："大概的情况我已经了解了。你目前的情况不算是太严重，至少你没有把自己彻底地封闭起来。"

"你可以先尝试一下，从微小的细节去改变。例如在跟你的朋友相处的时候，可以更主动一些，从相处的细节上逐渐改变自己。"他建议道，"又比如说，在与别人相处的时候，不必害怕别人的目光。拿出点儿自信来，相信自己能够做到，而且可以做得很好。"

低沉的声音传入耳中，林玳玳不由自主地抬起头，再次与他四目相接。而后，她又听到他说："没错，就像现在你直视我的眼睛一样。"

这是从未有过的认同感。莫名地，林玳玳心跳如擂鼓。她听到自己说："好，谢谢师兄的建议，我会尝试着去改变的。"

顾时泽先是有些意外地扬起眉，旋即点点笑意在深邃的眸中蔓延开来："不过，你也不需要把自己逼得太紧，改变并非一朝一夕的事情。"

顾时泽又和她聊了一会儿，林玳玳的心情渐渐放松下来，话题在不知不觉间转移到游戏上。

说到进入 Y 集团的原因，顾时泽说："我答应过一个人，要给他设计出最好玩的游戏来。"

林玳玳好奇地问:"哎?那师兄怎么会选择心理学这个专业呢?"

心理学和游戏看起来毫不相干呀。

他说:"选择这个专业,大概是因为我哥的缘故吧,他是业内有名的心理专家,在国际上的名气也不小。父母都希望我能把他当作榜样和目标,跟随他的脚步。本科的时候,我也曾到心理咨询机构实习过,但那时候才发现,这并不是我想要的东西。回想起初衷,我才明白自己想走的是什么路。

"不过,选择什么专业并不重要,即便是选择了自己不喜欢的专业,也不代表就一定要走那一条道路。毕竟,人生那么漫长,无论什么时候重新开始都不会太晚,选择权终究是握在自己的手中。"

看似轻描淡写的一番话,却准确无误地闯进了林玳玳的心中。

说话间,顾时泽在便利贴上写下一行字,撕下,叠起递给了她,说:"当你想要放弃的时候,不妨看看我给你开的'药方'。"

回过神来时,林玳玳已经走在返回宿舍的路上。

想起顾时泽给她的"药方",她收住脚步,展开攥在手中的字条,清逸有力的字迹跃入眼中——

我相信你可以做得到。

"为什么不尝试着迈出一步呢?"——泽木曾这样对她说。

如果说,泽木的一番话是药引,让林玳玳有了想要改变的勇气,那么顾时泽的话则像一剂猛药,推动了她迈出这关键的一步。

下定了决心,她主动给顾时泽发了一条微信:"顾师兄,我考虑好了,我想加入你们的团队。"

过了一会儿,微信提示音响起,她收到了回复。

Zerus:"林师妹,我代表我的团队欢迎你。"

眼角余光看到突然闯进心理咨询室的"不速之客",顾时泽手指

第五章 意外的邀请

微顿，停在了手机的虚拟键盘上。

他按上手机的锁屏键，对方已毫不客气地在他对面坐下："你们这里服务这么好，还提供水呀。"看到桌上有一杯水，他端起来就要喝。

但杯子还没碰到嘴唇，就被顾时泽拿走了。

"想喝自己倒去。"

来人愣了下，对他这举动颇为不解："哎，我说阿泽，不就一杯水，用不着这么小气吧？"

顾时泽挑眉："刘昱，你过来做什么？"

刘昱是理学院研二的学生，顾时泽与他是在参加高校推理大赛的时候结识的。一来二去，就混熟了。

刘昱说："来心理咨询室还能做什么？当然是来咨询心理问题啊。"

顾时泽问："你要咨询什么问题？"

刘昱跑到饮水机前，接了满满的一杯水，咕咚咕咚灌了下去，喘匀了这口气，才返回来，神秘兮兮地说："我最近走在路上，总觉得回头率高了很多。就像刚刚从你这里离开的妹子，从我身边经过的时候看了我好几眼，你说我要不要抓紧机会……"

顾时泽停顿了一下，打开笔记本电脑，语气平静地说："你的确是患上了某种心理疾病。"

刘昱一呆，有些意外："什么？"

"这种心理疾病叫作'那喀索斯症'。"顾时泽没有看他。

刘昱抓了抓头发，困惑地说："这是什么病症？我怎么从来没听说过。"

"你可以自行搜索一下。"

刘昱打开搜索引擎，把他刚才所说的病名输入，然后对着搜索结果念了出来："那喀索斯症，Narcissism。又称为自恋症、自恋癖或影恋……"

声音戛然而止。

"咳咳咳……呸呸,这什么东西?"刘昱被呛着了,对上顾时泽似笑非笑的眼神,不由得老脸一红,"好了,不和你说笑了。我回来找教授写推荐信,听老朱说你在这里值班,就顺便过来了。"

"我来是想告诉你,博士保送名单出来了。"

顾时泽神色淡然,并没有丝毫意外之色,似乎这件事情早在他的意料之中。

"阿泽,决定了吗?"刘昱疑惑地问,"你真的要拒绝陈教授的挽留,不留校或是继续读博吗?你一个心理学的高才生,突然跑去做游戏,这太可惜了。你们系的教授要是知道,准哭瞎了。"

"决定了。"顾时泽语气平淡,却带着不容置疑的肯定,"我的选择,从未改变过。"

最近几天,林玳玳和李晓萌聊天的时候,破天荒地用上了语音的方式。

李晓萌察觉到了这一改变,有些惊讶:"咦,玳玳,你最近怎么改发语音了?以前不是很抗拒语音的吗?"

林玳玳微笑:"没什么,只是想通了一些事情。"

李晓萌也发了条语音过来:"这就对了,你应该多说些话,不要浪费了你好听的声音。"

和李晓萌聊得愉快,林玳玳突然察觉到面前有一道阴影落下。她一抬头,就看见安思念端着盘子过来了。

她面含微笑:"介意我坐这里吗?"

还没等林玳玳回答,安思念就放下盘子坐在了她的对面,然后若无其事地翻看着手机。

安思念小口小口地吃着面包,不时用眼角的余光瞄林玳玳。只是,林玳玳始终对她不理不睬，安思念有些坐不住了，过了一会儿，她终于开口："你……认识顾师兄？你和他是什么关系？"

林玳玳收拾好餐盘，站了起来，平静地说："我吃完了，先走一步。"

"哎……"

安思念看着林玳玳利落离开的背影，脸色一下子沉了下来。

六月是多雨的季节，刚下过一场大雨，校道上梧桐树的叶子落了一地。

林玳玳被安思念堵住问话，一天的好心情都被破坏了，导致上午自习的效率极低。一上午的时间过去，她索性收拾东西，返回宿舍。

宿舍里只有林诗淇一人，她正抱着一罐果脯在看视频。

视频里传出的声音有点儿耳熟，林玳玳循声看去，才发现林诗淇看的是时有思念的直播。

竟然又是安思念，她怎么这么阴魂不散？

林玳玳微微蹙眉，正准备回到自己的位置上，没想到直播镜头里，安思念的身后出现了一个熟悉的身影——是她曾经遇到过的，那位自称是B大计算机系的男生。

咦？

林玳玳心里提起了一些兴趣，脚步不由得慢了下来。

那男生站在安思念的身后不远处，一直悄悄地盯着她看，神情举动看着颇为鬼祟。

正举着手机直播的安思念当然没有看见，但身后的这一幕，却让观众们炸开了锅，他们纷纷激动地发言。

主播，你后面有个男生一直盯着你看！

思念小姐姐！不愧是校花，真有魅力，那个小哥看你都看呆了，一定是被小姐姐的美貌折服了！

好猥琐啊！干吗一个劲儿盯着我家思念小姐姐看？放开让我来！

羡慕这些人，可以和思念大美女在一个学校！

安思念回过头，果然看到一个白白净净的男生直勾勾地盯着她看。虽然她的桃花不少，直播后更是经常被观众表白，不过见到别人倾倒在自己的外貌下，她依然觉得虚荣心得到了极大的满足。

她似是不在意地整理了一下头发，保持着得体的微笑，谦虚地说道："也没有啦，人家又不一定在看我，说不定只是正好往这个方向看呢。"

这话一出，她的粉丝们立刻炸了，纷纷激动地留言。

他当然是在看你啊，小姐姐！思念小姐姐这么美居然还这么谦虚，让我们这种人丑还自恋的怎么活？

哇，主播，他忽然走过来了，难道要跟你表白？可千万别答应啊！

难不成真是来表白的？

安思念心里有些得意，脸上却有些苦恼地皱起眉，似乎对这个不上档次的追求者有些苦恼。

她表现得十分犹豫："可是，要是实话实说，会不会太伤对方的心？"

果然观众们纷纷表示心疼，并表示"小姐姐就是太善良了""那种歪瓜裂枣怎么配得上主播"，随后，又担心上了安思念的安全问题。

那男生不会是对思念姐姐不怀好意吧？

没错，对这种图谋不轨的男生，一定要毫不留情地拒绝，不能给他任何幻想的余地。

见大家口风一致，安思念似乎下定了决心，转过身，一脸抱歉地说道："对不起，这位同学，虽然你很好，可是你不是我喜欢的……"

没想到这 B 大男生突然大步流星地走到她身边，用不屑的眼神瞟了瞟她拿在手上的手机，阴阳怪气地说道："现在的女生真是不知廉耻，就知道拿手机偷拍我，以为假装自拍我就不知道了吗？"

第 六 章
这是巧合吗

这一瞬间,虽然隔着屏幕,林玳玳也能听见从里面传来的"啪啪啪"的打脸声。

弹幕正以肉眼可见的速度减少,安思念的粉丝似乎都惊呆了。

而她本人的笑容顷刻僵在了脸上,若不是还在直播,估计那温柔大方的模样也难以维持。过了半晌,她才找回自己的声音:"这位同学,很抱歉,我……"

男生却毫不留情地打断了她:"你以为我看到你在偷拍我,就会主动上前跟你合照吗?你想错了,欲擒故纵的把戏我见得多了,别想用这种方式拿到我的联系方式。我才不是那种随便被勾搭就上当的人!

"还有,你这是侵犯我的肖像权的行为,赶紧把我的照片给删了。我人还是很大方的,就不跟你计较了。"他满面的不屑。

这话一出,林诗淇立刻破功,直接笑倒在桌上,笑得喘不过气来。

估计这是"肖像权"这个词被黑得最惨的一次。

林玳玳能看得出，安思念虽然表面还维持着从容的神色，但内心其实早已呕血不止。

场面一度十分尴尬。

"咦，安思念这表情好像还蛮适合做表情包。"林诗淇像发现了什么有趣的事情，立刻放下手中的果脯罐，鼠标和键盘齐用。她手疾眼快，不过瞬间，已经飞快地截了好几张图。

直播间内，男生不留情面的话语，让安思念的粉丝瞬间炸了。

这男生也太没绅士风度了吧？就算是思念姐姐向他告白，那也是他的福气！

也有人半信半疑——

主播，你不会真看上他了吧？

没想到主播的口味如此独特。

弹幕的风向一下子被带歪了，安思念脸色都变白了。

因为弹幕的原因，场面显得更加尴尬，而B大的男生还在镜头前不依不饶地嚷嚷着让安思念删照片。

没过几秒，屏幕突然变黑。

安思念中止了直播。

林玳玳忍俊不禁，那B大男生，杀伤力果然巨大。

听到身后的动静，林诗淇回头和她打了声招呼。

林玳玳应了声，正要返回自己的位置。似乎想起什么，她停了下来，向林诗淇询问："对了，诗淇，有件事想问问你。你暑假实习，是实习单位安排住宿，还是在外面租房？"

"我是在外面租房，怎么了？"林诗淇问。

林玳玳解释说："我最近找到了实习单位，但住的地方还没着落，所以想跟你打听一下，这附近哪里可以租到房子。"

林诗淇说："那待会儿等小玉回来，你可以向她打听一下。我租的房子是她帮忙找的。"

"好的。"

又解决了一个问题，林玳玳心情愉悦。

原来，迈出小小的一步，也不是很困难。

又过了两天，期末考试到了。

大三下学期共有七门需要闭卷考试的课程，最后一门考试安排在周五的上午。

课程的知识点林玳玳都复习到位了，因此答题过程十分顺利。

考完最后一门，从考场出来，是周五的十一点十分。

林玳玳离开了教学楼，开机，打算处理一下考试期间收到的留言。

提示音接连响起，通知信息栏显示收到了若干条微信信息。

她打开一看，才发现自己被顾时泽拉进了一个微信讨论组中。

讨论组的名字起得简单，简单利落地就叫作"项目组"。

林玳玳猜测到项目组的作用，不过最近几天，这个讨论组似乎被"征用"为考试讨论组了。

项目组（8）

维他命C：各位师兄师姐行行好，求高数过70分的心得。

60分是考试的及格线。但A大对学生要求向来严格，要求总学分平均2.0以上才能拿到学位证，也就是说，平均分要到70分以上。

讨论组里原本在潜水的人纷纷像雨后春笋一般冒了出来。

疾风之刃：不是吧，江维，你不是化学系的吗？怎么连一门高数都搞不定？

维他命C：没办法，我填志愿的时候本来报的是自动工程系，没想到分数不够，被调剂到化学系了。

疾风之刃：自动工程系就没高数了吗？

草根：这我帮不了你，我的高数也是压线过的。

吴吴：多做题，少摸鱼，少聊天。

阿朱哥哥：这个问题，你得问阿泽@Zerus，考试相关的事情，他最拿手了。

脱非入欧抽到ssr：对啊，平时都没怎么见他复习，他的高数都是裸考过的，而且是高分过。

Zerus：少做几道填空题？

顾时泽出现了。只是他的话一出，整个讨论组都静了下来。

一阵诡异的沉默之后。

阿朱哥哥：我发现，阿泽是我们当中最会讲冷笑话的一个了。

维他命C：附议！

Zerus：冷笑话？

阿朱哥哥：咳，有人打电话来了，我去接一下。

这时，终于有人眼尖地发现了林玳玳的存在。

维他命C：咦？有新人进来了？

吴吴：新人也是A大的吗？哪个系的，大几了？

阿朱哥哥：@Zerus 不出来解释一下？

林玳玳斟酌了一下词语，最后还是发了一个笑脸，向群聊里的成员们打招呼。

猫猫猫团子：各位师兄师姐好，我是法学系大三的林玳玳。

脱非入欧抽到ssr：居然是小师妹！

草根：欢迎新人小师妹。

Zerus：这位就是我之前跟你们说过的那位师妹。

阿朱哥哥：懂了。

脱非入欧抽到ssr：秒懂。

草根：阿泽看好的人……我也懂了。

林玳玳疑惑，他们懂什么了？

疾风之刃：@阿朱哥哥 老朱，你不是说去接电话了吗？

阿朱哥哥：哦，他说打错了。

疾风之刃：汗。

顾时泽什么也没说，只是发了一个微信自带的微笑表情。

阿朱哥哥：阿泽，你别笑了，笑得我害怕。

维他命C：各位师兄师姐，先救救我的高数吧！补考再不过我就要完蛋了！（吐血表情）

阿朱哥哥：我也没辙。小师妹，你的学习怎么样？

猫猫猫团子：不算太好，但是还行吧，过70分还是可以的。

维他命C：那快救救我！求秘诀！

猫猫猫团子：呃，这个……师兄，法学系没有高数。

过了好一会儿，江维发出一张倒地不起的表情包。

林玳玳看着群聊里的信息，弯起嘴角无声一笑。跟她想象的不太一样，顾时泽项目组里的人并不都是一个系的，但蛮有趣。

为了准备期末考试，她已经好几天没上游戏了。她平时都是在晚上上线的，但今天考完试，难得可以放松一下。

用过午餐回到宿舍后，她登录了游戏。

然而这个时间段，泽木和木子熊猫都不在线。于是她回到就近的仓库，整理了一下背包，又取了几组蓝药。

刚关掉仓库的窗口，她收到了一条组队邀请。

【私聊】布丁熊：桃花扇副本还有一个位置，来吗？

林玳玳想着没事可干，便答应了。

进队后，她点开队伍信息，查看了队伍的配置。

弓箭手布丁熊、刀客晴天下起了雪、方士暮蝉、画魂蓝色sky。

除了她外，还有一个叫孤烟袅袅的女医师，而队长正是这名医师。

这显然是一支野队,队伍的成员都是临时凑的,谁也没有在意队伍里有两名医师。

【队伍】晴天下起了雪:预先说明一下,无论掉了什么,都平分,大家没意见吧?

统一意见后,队伍进入桃花扇副本。一开始大家配合得很好,一路推过去,桃花小怪都被及时清理掉,也没见有谁跟不上。

进入最终BOSS香君魂的领地,众人停了下来。

弓箭手布丁熊朝香君魂射出一箭,打出了一个漂亮的暴击。香君魂对布丁熊的仇恨值噌噌地上涨,立刻把矛头对准了他。但布丁熊的走位很漂亮,很快就把BOSS引到了一个有利于攻打的地方。

随着众人的配合,BOSS的血已经见底,只剩最后一个大招,就能把他击败。

但此时,布丁熊的血也快要见底,而他身上的状态也已经失效了。

少了状态,他对付BOSS显然变得吃力。

林玳玳连忙给他补上状态,她原以为孤烟袅袅会接着给他回血,但没想到,孤烟袅袅却依葫芦画瓢,也跟着给他加上状态!

【队伍】布丁熊:?????

布丁熊毫无防备,被BOSS一个暴击击倒在地。与此同时,站在不远处的晴天下起了雪、暮蝉和蓝色sky的血条也突然急速骤减,默默挺尸了。

在这时,孤烟袅袅却做了一个出人意料的举动。

她把队伍里的人全踢了,把队长转移给了林玳玳,然后退出了队伍。

【队伍】孤烟袅袅:等你出来,我们把装备分了。

丢下这么一句令人摸不着头脑的话后,孤烟袅袅退出了副本。

怎么回事?

林玳玳来不及惊讶,她连忙给自己加上状态,放出大招。BOSS的血条清空，轰然倒地，芳魂飘散。

【系统】猫猫猫团子最后杀死了香君魂，桃花扇任务完成。

退出副本后，林玳玳依然感到莫名其妙。她尝试着联系刚才一起下副本的玩家，但发出去的消息都石沉大海了。

没有任何的回应。

林玳玳心里疑惑，但也没怎么把这件事情放在心里。

晚上，再次登录游戏的时候。

【系统】你的夫君泽木已经进入游戏。

看到这条系统提示，她立刻使用"千里婵娟"技能传送到他的身边。

泽木显然刚上线，还没有反应过来。

林玳玳发过去一个笑脸：泽木，你来了，谢谢你。

泽木：谢我什么？

她说：上次说的事情，谢谢你给我建议。后来那位邀请我进项目组的师兄也给了我一些很好的建议，我答应他的邀请了。

泽木说：你那位师兄，对你蛮好的。

林玳玳说：是啊，他人蛮好的。

泽木的身影似乎顿了下。

过了一会儿，他说：去下副本吗？

猫猫猫团子：好。

然而此时，在《倩女》的官方论坛上，悄然无息地出现了一个帖子——

818那个故意害队友团灭，然后吞装备的无耻小人！

楼主玩《新倩女幽魂》这个游戏挺长一段时间了，也算可以厚着脸皮自称老玩家了。然而游戏生涯这么长，还是第一次遇到这么无耻的小人。

朋友们都劝我自认倒霉算了，毕竟我也算区里有头有脸的角色，栽在这么一个小角色身上简直是奇耻大辱。

不过我还是决定选择说出来，不为别的，就为了帮大家排雷，远离这个人渣。

人渣游戏服【择木而栖】，名字【猫猫猫团子】。

1L：前排！

2L：火前刘明！

3L：又见818！火速占座。

……

8L：楼主别磨磨叽叽的，直接开始！

9L：咦，这ID怎么这么熟悉？

楼主很快又出现了。

刚才去整理了一下思路，实在是太生气了，现在打字的手都还在颤抖。

事情是这样的。

楼主今天组了支野队去刷桃花扇副本，队里有两个医师，楼主一看，乐了，这阵容稳啊！

楼主和队友们约定，等会儿打完BOSS，无论掉了什么，都是大家平分，队友们也答应了。

一路上果然也很顺利，没想到快打到BOSS，忽然不对劲了……

他绘声绘色地讲述了猫猫猫团子无耻地害全队团灭，然后吞掉了所有的装备的事情。接着，他甩出了两张截图。

第一张图，显示的时间是下午两点五十分，内容是猫猫猫团子获得三件极品鬼装的系统提示截图。

第二张截图，是楼主被踢出队伍的系统提示，只是楼主的ID被抹去了，只剩下猫猫猫团子这个显眼的名字。

事情发生的时候，林玳玳正在和泽木下副本，浑然不知道论坛上刮起的腥风血雨。她只察觉到，泽木在打副本的过程中有些心不在焉。

【队伍】猫猫猫团子：泽木，你在忙别的事情吗？

【队伍】泽木：在处理一些小问题。

别的事情？

【队伍】泽木：没事，不影响打副本，我们继续。

林玳玳隐约察觉到不对劲，直到李晓萌在QQ上疯狂轰炸她。

木子熊猫：玳玳，不好了。

林玳玳趁着打怪的空隙，顺手回她：什么不好了？

木子熊猫：你被挂墙头了！

猫猫猫团子：啊？

帖子的楼层越盖越高。

302L：这也太无耻了吧！居然用这种手段吞装备？

……

一开始，围观的群众都在为楼主打抱不平，但到了某一层后，风向突然转变。

395楼，泽木出现了。他干脆利落地扔出三张截图，并言简意赅地说：那一次，是我在上这个号。

泽木贴的第一张图，是一堆与楼主所贴的公告里一模一样的装备。

第二张图，是他分解这些装备时的系统提示。

第三张图，是他把装备扔了一地的情景。

两张帖子放在一起，顿时显得特别讽刺。

406L：这一地的装备，看得我心都碎了。

407L：虽然泽木的人品不是很好，但用贪一件装备这样的理由黑他太可笑了。

408L：对啊，楼主，不出来解释一下？

……

李晓萌把帖子链接发过来的时候，林玳玳正和泽木在打副本里的最终BOSS。

等她从副本里出来，点开帖子的时候，帖子的楼层已经盖得很高了。

事情已经进入了尾声，发帖的楼主早已销声匿迹。

泽木的发帖时间是晚上七点四十九分，刚好是他们在下副本的时间。原来他说去处理一下小问题，是指这个？

粗略地翻了翻帖子，林玳玳才发现泽木把责任都揽到了自己的身上。

她心情复杂地返回到游戏里，给泽木发消息：我看到论坛上的帖子了，你刚才说的小问题，就是指这件事情？

嗯。泽木的回答一如既往地简洁。

林玳玳惊讶极了：要是我真的吞了别人的装备呢？

泽木：我相信你不会这么做。

林玳玳：你就这么肯定？我只是陌生人。

泽木：你不是陌生人。你是我的侠侣，我这么做是应该的。

林玳玳正在喝水，看到他的话，差点儿被呛到。

她转念一想，虽然泽木在某些方面的想法的确比较成熟，但他毕竟还是中学生，社会经验不多，很容易误入迷途。

于是，她放下水杯，手指在键盘上飞速敲打：泽木，有些事情我必须和你说清楚，游戏里的关系不能当真。

我只知道，无论什么事情，都要从一而终。泽木的语气是一如既往的冷酷，果然是泽木的风格。

林玳玳试探地问：要是这是有心人在利用你，等你没有利用价值了，就一脚把你踹开了呢？

泽木问：那你会这样做吗？利用完我后，就把我抛弃掉。

林玳玳愣了一下：当然不会，我只是举个例子。

泽木慢悠悠地回复：那就行了。

林玳玳感觉她似乎不知不觉间把自己绕进去了。

等等，你待会儿看一下微博私信。她缩小了游戏页面，到网页搜索了一堆"约见网友被五十岁大妈骗财""受邀见网友遭设局抢劫""男子约见女网友，见面后发现对方是男人"等相关的新闻链接，整理成一个文档，发给了泽木。

良久，泽木才回复了一串诡异的省略号。

他说：基本的分辨能力，我还是有的。

林玳玳说：那些被骗的人也说自己很聪明，不会被骗的。

泽木：……

她又语重心长地劝说道：其实，网络里的东西半真半假，大多数都不靠谱，特别是网恋。隔着一个网络，也不知道对面的是男是女，是好人还是坏人，所以不要太相信网络上的人。作为学生，最重要的还是好好学习，天天向上。

消息刚发出去，她就有些后悔。

这番话好像太没说服力了，而且听起来有点儿傻。十六七岁正是叛逆的年纪，这个年纪的孩子并不喜欢别人说教。完了完了，她这番话会不会起了反作用？

她赶紧发了一个笑脸补救：无论如何，论坛上的事还是要谢谢你。我刚刚那番话，要是你不喜欢听，就无视吧。我还要收拾东西，先下了。

不等他回复，林玳玳迅速退出了游戏。

下线后，她打开微信，把事情告诉了李晓萌。

估计是考试周的缘故，到了第二天早上，李晓萌才回复了她的信息。

她问："你和泽木怎么了？"

"晓萌,你说泽木会不会生气了呀?"林玳玳忐忑不安地说,"我总觉得他把游戏里的侠侣关系当成真的了。"

李晓萌认真地给她分析:"会不会只是你的错觉?也许是你想多了。你可以直接问问,他对游戏里侠侣的定义,是一起玩游戏的伙伴和好友,还是真正的情侣。"

林玳玳迟疑了:"这……"好像蛮有道理的,或许是她的判断太过主观了,才会产生这样的错觉。

李晓萌又说:"不过,生气是肯定的。你想想,要是你帮了别人的忙,却无端得来一顿说教,你会高兴吗?"

当然不会高兴。

昨天她的确有些过了,等上线后,一定要向泽木好好道歉。

林玳玳在做自我检讨。这时,李晓萌突然问了一句:"对了,玳玳,你游戏里的马甲被时有思念知道了吗?"

这句话问得没头没脑,她疑惑地回复:"没有吧,为什么这么问?"

李晓萌说:"论坛上的帖子,据说是她发的。"

"啊?"

林玳玳再把帖子翻出来,帖子已经沉到了五六页以后。

她翻看了一下,后面的回复虽然不多。但这帖子越深扒,疑点越多。

518L:楼主有完整的视频吗?把视频放出来看看吧。

519L:等等,我突然发现一个问题,把楼主踢掉的人不是孤烟袅袅吗?为什么楼主挂的是猫猫猫团子?而且,我去搜索了"孤烟袅袅"这个账号,发现查无此人。

就在此时,不知道谁说了一声——

588L:孤烟袅袅,我记得以前时有思念直播的时候,好像见过她和这个人组队。

第六章 这是巧合吗

神转折出现了。

林玥玥这才发现，帖子沉下去的原因并非没有掐点，而是因为大家的关注都跑到另外一个帖子上去了。

因为原帖 588 楼的回复，有好事者立刻另开了一个帖子，分析起孤烟袅袅与时有思念之间的关系。

随着知情者提供的线索，一个接近真相的猜测浮出水面：孤烟袅袅是时有思念的熟人，或者就是她本人的小号。

不过很快，又有一个帖子出现了，是时有思念道歉的视频。

她真人出现在视频中，语气诚恳："很抱歉，'孤烟袅袅'是我一位朋友的账号。之前她的账号被盗了，没想到会闹出这么大的乱子，给帖子里的各位带来这么大的麻烦，实在是不好意思。"

除了视频，她把账号申诉的截图也一并放了上来。

时有思念给出的解释合情合理，事情这才平息下来。

大众对美人总是宽容的，很多人都放弃了一探究竟的念头，转而安慰起她来。

时有思念的粉丝见"女神"受了委屈，纷纷为她打抱不平起来。

没关系，这又不是思念的过错。

对啊，盗号贼闹出的事情 凭什么要让思念道歉！

心疼思念"女神"，无端背了个黑锅。

某些人仗着自己等级高、装备好，在思念直播时捣乱就算了，还把锅甩到她头上，这算什么？

有不解的吃瓜群众问："某些人"是谁？

服务器择木而栖的泽木，在某次思念"女神"直播的时候，当着所有观众的面抢了"女神"的 BOSS，还把她给杀了。

安思念？

林玥玥想不到她这么做的理由。

安思念不知道她在《倩女》中的游戏账号，两个人在游戏里算是素不相识，唯一的接触只有……

等等，会不会是因为她曾经拒绝过一起对付泽木的提议，所以时有思念恼羞成怒之下，才设了这么个局？

仔细想想，的确是安思念会做的事情。

然而，林玳玳只觉得分外可笑。她把鼠标指针移到右上角，关掉了帖子。

再次登录游戏，泽木的头像暗着，显然并不在线。

林玳玳给他发送了一段很长的留言，便继续忙活去了。

暑假实习的内容已经敲定，剩下的只有房子的问题。

"我替你问问。"付桐玉听说了她正在找房子的事情，立刻答应帮她询问。

一通电话，几经周折，打到了朱辰的手机上。

彼时，朱辰正在Y集团的办公室里帮顾时泽整理资料。

他接完电话，从落地窗前折返回来，询问正在笔记本电脑前忙碌的顾时泽："阿泽，你之前不是说你还有一间空余的房子可以出租吗？有个大三的学妹问我，能不能租给她。"

顾时泽头也不抬："我现在不打算租了。"

"啊？为什么？"朱辰一愣，有些不解。

他说："我另有用处。"

朱辰说："哎，怎么之前没听你提起？那只好回绝法学系那师妹了。"说着他拿出手机就要回拨。

顾时泽捕捉到什么关键字眼，手指微微一顿，停在键盘上。他抬头，开口问道："等等，你刚才说是谁要租房子？"

"嗯？"朱辰愣了一下，随后反应过来，言简意赅地说，"我问问。"

他走到落地窗前，拨了一个号码。

"好，你发到我微信上。"

一番沟通后，他挂掉电话。过了一会儿，微信的提示音响起。

朱辰点开消息，边看边说："要租房子的学妹是我发小儿的女朋友的闺蜜的舍友，叫……咦？这名字和你前几天拉入群聊里的那个小师妹一样，难道是同一个人？"

顾时泽心神微动，心中瞬间有了决断。

有戏！朱辰迅速从他的神色判断出结果。他收起手机，说："既然是小师妹，那就不必我传话了，你直接联系她可以吧？"

顾时泽："不。"

朱辰有些意外。

只听他说："不要说是我的房子。"

房子的事情很快有了消息，让林玳玳颇感意外。

最后一门考试结束，不少人当天就离校了。因为要等消息，林玳玳打算在学校多留几天，若实在找不到房子，就租住学校外的青年公寓，没想到这么快就来了消息。

付桐玉替她约好了介绍人，时间就在次日上午，见面地点是 A 大的东门口。

第二天，林玳玳七点半就起来了。付桐玉刚好顺路，于是和她一起出门。

东门遥遥在望时，林玳玳远远地就看见一名穿着 T 恤短裤的青年正站在路灯下，无聊地踢着路边的小草。他的头发两边剃掉，只留着中间，看起来时尚感十足。两个人走上前，付桐玉问："你好，请问是朱师兄吗？"

青年抬头，愣了一下："我是。"他反应过来，略热切地问："你好，你就是林玳玳师妹吗？"

"这位才是林玳玳，我是昨天和你在微信上沟通的付桐玉。"付桐玉侧身让开，给两个人做介绍，"玳玳，这位是心理学系的朱辰师兄。"

林玳玳也跟着打了一声招呼："师兄，你好。"

"你好你好。"朱辰将视线转落到林玳玳身上，却忽地一怔，"咦？你不是上次到我们心理学系的……"

"你们聊，我还要赶车，先走了。"付桐玉拿出手机看了一眼时间，向两个人道别，匆匆忙忙地拖着行李离开了，也没有注意到朱辰探询的目光一直在林玳玳的身上打转。

被盯得不自在，林玳玳抿了抿唇，问："朱师兄，请问有什么问题吗？"

朱辰赶紧否认："没有没有。"停顿了一下，他又问："那个，我是想问问，师妹，你是猫猫猫团子吗？"

林玳玳心跳速度没来由地加快了一拍："你是……"他是怎么知道自己是"猫猫猫团子"的？

朱辰提醒她说："我是项目组里的'阿朱哥哥'，前几天我们还在讨论组里聊过的。"

林玳玳："原来是师兄……"她稍微松了口气，原来是项目组里的人。

朱辰有些高兴："真的是师妹，没想到这么巧，我刚才就觉得你的名字有点儿熟悉……咳。"想起顾时泽的嘱咐，他掩饰地轻咳了一下，转移话题："时间也不早了，我先带师妹去看看房子吧。"

A大东门出去，走过一条街，就是地铁的入口。坐过一站地铁，十多分钟后，林玳玳看着面前这片高档住宅小区，犹豫着开口："朱师兄，我们……没走错地方吧？"

朱辰后退几步，看了矗立在入口处的巨石一眼，拿出手机核对："没错,这里就是澜岸小区,难道还有别的同名小区吗?"

澜岸小区是G市最豪华的高档住宅小区,环境幽静舒适,绿植环绕,还有亭台楼阁、小桥流水等人工景观。只不过这里的管理严格,进出都要刷卡或登记,住在这里的多半是社会精英。

不过,这里倒是离Y集团很近,步行过去,不过十分钟的路程。

朱辰边走边给林玳玳介绍房子的情况:"房子的主人在国外工作,不常回来住,也不想把房子租给来历不明的人,所以让我帮忙找些熟悉的靠谱的租客。"

要出租的房子在C座A1801室,是两室一厅的格局,一间卧室一间书房。装修、家具一应俱全,虽然房子是空置的,但看得出经常有人来打扫,一尘不染,只要拎包就能入住了。

合同已经准备好了,户主叫顾渊,甲方一栏已经签好了名字。

林玳玳仔细地浏览了一遍合同,条款合理公道,没有什么问题。

只有一个特别标出的条件:不得二次转租,也不许让除租赁者外的第三人长住。

这也在林玳玳的可接受范围之内。不过,当她看到合同上的租金金额的时候,不由得愣了一下:"这个房租……"

"怎么了?师妹觉得贵吗?要不要我问问户主,能不能再便宜些?"朱辰误解了她的意思,立刻拿出了手机。

"不是的。"林玳玳赶紧阻止了他。

这个价钱并不贵,反而出乎意料地便宜,甚至比她预想的价格低了一半不止。

朱辰:"那师妹还有其他问题吗?有的话尽管告诉我,我帮你解决。要是满意,现在就可以签约了。"

似乎没有什么可挑剔的地方,林玳玳想了想,提笔在合同上签下了名字。

搞定了合同，才九点不到。

与朱辰道别后，林玳玳又回了学校一趟。她收拾好行李，打算搬到新房子里。

"叮"！

18层的电梯开了，林玳玳拖着行李走出电梯，就迎面遇上刚从A1802室走出来的几个人。

林玳玳停下脚步，脱口而出："顾师兄？"

"林师妹？"见到她，顾时泽似乎也有些意外。

林玳玳张了张嘴，正要说些什么，却见他旁边有几个男生，看起来关系很好。

"顾师兄，你……你们怎么在这里？"

顾时泽解释："我就住在这里。昨天他们到我这里讨论一个新的项目，没想到晚了，就索性让他们在这里留宿。"说着，他转头向大家介绍她："这位是林玳玳师妹，我们讨论过的闹洞房玩法就是她提出来的，她前几天已经接受了我的邀请，以后会正式加入我们的团队。"

大家纷纷露出一副耳闻已久的模样。

"就是前几天进群的那位师妹吗？"

"原来这就是林师妹啊，久仰大名，久仰大名。"

"林师妹提出的闹洞房玩法很有新意，我们老大很欣赏你。"

林玳玳受到的惊吓可不小，脑袋顿时变得一片空白。

顾时泽也住在这里？A1802室？

就在她的隔壁？

这时，有人用手肘撞了撞顾时泽，挤眉弄眼一番，然后一秒切换成正经脸："反正小师妹以后也算是我们的同事了，择日不如撞日，小师妹下午有空吗？要不要先来熟悉下工作环境？"

落在最后头的男生走上前来，拍了拍说话那人的肩，说："那……

第六章 这是巧合吗

阿泽你等一下师妹，我先去公司了。"

"我还要吃早餐，先走一步了。"

其余几个人也纷纷找借口溜了。

"哎，这……"林玳玳飘远的思绪回笼，却有些不知所措。

顾时泽挑眉，向她发出了邀请："师妹，要一起去公司吗？"

林玳玳纠结半晌，想不到拒绝的理由，于是答应了下来。

她把行李放好后，便跟着顾时泽一同离开了小区。

可是，怎么会这么巧合呢？

林玳玳跟在顾时泽的身后，脸上没有表情，实则心里已乱作一团了。

就住在同一个小区，还住在同一层楼，就在隔壁，以后会经常碰到。

她忽然想起，朱辰也是项目组里的人。为什么刚刚没有听他提起呢？

等等……顾时泽，顾渊，这两个名字，会有什么关系吗？

正胡思乱想着，他们已经来到了Y集团。

二人踏入电梯，在电梯门要关上的时候，有人匆忙进来了。

"谢谢。"

来人是个女人，身着普通的白领装，五官颇为艳丽，身材纤长，气场极盛。她的身后跟着一位实习生模样的女生，脸带点儿婴儿肥，长相软萌可爱。

"张姐下午好。"

"下午好。"张姐冲他打了一声招呼，目光落在了林玳玳身上，"这是新来的实习生？"

"是的。"顾时泽点点头，而后向林玳玳介绍道，"这位是《新倩女幽魂》手游项目组的负责人张姐。"

林玳玳有些局促地说道："张姐好，我叫林玳玳。"

张姐神色淡漠地朝她点了点头，嘴唇一直抿成直线。

她身后的女生倒是一直用好奇的目光打量着林玳玳。

林玳玳不由得窘迫起来，索性不说话，看向电梯楼层的指示灯。

顾时泽又看她一眼，双眸中映着她微红的脸。

张姐的楼层已经到了，她跨步走了。

"抱歉，张姐为人是有点儿冷淡，你不要介意。"离开电梯前，女生回头冲她眨了眨眼睛，又匆匆跟着出去了。

电梯在12层停了下来。

顾时泽先带她到人事部办理了报到手续，然后正式向项目组的成员介绍了她，并把她带到座位上。

"这里就是你的位置。"他边走边向林玳玳介绍，"不必拘谨。我先带你参观一下公司的环境，这几天，你可以先玩玩我们负责的游戏，熟悉一下工作流程。"

"喂，老大居然亲自去带人参观。"两个人走远后，目睹这一幕的何非凡探过头，向旁边的朱辰打听，"老朱，这是什么情况？"

他昨天请假没在，自然错过了在澜岸小区的精彩一幕。

"想知道自己问去。"朱辰的态度有些敷衍，兴趣缺缺地打了一个呵欠。

何非凡若有所思："我记得，上次江维来的时候，老大只是让吴吴随便带他去逛逛。难道这就是传说中的……区别待遇？"

旁边的格子间里，唤作"吴吴"的女生听到这话，蓦地抬起头，扶了一下眼镜，面无表情地说："你对我有什么不满吗？"

何非凡赶紧摇头："没有没有。"

第 七 章

师兄，晚上我请你吃饭吧

来回一遭，林玳玳对 Y 集团的内部情况有了大致的了解。

路上遇到几个人，她看着顾时泽熟络地跟对方打招呼，心里有些小羡慕。

人情交际是林玳玳最不擅长的事情，虽然已经有了进步，但还是无法做到像他那样应付自如。

不过，既然来了，就不能退缩。她在心里为自己打着气。

把林玳玳的表现收入眼底，顾时泽不动声色地收回目光。

重新进入电梯，他按下 12 层的按钮，继续说："我们项目组目前主要的任务，是对玩家的游戏心理进行调研，再把得出的数据进行分析，从而设计出符合玩家期待值的玩法、活动和宣传方案。"

"把心理学研究应用到游戏中，这是我目前在研究的课题，也是我的理念。"

项目组是顾时泽一手组建起来的，刚成立不久，一开始遇到的阻力挺大的,但他用事实和成绩说服了所有质疑的人。

将大致的情况告诉了林玳玳,他问:"你暂时先跟着吴吴负责策划和宣传这块,有没有问题?"

林玳玳摇摇头。

顾时泽低头看了眼手表,说:"还有时间,你可以先回到项目组,试着从另外一个角度去感受游戏。我待会儿有个会议,有什么不懂的问题,可以请教吴吴或朱辰。"

顾时泽去开会了。

朱辰接手了为林玳玳介绍情况的工作,正式地把项目组里的成员介绍给她认识。

但话没说一半,就有人凑过来搭讪。

"小师妹,你是怎么认识老大的?"一个板寸头男生挤到朱辰面前,十分感兴趣地问,"我听说,他就是他们系里的高岭之花,向他表白过的女生都被拒绝了,你是怎么……"

朱辰不耐烦地把他赶走:"去去去,工作去,前几天收集的调查问卷都整理完了吗?"

男生只好悻悻地走开了。

朱辰说:"小师妹,看到没有?刚刚那个话痨叫何非凡,动画设计系,就是讨论组里的'脱非入欧抽到ssr',我们组里传说中的小黑手。跟他组队,打BOSS连件白装都不会掉,大家都不愿意带他去打副本。所以他整天嚷着要把自己的名字改成何欧凡。"

林玳玳莫名想笑,但听着他一本正经的语气,只能说:"何师兄,还蛮有个性的。"

朱辰又继续介绍起其他人来。

上午在澜岸小区碰见的三位男生,分别是"疾风之刃"陈迹、"草根"关程超和在群里求高数补考秘诀的"维他命C"江维。

至于吴吴，在林玳玳来之前，她是项目组里唯一的女生。林玳玳原以为吴吴只是她的网名，没想到这是她的本名。

只是让林玳玳意外的是，策划组里的成员没有一个是游戏策划专业出身的。

朱辰对她侃侃而谈："像吴吴，她是中文系的，虽然专业跟文案策划勉强对口。但你很难想象，她从来没有玩过网游，也能写出那么漂亮那么令人难以置信的策划案来。"

"为什么？"林玳玳有些好奇。

"悄悄告诉你，你不要告诉别人。"朱辰往吴吴的座位瞄了一眼，见她毫无察觉，才压低了声音，"吴吴是个路痴，就算在游戏的城镇里，也会迷路。"

林玳玳十分惊讶。

不过一瞬，朱辰又恢复了一本正经的模样："咳，关于策划案，你可以向吴吴请教，她是有点儿面瘫，但人还是不错的。"

林玳玳受教地点点头，似是想起什么重要的事情，她问："对了，朱师兄，有件事情我想问问你。"

朱辰疑惑："什么事？"

林玳玳说："你帮我找的那间房子，户主也姓顾，和顾师兄有关系吗？"

"这个……我也不太清楚，回头帮你问问。"朱辰顾左右而言他，"来来来，小师妹，上一下游戏，我们加一下好友。"

朱辰说的游戏，自然是指《新倩女幽魂》。

这是顾时泽项目组负责的游戏。

去实习的第一天，居然是熟悉《倩女》，以往林玳玳都是在宿舍里玩《倩女》，第一次在公司里光明正大地玩游戏，这种感觉让她既熟悉又新奇。

林玳玳熟络地输入账号密码，登录游戏。

进入游戏后，她首先查看了好友列表。

泽木并不在线。

随后，她点开了留言。

依然没有泽木，反而收到一条意想不到的留言。

【私聊】时有思念：大佬，你好！我是上次联系过你的主播时有思念，非常抱歉，因为我的无心之失，闹出了不少误会，让你受委屈了。如果可以，不知道你能否到论坛上说几句话，澄清一下呢？

误会？林玳玳觉得好笑又讽刺。

这时，一个149级的男异人出现在她的面前。恰巧又有新的私聊消息来了，她跳过了时有思念的私信，点开。

【私聊】朱良辰：小师妹，是我。

看到这名字，林玳玳便知道是朱辰，立刻通过了他的好友申请。

只是，他这名字，还是让她震了一震。

林玳玳有些艰难地打字：师兄，你怎么会叫这个名字？

朱辰发了一个煤球表情，一副往事不堪回首的模样：大二的时候，我选修了古诗词鉴赏这门课，刚好有一天上课翻书看到"良辰美景奈何天"这句诗，当时觉得这名字既优雅又好听就用了，没想到……

他又用一串省略号表达他难以言喻的心情。

林玳玳无言以对，只能用同样的表情来回复。

朱辰翻看她的个人资料，过了一会儿问道：咦？小师妹有帮派，能把我拉进去吗？

可以啊。林玳玳说着，向他发送了入帮邀请，但又有些疑惑。朱辰等级这么高，居然没有加入帮派？

朱辰：哈哈，还是有个帮派感觉好。不像阿泽，死活不肯建立帮派，害得我帮派任务一直做不了。

林玳玳顺口问了一句：顾师兄在游戏里叫什么？

这个，阿泽连帮派都懒得建，平时也不怎么玩，就一个三十多级的小号，不提也罢。他轻描淡写地说，我去工作了。

朱辰来去飞快，林玳玳并没在意。

她正式投入工作中。

从另外一个角度去感受……她在城里游逛，边看着来来往往的玩家，边琢磨顾时泽的话。她开始不太明白，于是试着变换角度，以策划的身份去体验游戏。渐渐地，她好像有些理解他的意思了。

进入状态后，她觉得，自己看到了一个截然不同的世界。

时间在不知不觉中飞逝。

直到朱辰过来喊她，林玳玳才察觉已经到了中午。

午餐刷的是顾时泽的卡。

Y集团的管理制度严格，她早上才报到，暂时还不能拿到员工卡。

林玳玳本想拒绝，打算自己到外面吃饭，但朱辰一句话打消了她的念头："小师妹，你就放心刷他的卡吧。老大要请新来的组员吃饭，这是我们项目组的规定。"

餐厅里的菜式丰富多样，而且做得十分精致，令人食指大动，也很容易让人犯选择困难症。

因为是别人请的客，林玳玳有点儿不好意思，只随便挑了两三样菜。拿到了餐，她找了个偏僻的位置坐了下来。

顾时泽端着餐盘在她对面坐下，问："上午的实习，觉得怎么样？有没有不习惯的地方？"

林玳玳说："挺好的……"

她的表现依然有些拘谨，但眼底却自然而然地流溢出浅浅的笑意。

"那就好。"顾时泽微微停顿，又说，"看来你之前说的心理症状，你已经克服了不少。这很好，要继续保持下去。平时你可以多参与社交活动。在实习中要是遇到不懂的事情或困难的地方，可以向项目组的其他人请教，也可以问我。"

林玳玳从善如流地点头。

不过，说起实习……

"师兄，有件事情我想问问。"想起一事，林玳玳问道，"朱师兄替我找的那间房子，户主也姓顾，跟你有关系吗？"

顾时泽轻轻蹙眉，面露困惑，开口："那是我哥名下的房子，朱辰没有告诉你吗？"

林玳玳闻言十分惊讶。

这是顾师兄哥哥的房子？朱师兄居然隐瞒这么重要的情报？

林玳玳顿时有些语无伦次："那个……"

"怎么了？"顾时泽疑惑。

"没什么，我只是在想……"

好像在不知不觉间，她已经欠下了他太多的人情。脑子一乱的结果，不仅舌头打结，话也没经过深思熟虑便说出口了——

"师兄，晚上我请你吃饭吧。"

林玳玳愣住，她后知后觉地反应过来自己说了什么，握着筷子的手一僵。

私底下请吃饭，她和顾时泽还没有熟悉到这种程度。突然说出如此唐突的话，会不会被误解成"别有用心"？

她赶紧补救："顾师兄，你别误会，我没别的意思，帮了我这么多忙，我只是想感谢你……"话说一半，声音已经消失。这样的解释欲盖弥彰，连自己也无法说服。

就在林玳玳失去了说话的勇气的时候，顾时泽开口："好。"

林玳玳抬眸看向他，有些意外。

"我晚上正好有空。"他夹起一只煎饺，不紧不慢地说。

林玳玳的大脑顿时当机，反射性地问："那……师兄喜欢吃什么？"

顾时泽弯了弯唇角："都行，客随主便，你决定就好。"

"那……我知道这附近有一家粤菜馆很不错……"说多错多，林玳玳干脆结束了话题，"抱歉，我有些口渴，我去倒杯水。"

她站了起来，借口离开。但没走几步，顾时泽叫住了她："林师妹。"

林玳玳不得不停下脚步，回头紧张地问："顾师兄，还有事吗？"

他提醒道："自助饮料区在右边。"

林玳玳这才发现自己走错了方向，脸颊微热。

"谢谢师兄。"轻声道了一声谢，她几乎是落荒而逃。

林玳玳来到自助饮料区，没想到这么巧，她遇到了上午在电梯里碰见的那位女生。

"你好，又见面了。"女生也认出了她，笑嘻嘻地凑了过来，很活泼地做自我介绍，"早上没来得及自我介绍，我叫周檬，柠檬的'檬'。"

林玳玳礼貌地回应："你好，我叫林玳玳。"

周檬饶有兴趣地问："你也是游戏设计专业的吗？顾哥的招人标准非常严格，你能通过他的考核，专业课成绩一定很拔尖吧？"她羡慕地说："我听公司里的前辈说，顾哥人很亲和。不像张姐，只会训人。"

林玳玳："不是，我是法学专业的。"

周檬一愣，有些意外："法学？"

她正要说什么，就在这时，一位女生急急忙忙地寻了过来，说："小周，过来一下，张姐找你有事。"

"好的，我马上来。"周檬应了一声，俏皮地眨了眨眼，"我先走一步，有空再聊。"

林玳玳点点头，目送她离开。

吃完午饭，林玳玳就在办公室里小憩了一下。

午休过后，她继续投入实习中。

下午的时候，她向吴昊请教了书写游戏策划案的格式。正如朱辰说的，吴昊面冷心热，不但耐心地给她讲解策划案书写的注意事项，还找来了样板，让她参考学习。

吴昊的讲解十分细致易懂，林玳玳受益匪浅。

回到自己的位置上，她打开文档，把一些尚未成形的想法记了下来，浑然不觉时间的流逝。

直到朱辰走过来，敲了敲她的桌子："小师妹，还没走？"

林玳玳看了电脑右下方一眼，看到上面显示的时间，不由得吓了一跳："竟然都这个时间了？"

"糟了，我还答应了请顾师兄吃饭……"

她如梦初醒，赶紧关掉电脑，收拾东西。

朱辰露出了然的神色："原来你在等阿泽？"停顿了一下，他又说："不必着急，他刚刚去开会了，会议估计现在才结束。"

听他这么一说，林玳玳的动作缓了下来。想到什么，她抬起头来，提议道："朱师兄，要不一起去吃饭？我请客。"三个人一起吃饭更热闹，总比她和顾时泽独处犯尴尬好。

朱辰眼角的余光不经意地瞄到某个正朝这边走来的身影，于是赶紧拒绝："不用了不用了，怎么好意思让小师妹破费。而且我晚上还有个约会，先走了，你和阿泽玩得愉快。"

林玳玳疑惑地目送他离开，没想刚转身，就看到了顾时泽。

顾时泽迈着从容的脚步走到林玳玳面前："抱歉，刚才有个会议，让你久等了。"

林玳玳从思绪中醒转过来，连忙说："没关系。"

顾时泽也看了看时间，说："我们走吧，这个时间过去刚好。"

夜幕降临，繁华的街道上，街灯一盏接一盏地亮了起来。G市的夜晚，灯火通明。

林玳玳订的粤餐馆并不远，距离Y集团大概十分钟的路程。

餐馆是两层的格局，一层是大厅，二层是小阁楼。古典的装修风格。店面虽然不大，却是古色古香，别有一番韵味。

直到坐到二层的小阁楼里，林玳玳才突然想到一个严峻的问题。

她看向对面的人，试探地问了一句："顾师兄，你有女朋友吗？"

顾时泽抬眼看向她，说："暂时没有，怎么了？"

"没什么，我只是想……"林玳玳说，"要是你有女朋友，我们私下一起吃饭，肯定不太好。"

顾时泽笑了笑："如果对象是你，我想她不会介意。"

林玳玳一时没听清："什么？"

"没什么。"顾时泽把菜单递给她，"你看看想吃什么。"

林玳玳摇了摇头，没有接："顾师兄，你点吧，今天是我请你吃饭，应该你做主。"

见她坚持，顾时泽也没再推托："好，那我就不客气了。"

林玳玳早就做好了钱包大出血的心理准备，但没想到顾时泽最后只点了三道菜，而且每道菜都非常符合她的口味。

她有些意外地看向顾时泽，他正低声与服务生交谈，神色自若。

等待上菜的时候，两个人都没有说话。但不说话，似乎有些奇怪。

"不好意思，师兄，我先去一下洗手间。"

为了逃避这尴尬的气氛，林玳玳又可耻地逃跑了。她算好了时间，回来的时候，顺便到前台把账单结了。

结好了账，林玳玳重新回到小阁楼。刚从楼梯上来，她看到一道熟悉的身影，脚步不由得一顿。

怎么又是安思念？

安思念正在直播。

她今天穿了一条花格子连衣裙，化着精致的妆，看起来美丽又大方。

她举着手机，给粉丝们介绍桌上的菜色："这是G市有名的特色小吃……"

主播这是要改行做美食直播吗？

安思念笑道："当然不是，我是听朋友说这里的菜很好吃，所以趁着期末，过来尝试一下。"

话是这么说，她桌上的菜却是丝毫未动。

粉丝们纷纷发送弹幕对她这一行为表示强烈的"谴责"。

主播吃饭时间直播美食，简直丧尽天良。

同意，惨无人道。

看着都馋了，只能边吃方便面边脑补自己吃的是美食。

安思念看着直播间攀升的观众人数，心情愉悦。她弯了弯唇，正要继续分享自己的美食心得，某位观众像是发现新大陆一般，突然激动地嚷了起来。

等等，我看见了什么？

啊啊！主播快看，你的后面那桌，是个大帅哥！

啊啊啊！我也看见了！

安思念回头，看到顾时泽，眼中闪过一抹惊喜之意。但不过一瞬，她已经把眼底的惊喜收敛起来，不动声色地回过头来。她有些羞涩地抿唇微笑，解释说："这个……那位是我同校的师兄啦，在学校里人气很高的。"

观众们的情绪却一下子高涨起来。

哇！主播脸红了，是不是对他有兴趣？

好帅！主播居然认识这种大帅哥！

主播这种大美女，肯定能让他倾倒啦！

对对对，他也在看主播！根据我的经验，他一定对主播有兴趣！

没错，这种人气很高的帅哥都很傲的，这么关注主播一定是对主播有好感！

安思念显得很没自信："真的吗？可是……"

主播怕什么，像你这样的大美女，我才不信他对你没有意思。

刚刚我好像看见那位帅哥往主播这里看了好几眼，根据我多年以来看言情小说的经验，他和主播之间绝对有戏。

对啊，主播，不要错过这样的好机会。

在大家的鼓励下，安思念把手机握在手里，然后整理了一下裙子，这才袅娜地向顾时泽走去。

"顾师兄，没想到会碰见你，我……"

没有关掉的直播里，观众们都在等着她的好消息。安思念心里有些忐忑，却还是硬着头皮，扬起一个得体的笑容。

"回来了？"让安思念又惊又喜的是，顾时泽看着她，说出这么一句话。

难不成，他是知道自己会在这里吃饭，特意来偶遇自己的吗？

"顾师兄，你怎么知道我会来……"这么一想，她不由得露出甜蜜的笑容，刚含羞带怯地说了半句话，身后却冒出一道熟悉的声音。

"是的，人有点儿多，耽误了一下，抱歉。"

安思念浑身一僵，便见林玥玥从她身后走过，坐到顾时泽对面，有些奇怪地看了一眼面色如土的她一眼。

这无疑是安思念最尴尬的时刻。

顾时泽方才注意到她，客气地问："请问有事吗？是我们点的菜出了问题吗？"

恰好这时木质楼梯处传来脚步声，服务生端着盘子上来了。

安思念今天穿的连衣裙很应景，可是同款式的格子连衣裙套在了餐厅服务生的身上，就变成了非常尴尬的撞衫。

她握着手机的手都在发僵，但就这样走掉，又心有不甘。

"顾师兄，不知道你还记得我吗？"她飞快地调整了脸上的表情，努力挤出一丝笑容，但语气有些生硬，"我是艺术系的安思念，上次我们在辩论赛上见过的。"

顾时泽微微停顿之后，歉然道："抱歉，那时候人太多了，我记得不是很清楚。"

安思念被噎了一下。

"好的，那打搅了。"她悻悻地说。

安思念铩羽而归，恍惚地走了几步，她蓦地想起自己还在直播，忙翻出手机一看，直播间里的弹幕已经寥寥无几。偶尔飘过的几条，是后来才进直播间的、不明情况的观众发出的询问。

她难堪极了，赶紧掐断了直播，话也没说一句，连点的饭菜都没吃，便匆忙结账离开了。

林玳玳看到安思念脸色都变青了，收回目光，她看向顾时泽，有些好奇地问："顾师兄，你是真的不认识安思念吗？"

顾时泽面不改色："我应该认识她吗？"

林玳玳一怔。原以为那只是顾时泽的推托之词，但看他的神色，不似有假。

他突然问："师妹和她认识？"

林玳玳连忙摇头，解释说："也不是，只是略有耳闻，毕竟是学校里的知名人士，有时候会听舍友提起。"

"看来是我孤陋寡闻了。"顾时泽笑了笑，便不再多言。

说话间，他们点的菜上齐了。

三菜一汤，烟筒白菜、鱼香茄子煲和太爷鸡，例汤是免费赠送的。

顾时泽站起来为她舀汤。

"顾师兄，不必麻烦你，我自己来就可以了。"

林玳玳连忙伸手去接，不小心将边上的座位牌碰到地上。她来不及多想，已经伸出手去捡，却与另一只更加温暖有力的手触碰在一起。

林玳玳愣住，她下意识地抬头，与顾时泽深邃的目光撞在了一起。

座位牌掉到地上，发出清脆的响声，这才唤回了二人的思绪。

"抱歉。"顾时泽若无其事地松开手，弯腰捡起座位牌。

这顿饭吃得很是安静，谁也没有再提起刚才的事情。

顾时泽不经意间抬眼，看见林玳玳漫不经心地扒着白米饭，便关切地问："怎么了？是我点的菜不合口味吗？"

林玳玳下意识回答："不是，我只是在想……"

她在想什么？思绪纷乱，乱七八糟的念头全堆在一起，连自己也没有意识到是为什么而困扰。

她定了定神，说："没什么。"

想这么多干什么呢？吃饭吃饭。

菜很好吃，但三菜一汤对两个人来说，似乎还是有些多了。

抱着浪费可耻的念头，林玳玳一直埋头苦吃。

没想到，他们最后居然把菜全吃光了。只是不浪费食物的结果，就是吃撑了。

带着撑得圆滚滚的肚子出了餐馆，林玳玳正要与顾时泽道别，却听他说："走吧，我们回去。"

我们……

我们？

微凉的夜风扑到脸上，林玳玳原本混沌的大脑一下子清醒过来。她有些不淡定了："师兄，你要和我一起回去？"

顾时泽停下脚步，回头看着她，问："难道不是一起吗？"

一句话把她秒杀了。

林玳玳后知后觉地想起，他们目前的确是住在同一个小区，甚至在同一栋楼的同一层……

就这样，她魂不守舍地跟着顾时泽一起回去了。

等到她回过神来的时候，他们已经到了18层。

林玳玳被开门的声音拉回思绪，顾时泽看着她如梦初醒的模样，轻轻一笑，问："要进来坐坐吗？"

林玳玳收起思绪，婉拒道："不必了，我待会儿还有事情要做。师兄，明天见。"

"明天见。"

口袋里的手机振动起来。

林玳玳关上门，从兜里拿出手机，大拇指滑开锁屏。

是李晓萌发来的微信。

"嘿，我到家了，你那边的实习情况怎么样？还顺利吗？"

林玳玳点开虚拟键盘，回复道："还好，晓萌，我去收拾一下，待会儿游戏里聊。"

李晓萌："好。"

半个小时后，林玳玳打开电脑，输入了账号和密码，登录了游戏。

系统提示：你的夫君泽木上线了。

林玳玳没有多想，立刻使用"千里婵娟"传送到泽木的身边。

披着黑金战袍的偃师正站在一池荷塘前，一头墨发慵懒地披散在背后，微风拂过，衣袂轻漾。

林玳玳点开他的私聊窗口，小心翼翼地打字。

【私聊】猫猫猫团子：泽木，你是不是生气了？抱歉，上次是我一时冲动，没有顾及你的感受。

泽木静立在岸边，许久没有动，也没有说话。就在林玳玳以为他不会说话了的时候，他身体微动，对话框里跳出一行字。

【私聊】泽木：没有。

【私聊】泽木：刚刚挂机离开了。

【私聊】泽木：最近比较忙。

忙？也对，中学的期末考试都是在六月底七月初，不像大学，考完就能收拾东西回家了，还要等成绩出来，老师评卷后布置暑期作业，才能回家。

转念一想，林玳玳也就释然了。

恰巧好友上线的提示音响起，她打开好友列表，"吃饭睡觉打兜兜"这几个字终于亮了起来。

他给林玳玳发来一串发呆的表情。

林玳玳回了一个笑脸：兜兜，好久不见。

吃饭睡觉打兜兜又发了一个猪头表情，林玳玳习以为常，给吃饭睡觉打兜兜介绍了新入帮的成员，又和他们闲聊起来。

【帮派】猫猫猫团子：高考结束了，兜兜，你打算报考哪所学校？

【帮派】吃饭睡觉打兜兜：A大。

闲聊间，李晓萌也上线了。

【帮派】木子熊猫：你们在说报考志愿吗？我记得泽木也在读书，有理想的学校吗？

【帮派】泽木：……我也是。

【帮派】木子熊猫：哎，好巧，那以后你们就是校友了，说不定还是师兄弟，你们得好好交流交流经验，哈哈。

吃饭睡觉打兜兜不是多话的人，只回了一个"嗯"，便不说话了。

【帮派】泽木：……

林玳玳忍不住感叹，帮派好久没像现在这么热闹了。

正想鼓励鼓励未来的小师弟们，她突然收到了朱辰的私聊消息。

朱辰问：小师妹，你的操作怎么样？

林玳玳回复道：一般般，怎么了？

没关系，人在就行。来来，帮我打个团队战。朱辰说着，向她发来了组队的邀请。

团队战？《新倩女》里的确有这样一个玩法，只是她和李晓萌向来独来独往，也没怎么玩过。

林玳玳点了接受，问：我能带几个人吗？

朱辰大喜过望：可以可以，正愁凑不够人。

于是，林玳玳在帮派频道里简单地说明了情况，征得同意后，把帮派里的"活人"一一拉入队伍。

泽木？朱辰看到加入队伍的人时，不由得风中凌乱，接连打了好几个问号：你怎么在这儿？

木子熊猫：咦？你们认识？

林玳玳心里疑惑，给他发去一条私聊消息：朱师兄，你认识泽木？

朱辰瞬间回复：没有没有，只是听过本服大红名的大名而已，没想到今天遇见真人了。哈哈。

朱辰回了个微笑的表情：抱歉，我看见传说中的名人有些激动了。

泽木：……

朱辰又喊：大家准备好了吗？要开始了。

场景跳转，五个人进入战场中。

对手刷新，看着出现在眼前的敌对方，林玳玳愣了一愣，怎么会这么巧？

敌方队伍中的其中二人，头顶上的 ID 无比熟悉——大英雄，时有思念，真是冤家路窄。

第八章
第一份策划案

队伍是随机刷新的,在开战之前,谁也不知道会遇到什么样的对手。

于是,岳王庙决斗场里的气氛一时诡异万分。

敌对方的其余三个人却对剑拔弩张的气氛毫无察觉,纷纷惊喜地说:思念"女神"啊!合影合影!

时有思念是149级的女魅者,身穿商城里最新款式的紫色时装,手握流光羽扇,身姿妖娆,千娇百媚。

只是,她和那个一身金光闪闪的装备、带着大量特效的男刀客站在一起,显得格外违和。

倒计时结束,决斗开始。

大概是仇人相见,分外眼红。时有思念二话不说,就朝泽木冲了过来,上来就是一招"醉花荫",企图让他进入晕眩状态。

泽木险险躲过,而时有思念对他穷追不舍。

与此同时,敌对方其余几个人似是商量好了一般,齐齐冲了上来,冲散了林玳玳这一方的队伍，以人墙的方式，隔开了他们与泽木。

李晓萌察觉到了不对劲儿。这场团队PK，怎么变成了泽木与时有思念的单打独斗？

【队伍】木子熊猫：时有思念想要做什么？

等等，既然时有思念在，那说明这是一场直播？

林玳玳想起时有思念与泽木之间的恩怨，隐约猜到了对方的意图，她立刻提醒：她可能想报上次泽木杀她的仇。

不必理会，听我的指挥。泽木扔下一句，又和时有思念缠斗在一起。

他一边游刃有余地对付着时有思念来势汹汹的攻击，战斗中始终占据着主动的优势，一边在队伍频道里指挥着各人的走位。

刹那间，决斗场上各种技能瞬间迸发，剑影刀光交错。

在泽木出色的指挥下，林玳玳等人很快冲出了敌方的包围圈。

朱辰和吃饭睡觉打兜兜都是异人，敌方队伍里有一名血多皮厚的甲士，打起来有些困难，但两个人配合得很好，一直占据着上风。

吃饭睡觉打兜兜话虽不多，在泽木和朱辰加入帮派以前，他可是"专杀队友联萌"里的高手担当。

他往身上套上"碧血诀"技能，近身与甲士硬抗，朱辰趁机指挥召唤物攻击甲士。

与此同时，李晓萌放出"地火诀"和"天雷诀"，用技能的特效干扰对方的视线，给队友们打掩护。

泽木躲开了时有思念密集的攻击，穿梭在敌人中，眨眼间便放倒了一人。

林玳玳不敢胡乱释放技能，一直小心翼翼地配合泽木的指挥，给队友加状态和补血。

咦？猫猫？

突然，正在附近释放陷阱偷袭的大英雄发现了什么，不由得刹住了脚步。

啊，我是谁？我在哪儿？这是哪里？他开始疯狂地在公共频道里刷屏，我为什么会加入这支队伍？

【队伍】木子熊猫：大狗熊在干吗？

【队伍】猫猫猫团子：……不清楚。

猫猫，不用怕，我来保护你！大英雄也不知道把自己代入什么奇怪的角色了，看骑士怎么打倒恶龙，把公主救出来！

朱辰发了一串嘲笑的表情：恶龙？指的是你自己吗？

大英雄被激怒了，立刻举起大刀，朝泽木砍了过去。

吃我一刀！

虽然他的操作水平简直惨不忍睹，但有这么一个干扰，实在太烦。

泽木轻描淡写地说了一句：良辰，拖一下他。

说了多少遍！不要叫我良辰！朱辰不满地抗议，但还是立刻使出一招移形换影，与召唤出来的灵交换了位置，迅速挡住了大英雄的去路。

你们配合蛮默契的嘛，哈哈。木子熊猫刚发了个笑脸，就发现了问题：你们怎么好像认识很久的样子？

朱辰手一歪，技能没有打中大英雄。

大英雄趁机跳出了他的攻击范围，飞快地藏了起来。

在这空隙，时有思念队伍里的另外两个人又包围到泽木的身旁，对他发起了猛烈的攻击。虽然以一敌二，但他很快扭转了局势。

在这一刻，林玥玥见证了奇迹。

"锁魂""双龙麒麟""穿云手"，多个技能一气呵成地释放，电光石火间，这两个人已被泽木一击秒杀！

而此时，时有思念悄然无息地绕到了他们的身后，进入了隐身状态——她的目标非常明确，那便是泽木。

我来也——

眼看就要偷袭得手，没想到大英雄非常不合时宜地从一旁冲了出来，打断了她的技能吟唱。

时有思念顿时火冒三丈：大英雄，你到底会不会打团队战？

胡说，明明是你跟着我。大英雄反咬一口，用义正词严的语气说道，我知道你对我有意思，但你死心吧，我是不会上当的。

你！

时有思念刹那间气不打一处来，就在这时候，一阵难以察觉的狂风从她身旁卷过，她的血量马上掉了一大截。

在大英雄有意无意的捣乱下，时有思念的队伍很快团灭了。

泽木，等着！我一定会回来的！

伴随着大英雄的一声豪言壮语，他整个人便消失在众人面前。

系统判定林玳玳所在的队伍胜利。

安思念掐断直播，愤怒地甩下鼠标。她摘下耳机，疲倦地靠着座椅。电脑屏幕已经被关闭，但她好像还能看见游戏场景。

安思念的脸色一下子阴沉下来，嘴里念叨着一个ID。

"泽木。"

当着自己所有粉丝的面，把自己给一刀斩了，原本沸腾的直播间当时几乎是一片嘘声。

每次想起这个ID，她气就不打一处来。

这时候好友打来电话，询问直播的情况。

"思念，你是怎么了？最近直播为什么总是心不在焉？"好友疑惑地问。

游戏世界本来应该是她的主场，但没想到，自己跟泽木的差距大到这种离谱的程度，她引以为傲的操作水平在泽木面前显然不堪一击。

"我……"安思念支支吾吾，脸色不大好看，"今天不是很舒服。"

"那个……"

安思念听出了她的犹豫,不由得疑惑地问:"怎么了?"

"你……"好友欲言又止,"算了,你还是自己看吧。"

片刻后,好友通过聊天工具发给她一个帖子的网址,安思念点开。

某妙龄美女主播屡遭直播打脸?什么仇什么怨?

一个字体加粗套红的标题映入她的眼帘。

标题像是为安思念抱不平,而帖子的内容却是满满的幸灾乐祸。

内容是这样的——

之前有一天呢,小爷刷直播的时候刷出了这个美女主播,小爷我呢,之前没看过她的直播,但听说长得挺漂亮的,反正无聊嘛,小爷就点进去看。

这位美女可能觉得自己美若天仙、人见人爱吧,看到个男生就一厢情愿脑补人家暗恋她,上去假惺惺地给人家发好人卡,没想到却被人家以为是偷拍嘲讽了一顿,当时她那表情啊……没把小爷我笑死。

这么精彩的直播打脸,的确值得长期食用啊!

于是小爷真开始对她感兴趣了,没想到她很快又给了小爷我一个大大的惊喜。

这次是在餐厅直播,她去搭讪了邻桌一个帅哥(虽然不愿意承认,不过的确比小爷我帅那么一点点吧),据说是她的同校师兄吧。

当时她搭讪那声音听起来,简直就是恨不得主动投怀送抱了!没想到这哥们儿也很不给她面子,连看都没看她一眼。

哈哈,为什么?因为人家是有女朋友的!

如果没记错,这是这位美女第二次因为自作多情被打脸了吧?

这种主播都能被称为"人气主播",那现在的直播网站真该好好整顿了。

……

最后,别问小爷是谁,小爷只是个吃瓜群众。(笑)

1L:楼主这挂的是谁啊?

2L 回复 1L:就是那个有点儿名气的游戏主播时有思念呗,早就看不惯她了。

3L:居然是时有思念?我以前还挺喜欢她呢,粉转黑!

……

8L:哦,又是她啊,不奇怪,她本来就不是啥好东西,时有思念黑历史整理:(网址)(网址)(网址)

9L:对她太失望了,明明知道人家有女朋友,还贴上去,这算什么事儿?

……

15L:我一直觉得她怪怪的,还有她的粉丝,老吹捧她的操作天下第一,要是打电竞比赛肯定赢遍全场。我想说,她只能算是普通人里面操作还不错的,比起真正的电竞选手差远了!

……

安思念看着帖子下的讨论,气得肺都要炸了。

她越想越不甘心,越想越愤怒,当即翻出手机,点开了通讯录。

也不知道是不是鬼使神差,在看到某个号码的瞬间,安思念按下了拨号键。电话接通后,她立刻变换了脸色,柔声细语地说:"谭师姐,你好。我是艺术系的安思念。"

"抱歉打扰你了,请问你能给我一下你们系顾时泽师兄的联系方式吗?我想联系他做一个小采访。"

似乎得到了满意的答复,她露出了欣喜的笑容,连连道谢:"微信号当然可以,好的好的,你发到我的微信上吧,谢谢你。"

团队 PK 结束后,大家纷纷对泽木表达自己的景仰之情。

李晓萌兴致盎然地问：泽木，你有没有考虑过去做电竞选手？

泽木毫不犹豫地回答：没有。

为什么？她有些惊讶。

泽木：猫猫说了，要好好学习，天天向上。

众人"虎躯一震"。

林玳玳：……

哎？她什么时候说过这样的话？仔细回想……好像……的确是对泽木说过……

李晓萌忍不住感叹：真是一个被学习耽误了的电竞选手。

林玳玳忍俊不禁，正要搭话，屏幕上一条消息闪了出来。

朱辰私聊她问：对了，小师妹，你和那个大英雄认识？

林玳玳飞速回复：不认识，他有点儿不正常。

我也觉得。不过，对方不会以为他是我们安插在他们队伍里的卧底吧？朱辰半开玩笑般说了一句。

卧底？

林玳玳怔了一下，心里突然萌生出一个想法。

朱辰：小师妹，怎么突然不说话了？

林玳玳回过神，回复道：我有点儿事，先下线了。

林玳玳又与李晓萌和帮派成员们打了一声招呼，她关掉游戏，打开早上刚起草的策划书。

下午的时候，吴吴师姐一直和她讨论该如何细化团队战玩法的问题。刚刚那场团队战，倒给她提供了新的灵感。

林玳玳稍微整理了一下思路，键盘上十指如飞。她把想法转化为文字，一字一句地敲到文档里。

搞定！敲下最后一个句号，林玳玳保存好文档，又翻出顾时泽的邮箱地址。

上传附件的时候,她有片刻的迟疑。犹豫片刻后,她点击了"发送"。

第二天一早,林玳玳特意错开顾时泽出门的时间,提前到了公司。

抵达办公室时,时间还不到八点半,人很少。

林玳玳坐在自己的位置上,心里有些忐忑。

回想起昨天临别前说的那句"明天见",她不由得埋怨起自己来。果然言多必失,告别的语言有千万种,她为什么偏挑了这句说呢?

想想,她觉得这样"不告而别"似乎不太好,于是在微信上给顾时泽留了言。

猫猫猫团子:"师兄,我先去公司了。"留言后附赠了一个笑脸。

然而,她的担心是多余的。

十点过后,顾时泽才脚步匆匆地出现在办公室。他敲了敲门,对所有人说:"大家到3号会议室来,我们开一下会。"

会议室在21层。

在去会议室的路上,顾时泽丝毫没有提起昨天的事情,只是在跟随众人乘坐电梯前往会议室的时候,与朱辰讨论了几句工作上的事情。

顾时泽是最后一个进会议室的,他关上门,用遥控打开了投影仪。落座后,他言简意赅地说:"好了,废话我就不多说了,我们直接进入正题。今天会议的内容,是游戏即将上线的新版本的问题。"

话毕,他把会议资料分发到每个人的手中,内容与新版本里的新增玩法有关。

林玳玳接过资料,看了几眼。她突然发现,这份资料不就是她昨天写的策划案吗?

她有些惊讶地看向顾时泽,刚好听见他说:"这里面有玳玳昨天发给我的策划书,大家有什么意见或建议,都可以提出来。"

玳玳。这声称呼，让林玳玳心中怦然一动。

她下意识地看向其他人。

好在其他人没有多大的反应，各自拿起面前的策划案翻看起来。

也是，现在是在公司，她和顾时泽是上下级的关系，叫林师妹好像的确有些不合适。可是，叫"玳玳"，她怎么觉得更加奇怪了？

不过，顾师兄怎么把她的策划案当作样板拿到会议上讨论？莫非她是新人的缘故，还是因为她写得太糟糕？

过了一会儿，朱辰首先发话："小师妹，你是怎么想到这么绝妙的玩法的？"

众人的目光都落到她的身上，林玳玳顿时生出一种接受检阅的无所适从感。

"我……"不经意间抬头，她与顾时泽目光相接。

顾时泽微微一笑："不必紧张，当成平时的聊天就好。"

看着他鼓励的眼神，林玳玳鼓起勇气，说出了自己的想法："是这样的，闹洞房的玩法，灵感来自我和朋友的婚礼。"她组织了一下语言，继续说："那时候，我和朋友的成亲仪式上，其他玩家前来抢亲，婚礼成了大混斗。后来我就想，为什么不直接开一片专属 PK 区域，以满足玩家们的需求呢？而在传统婚礼中，比较应景的环节就是闹洞房了，因此，我觉得，能否在婚礼仪式中，增加一个闹洞房的玩法。"

关程超忍不住插话："抢亲大混战？没想到师妹在游戏里还挺受欢迎的嘛。"

陈迹和他坐在一起，察觉到顾时泽突然投过来的目光，连忙用手肘碰了碰他，然后接过了话题："那师妹能具体说一下，这个玩法的内容吗？"

林玳玳点点头："当然可以。这个玩法的具体流程，就是在进礼堂的副本里头，等新人宣誓完毕，正式结为夫妻之后，众玩家可以进行'闹洞房'活动。而所谓闹洞房，也就是各个玩家之间可以互相PK。

"'闹洞房'可以像挑选喜宴规模那样，作为一个不固定的模式加入婚礼模式的选项中，在仪式开始前，新人可以选择是否开启闹洞房模式。目前只有拿到请柬的人才能进入婚礼现场，但我这个玩法，是希望但凡成亲的新人都能接受任何人的祝福，不管是相熟的还是陌生的。"

停顿了一下，她又补充："但这个玩法有一个弊端，这样的设计可能会使得结婚成了报仇的好机会。玩家或宾客的仇家，可能会趁着主人结婚之际，混入宾客之中进入礼堂，趁着宾主尽欢，进入 PK 状态，展开大肆屠杀，大闹婚礼。

"目前我只是初步提出一个概念，想法还是不完善的，具体该如何实施，还需要细化完善。例如再加入一些设置，设置闹洞房的时限，并且，在婚礼副本中被砍的人，都不会受到掉级或者装备损坏的伤害。"

林玳玳停下来，其他人都没有接话的意思，于是她继续说："至于另一个玩法……'谁是卧底'这个游戏，大家有玩过吗？"

"我知道。就是几个人其中有一个卧底，然后众人投票，把疑似卧底的人投出去的游戏。"何非凡颇感兴趣地说，"这团队 PK 的玩法，是和卧底游戏类似吗？"

林玳玳说："是的，我的想法和'谁是卧底'这个游戏类似，在进行团队 PK 的两组队伍中，其中各有一个人是卧底，只有卧底本人才知道，卧底不能与自己真正的队友通信，只能在所在的队伍中聊天。在这个 PK 中，不论是敌方还是友方，所有玩家都可以互相攻击，当然，卧底可以选择攻击'队友'，可以捣乱，也可以假装自己与敌方是一队的。倒计时结束后，统计战场上各队的积分，要是卧底被杀死了，要扣除本队的积分，没被杀死的话，会增加积分，最后通过积分来判断队伍的输赢。"

"这就很考验卧底的应变能力了。"江维跃跃欲试,"我感觉,这才是真正考验谁才是蠢队友的时刻。"

何非凡也是一脸惊叹:"这个玩法蛮有趣的,如果都怀疑队友是卧底,互相砍来砍去,那场面光是想象就很有趣。"

朱辰问:"小师妹,这个如此绝妙的主意,你又是怎么想出来的?"

林玳玳有些不好意思:"其实,卧底玩法,来源于昨天那场团队战。"

"我有个疑问。"这时,吴吴出声提问,"目前的团队战玩法,是双方先组队再进行 PK 的。"

林玳玳解释:"的确,考虑到这一点,我的想法是,团队战卧底玩法不必组队,点击进行 PK 的按钮后,由系统随机分配队伍和队友,而卧底也是由系统随机挑选。"

"并且,考虑到有些玩家可能不喜欢卧底的玩法,那么我们可以在保留原来玩法的基础上推出多个选项,以供玩家们自行选择……"

会议结束后,林玳玳仍有些不敢置信。

刚刚说话如此流畅的人,真的是自己吗?

"你刚刚表现得很好。"顾时泽走向她,对她说,"就这样保持下去,继续加油。"

这是她写的第一份策划案,对她来说,意义非凡。

林玳玳扬起唇角:"谢谢顾师兄,我会加油的。"

经过几天的实习,林玳玳对实习的工作已经渐渐上手了,与其他组员的磨合也十分顺利。

办公室里的氛围也很好,林玳玳乐在其中。

周五下午是实习生培训,在集会开始之前,林玳玳再次遇见周檬。

就在集训的会议室门前,张姐正在严厉地斥责她:"都几个月了,怎么连策划书的格式也是错误的?"

周檬弱弱地争辩:"可是,从来没有人和我说过格式……"

张姐恼火地说:"这不是你应该犯错误的理由!不懂,难道你不会主动去问吗?"

周檬:"对不起,张姐,我……"

"再这样下去,我就要质疑你是否能成为游戏策划的资质了!"张姐打断她,语气不耐烦地说,"出来实习也算是踏入社会了,以后在公司精明点儿。"

林玳玳跟随着其他实习生进入会议室。进门之前,她看见周檬一直低着头,一副要哭的模样。

在集训开始前一分钟,周檬也进来了,在她身旁坐下,笑嘻嘻地和她打招呼:"我们又见面了。"

林玳玳朝她点了点头。

"刚刚让你看到我被张姐训,真是太丢人了。"周檬主动寻找话题,说道。

林玳玳:"刚刚……"

"的确是我做得不好,"周檬失落地说,"我写的策划书格式全错了。"

"格式?"林玳玳一愣,"策划书不是应该以内容为主吗?"

周檬愣了愣,有些勉强地笑了笑,说:"没关系,可能各组的要求不一样,张姐对我们组的要求特别严格。"

她心情低落:"Y集团对职员的要求果然很严格,我好几次都动过辞职的念头。"叹了一口气,她又说:"在大集团里竞争激烈,工作也累。我刚进来的时候,也像你那样觉得很轻松,但过了不到一周,就发现这里的事情多得做不完,几乎每天都要主动留下加班,或者把工作带回家去做……"

林玳玳不知怎么回答，只能安慰她："加油吧，万事开头难，没有什么是一蹴而就的。"

周檬回道："也是……对了，我能加你的微信吗？"她突然提议："我们都是新人，有什么也方便交流和沟通。"

林玳玳点点头，说："可以。"随后，她便与周檬交换了微信号。

周檬的微信名字叫"迷糊的小柠檬"，就在早上的时候，她一连发了三条朋友圈状态。

昨天煮饭的时候忘记按开关了，一直以为饭熟了，结果还没开始煮。

今天出门不小心把钱包落在家里了，还好公交车的司机大叔让我下次补回来就可以了，世上还是好人多。

明明在备忘录上写了出门要带文件，可还是忘了，来回一趟差点儿把腿给跑断了。

自从那天开始，中午的时候周檬经常跑来找她一起吃饭，两个人相谈倒也融洽。

相处久了，林玳玳觉得周檬这个姑娘有些神经大条。

加了微信后，周檬在空闲的时候会主动找她聊天。

迷糊的小柠檬："张姐今天又让我们加班，说是过几天，会有合作方过来洽谈即将上线的手游项目，好累。"

迷糊的小柠檬："今天把策划案重写一遍，可是张姐还是不满意，真搞不懂她到底要的是什么了。好羡慕你们组，从来不压榨员工。"

迷糊的小柠檬："对了，玳玳，你和顾哥是同校的师兄妹吗？"

林玳玳刚从浴室出来，拿起手机恰好看到这条消息。她坐到床上，给周檬发送了回复："是的。"

过了一会儿，迷糊的小柠檬："啊！真羡慕。那你们感情一定很好吧？"

猫猫猫团子："嗯，师兄人很好，一直很提携我们这些师弟和师妹。"

迷糊的小柠檬:"哎?看来是我误会了?"

周檬发了一个萌萌的表情,又和她聊起最近几天公司里的新鲜事。

游戏的新版本即将上线,林玳玳所在的项目组也进入了忙碌状态。

与其他人相比,朱辰则显得有些心不在焉。他漫不经心地在文档里敲着字,不时向林玳玳的位置瞄去。

都快半个月了,顾时泽和林玳玳看起来还是毫无进展,作为旁观者的他不由得有些着急了。

于是,趁着去递文件的机会,朱辰走到林玳玳跟前,旁敲侧击地问:"小师妹,你和阿泽的进展如何?"

林玳玳抬头疑惑地看他一眼,有些奇怪地问道:"什么进展?"

朱辰愣了一下,心里立刻有了答案。他欲盖弥彰地用拳头抵到唇边,一本正经地说:"咳,我是问新玩法策划书完善的进展。"

林玳玳说道:"新玩法那部分,吴吴师姐和我一起商讨过,帮我把策划案完善,所以进展得还算顺利。"

"那就好,那就好。"朱辰转着眼珠,目光落到她的电脑界面上时,心念一动,状似无意地问道,"对了,师妹,你觉得阿泽这个人怎么样?"

林玳玳一愣,不知朱辰为什么突然又提起了顾时泽。

她斟酌了一下言辞,回答道:"顾师兄很好啊。"

看来有戏!朱辰眼睛一亮,却故意露出了惊讶的表情:"是吗?我还是第一次看见他对女孩子这么好。"

"不会吧?顾师兄对师弟和师妹都很照顾呢。"林玳玳想起在辩论赛半决赛的时候,顾时泽很耐心地为心理学系的人解答问题。

朱辰听着听着,觉得不太对劲儿:"等等,你说的对师弟和师妹都很照顾……我们说的是同一个人吗?"

"啊?"林玳玳奇怪。这话题不是他先提起的吗?

朱辰左右看看，突然压低了声音说道："小师妹，你有所不知，阿泽那个人可小心眼儿了……"

敢情朱辰特意跑过来，就是为了和她说顾时泽的坏话？

林玳玳的目光越过他，不经意间瞄到了一道正从外面进来的身影，于是赶紧出声提醒："朱师兄，那个……"

"没事，趁他不在，我就和你说一下他——"朱辰说得兴起，却见林玳玳神色闪躲，不由得疑惑，"小师妹，你怎么了？我身后有……"

他下意识转过头去，猝不及防地看到正向他走来的顾时泽，笑容立刻僵在了脸上。

"我想起还有事情没做完，先走了。"就像是被班主任当场抓包的坏学生一样，朱辰急忙找了个借口溜走了。

林玳玳："……"

朱辰跑掉了，很不厚道地扔下她一个人面对顾时泽。

她只好硬着头皮开口："顾师兄，朱师兄他……"

顾时泽神色如常，走到林玳玳面前，语气温和地说："朱辰这人就喜欢胡言乱语，他的话你别放在心上。"

"好。"林玳玳弯起嘴角。

下午的时候，林玳玳应吴吴的要求，把修改好的策划案送到总负责人手中审核。

送完文件，从办公室里出来的时候，她遇到了周檬。

对方抱着一大叠小册子从打印室里出来，显得手忙脚乱。

周檬喊住了她："玳玳，能帮我一下吗？"

"什么事情？"林玳玳走上前去。

周檬说："帮我把这些资料拿到21层的1号会议室，可以吗？"她急得满头大汗："这是待会儿开会要用的，今天东阳集团代表要过来商谈相关合作的事宜，张姐让我准备接待的事情，可我这边抽不开身。"

林玞玞欣然道："好的，我帮你拿过去吧。"

"太好了，谢谢你，每个位置上分发一份就可以了。"周檬感激地说。

林玞玞笑笑："不客气。"

来到21层的会议室，她按照周檬所说的，把会议资料分发到每一个座位上。

分发完毕，她离开了会议室，刚出门，就看见张姐步伐匆匆地向这边走来。

林玞玞向她点头问好，正要错身离开，没想到张姐却指了指她，不由分说把她唤了过去。

"你，过来一下。"她吩咐道，"你到一层去看看东阳集团的代表来了没有。"

林玞玞有点儿反应不过来："我……"

"你还愣着做什么？怎么还不赶紧过去？"张姐皱眉，不满地催促道。

林玞玞应了一声，乘坐电梯前往一层。

"几位尊敬的来宾，这边请……"

来到一楼时，她恰好看见一名员工将几名西装革履的人迎了进来。

其中一名代表环视着整座大厦的布局环境，不知不觉走离了队伍。他没有留意到前面有人，不小心与迎面而来的林玞玞撞在一起。

"对不……"

林玞玞抬头，对上对方的目光。

"等下，你……"西装革履的年轻男子抬起头，面色微变，"林玞玞，是你？"

似是想起什么事情，他退后了一步，再看向她时，已是满脸厌恶：

"Y集团现在已经堕落到这种地步,什么人都招了吗?"

林玳玳愣了一下,轻轻皱眉:"对不起,你是……"

西装男子的目光在她身上一寸一寸攀爬着,带着毫不留情的鄙夷。

"还假装不认识我……呵,不过我倒是差点儿认不出你来了。"他嗤笑出声,"你不会是知道我要来这里,所以特意在这里等吧?没想到过了这么久,你还是和高中时候一个破样。"

高中?

那些不好的回忆在一瞬间翻涌出来。

深深刻在她记忆中的名字,除了安思念以外,还有另外一个人……陆子航。

林玳玳抑制住那种呼之欲出的不适感,抿了抿唇,有礼但疏离地回应道:"抱歉,我还有其他的工作。"

说着,她便转身离开。

陆子航不悦地皱起了眉:"等等,你给我站住——"

"怎么回事?"张姐紧跟着赶到,见到前台处乱哄哄的场面,脸色有些难看,"不是让你们好好招待东阳集团的代表吗?"

说着,她又向陆子航等人赔笑道:"抱歉,这几个是刚来的实习生,不懂事。几位代表,这边请。"

临走前,张姐回头看了林玳玳一眼,便领着几名代表匆忙进入了电梯。

林玳玳僵在原地,只觉得手脚冰凉。埋藏在她心底的自卑和敏感,再次不受控制地涌了出来。

一层大厅内,几名员工小声地议论起来。

"张姐一直想跟东阳集团合作,好不容易约到了对方前来商谈,但对方好像被一个新人给气着了……"

随后气喘吁吁赶到的周檬看到这一幕,不由得停下脚步。听到旁人的议论,她走上前来,小心翼翼地问:"玳玳,你……和刚才那位先生认识?"

林玳玳摇了摇头,说:"我去一下洗手间。"

1号会议室内。

会议进行中,除了东阳集团的代表外,还有几位Y集团游戏项目组的负责人。

等张姐发言完毕,东阳集团其中一名代表开口说:"这次的合作,我们公司可以再让利1%,但我们的少东家有一个条件。"

"刚刚上来的时候,我遇到了贵公司一位员工,言语粗俗,没有礼貌,对我的态度很不好,这让我很不高兴。我不想再在这里看见她。"陆子航漫不经心地把玩着手中的钢笔,语气十分随意,"要是贵方没有这个诚意,我想我们也不必合作了。"

"哪位职员?"张姐脸色微变。

陆子航挑眉:"我想,Y集团的各位应该也心中有数了吧?"

张姐皱起眉头,但心里也有了答案。她唤来一旁的女助理,在她耳边低语了几句。

女助理点了点头,飞快走出了会议室。

不一会儿,她回来了。

"张姐,刚刚……"微微停顿一下,她犹豫地抬头看了顾时泽一眼,才继续说道,"那名实习生,是顾哥组里的人,叫林玳玳。"

原本在旁听的顾时泽深蹙起眉头。

张姐看向了他:"小顾,你看……"

顾时泽眼神深沉得像一团拨不开的迷雾,随后,他站了起来,斩钉截铁的声音在会议室响起:"这种条件,恕我不能同意。"

第九章
我的人，不是谁都可以欺负的

四点三十六分，Y集团21层，会议散场，东阳集团的代表已经离开。从空荡荡的会议室出来的时候，张姐一直板着脸。她疾行在走道上，高跟鞋在地面上敲得嗒嗒作响。进入办公室，她将手中的文件夹甩到桌上，深吸一口气，抑制着心中的浮躁，质问顾时泽："我不明白，你为什么要拒绝东阳集团开出的条件。"

顾时泽心平气和地解释道："张姐，我并不认为这是一个好的条件，这要求有点儿过分了。"

张姐不满："不过一个小小的实习生，没了她，对我们公司也没有什么损失。"她的语气越发不悦："这些实习生老是鲁鲁莽莽的，更何况她一来就把我们的合作方给得罪了，这种粗心大意的员工怎么能再让她留在这里？"

顾时泽冷静地反驳："张姐的说法，原谅我不能认同。Y集团最优秀的高层，也是从实习生一步步走过来的。"停顿了一下，他分析道：

"而且，东阳集团有过抄袭和山寨的前科，我认为它并不是好的合作伙伴。"

"不，我觉得对我而言，这是很大的损失。"张姐屈起手指，敲了敲桌面，语气缓了缓，"小顾，我听人说了，她是你带来的关系户……"

顾时泽打断了她："张姐，我也不理解，能开发手游的优秀的公司有很多，不仅仅只有东阳集团这一个合作方，我们大可以换一个新的合作方。为什么你偏偏执着于东阳集团呢？"

张姐说："这个合作案，是我谈了很久才拿下来的，这里面不仅仅是我一个人，还有我的团队里所有人日夜不休的努力。怎么能够说放弃就放弃？"

"那只不过是对方的一面之词，我相信我的下属。"顾时泽目光深沉，"为了这么一点儿利润而无缘无故给员工扣上莫须有的罪名，这也不符合我们Y集团的理念。"

"你——"张姐明显生气了，"小顾，你听我说。这个项目我分析过，只要能和东阳集团合作一起开发，我们公司的游戏项目在短期内的收益将会是巨大……"

"张姐，我们应该从长远的利益来看。没错，东阳集团的资金背景确实雄厚，但与之合作，可能会败坏我们集团一向的好口碑。而且，新人也有她的可取之处，就像《新倩女幽魂》端游即将上线的版本，里面很多新的玩法是张姐口中那位鲁莽的实习生提出来的。"

"就凭一个小小的实习生？"张姐冷笑，语气里满是轻蔑。

"新的资料片就要上线了，不如我们用新版本上线后的在线人数来检验。"顾时泽看向她，面容沉静，"张姐觉得如何？"

张姐发出一声嗤笑："凭什么？不过是一个实习生罢了。"

他沉声说："就凭我在这里一天。"语气淡淡，却不容置疑。

张姐似乎被他的气势所慑，紧抿着唇，好半响才冷冷地开口："要是做不到呢？"

顾时泽明白这是张姐的刁难，他依然沉着气，说："要是做不到，我就引咎辞职。"

张姐的胸脯剧烈地起伏着，她压抑着情绪，冷冷道："好，那我拭目以待。"停顿一下，她又说："要是新版本上线24小时内，同时在线人数突破500万大关，那我就收回我对你们的质疑。"

天色忽然阴沉下来，像是快要下雨的样子。果不其然，不一会儿，窗外便狂风大作，电闪雷鸣。

林玳玳掬起一捧冷水轻泼到脸上，勉强让自己镇静下来。她深呼吸一口气，抬头看着镜子里的自己，突然觉得那里头的人如此陌生。

原以为自己已经从过去的阴影里走了出来，已经有足够的勇气去面对以前的一切。但没想到，她这些"原以为"在现实面前如此不堪一击，她还是没有勇气面对那些过去的事。

内心深处那个尘封已久的秘密被人当众揭开，她知道，最好的应对方法，不是沉默。

她想反驳回去，说她不是。但当她被迫面对过去那些人和事的时候，却失去了所有的勇气，她从心底唾弃现在的自己。

林玳玳在心底无声地叹息，把擦手的纸揉成一团扔进垃圾桶，转身走出洗手间。

回到项目组所在的办公室，她在格子间门外遇到了恰好返回办公室的顾时泽。

林玳玳怔了一怔，停下了脚步。

顾时泽刚从电梯出来，也注意到她，抬眼往这边看了过来。他站在那里，姿态挺拔。灯光底下，他眸光沉沉，神色让人捉摸不透。

林玳玳觉得，此时的他似乎格外严肃，她从未见过他露出这样的神色。想到了刚才的事情,她意识到,兴许是自己给他惹麻烦了。

她走上前,想要和他坦白刚才的事情:"顾师兄,刚刚……"

但意外的是,顾时泽像是知道她要说什么一样,在她之前开口说:"没事,刚才的事情我已经知道了。你先回去工作,剩下的事情由我处理。"

林玳玳:"……好的。"

她心绪不宁的样子,被顾时泽看在眼里。

"你遇到什么难题了吗?"他问。

林玳玳张了张嘴,但话到嘴边,又不由自主地咽了回去:"我没事,可能是今天的天气太热了。"

顾时泽的目光在她脸上停留片刻,才开口:"没事就好,要是你遇到不愉快的事情,可以向我倾诉,没有什么打不开的心结。"

"……好,我知道了。"林玳玳轻轻点头。

顾时泽回头看了走远的林玳玳一眼,眸色深沉。他没有跟随着她回到格子间,而是返回到电梯里,按下按钮,前往一层。

来到前台,他开口,声音沉沉:"下午三点十二分,东阳集团代表到来的时候,发生了什么事情?"

夜幕降临,G市的浮躁渐渐沉入夜色当中。

公寓里,安思念把手机拿在手上,又放下,又拿起,翻来覆去好几次,始终犹豫不决。

过了好久,她一咬牙,终于下定了决心般,在微信添加好友栏输入了一个熟记在心的号码,微信界面跳转,跳出了一个早已被她看过无数遍的头像,微信号的昵称叫 Zerus。

她屏着呼吸,飞快地打下一行验证信息。迟疑了片刻,点击"发送"。

好友验证:顾师兄你好,我是 A 大的学生,有些事情想请教你。

她不敢用自己的号码加顾时泽好友,所以特意新买了一张手机卡,注册了新的账号。

但过了好一会儿,安思念也没有收到回复。她想了想,又发了一条:请问你认识林玳玳吗?

顾时泽仍旧没有理会,安思念快沉不住气了。

于是,她又编辑了一条信息。

第三条验证:有一件关于林玳玳的事情,想跟你说。

顾时泽收到匿名账号的请求加好友的验证时,正在公寓里处理公司的文件。

他原不想理会,直接点了"忽略",便把手机放到一旁。没想到,桌上的手机又接连振动了两次,提示他收到新的微信信息。

他重新拿起手机,正要调到静音,却看到了"林玳玳"三个字。顾时泽的眼睛微微一眯,拇指落到屏幕上,通过了验证。

验证被通过,安思念却一点儿也高兴不起来。他果然对林玳玳不一样,她心里暗恨,对于接下来要做的事情更加坚定了。

点开聊天界面,安思念抢先发了一个笑脸的表情:"师兄,你好。"

Zerus:"你好,请问有事吗?"

安思念说:"是这样的……师兄,我知道一个林玳玳的秘密,我猜想她一定不敢告诉你,但我觉得师兄你有权利知道。"

她停顿了一下,但没等到顾时泽的回复,他似乎没有接话的意思。

也许在忙?安思念不确定地想,于是继续说了下去:"重新看见她,没想到她的变化这么大,她在高中时,并不是这个模样。"

Zerus:"她以前是什么样子?"

"她以前有点儿微胖,五官看起来也没现在好看。"安思念说着,把早已准备好的高中合照发送过去,"这是我们高中时的合照,师兄可以看看。"

顾时泽把照片放大。

这是一张几个女孩子的合照，穿着高中校服。他一眼就认出了林玳玳，虽然她并不是照片里最显眼的。的确如安思念所说的，她那时候身材有些臃肿，加上穿着土气的校服，衬得脸并不好看。

这张照片，是安思念千挑万选，挑出来的林玳玳在高中时代最丑的一张照片。

他把照片保存下来，不动声色地回复。

Zerus："谢谢你告诉我真相。"

安思念心中一喜。

Zerus："不过，你为什么会有她以前的照片？"

安思念："我和她是高中同学，所以知道她一些事情。"

Zerus："你是她的朋友？"

安思念说："不是的，我和她不熟悉。她高中时也没什么朋友。"

Zerus："为什么？"

"她那时候性格内向，从来不爱说话，在班上人缘不好，没有一个朋友。只有班上一个女生觉得她很可怜，所以就主动和她交了朋友。"安思念故意留了个悬念。

顾时泽挑眉，顺着她的思路问："那个女生是谁？"

安思念："她叫安思念，顾师兄认识吗？"

"略有耳闻。"顾时泽回复，"不过，我怎么从来没听她提起过安思念？"

"那是因为……"安思念欲言又止。

Zerus："因为什么？"

安思念趁机上眼药："安思念和林玳玳的关系开始挺不错，虽然林玳玳在班上人缘不好，但安思念从来没有嫌弃她，还把她带入自己的圈子里。但后来因为隔壁班的陆子航，两个人闹翻了。"

Zerus："具体是因为什么事情？"

"具体的事情我不方便说，不过我说的都是真的，A大里我们这一届的有很多是我高中的同学，顾师兄随便找人问问，就知道了。"安思念很有技巧地说。

Zerus："你们都很讨厌她吗？她和我在一起的时候，从来没有提起过高中的事情，是因为她和高中的同学都不对盘？"

"和我在一起"五个字让安思念怒火中烧，她咬了咬唇，继续说道："也不是，只是觉得安思念对她这么好，她却这么对自己的朋友。班上的同学都为安思念打抱不平，所以渐渐远离了她。"

Zerus："原来如此，你为什么特意告诉我这些事情？"

安思念说："我是不想让师兄上当受骗，才特意来告诉师兄的。"

Zerus："好，我知道了，谢谢你。"

安思念大喜过望，正要回复"不客气"，却被提示"消息发送失败"。

怎么回事？她皱眉。

紧接着，一行提醒出现在聊天界面——

Zerus开启了朋友验证，你还不是他（她）朋友。请先发送朋友验证请求，对方验证通过后，才能聊天。

她被拉入黑名单了！

安思念差点儿把手机摔到地上。

这是怎么回事？气愤过后，她开始感到不安。

她没说错什么话吧？她说的都是真话，只是很有技巧地把语言重新组织了一遍，即使顾时泽去求证，也只会得到这是事实的结果。

那既然如此，为什么她还是被拉入黑名单了呢？

莫非顾时泽发现了她的身份？应该……不会吧？她特意注册了小号……安思念惊疑不定地想着。

顾时泽毫不犹豫地把匿名小号拉入黑名单，正要退出微信界面，突然，一条新的提醒从通知栏飘过。

他手指微顿，停在屏幕上。

那是某个 APP（手机应用软件）的新闻推送——一则有关校园霸凌的新闻。

雨在临近傍晚的时候停了，暴雨清洗了这座城市的燥热。露台的落地窗开着，灌进凉丝丝的夜风，带着一丝若有似无的凉意。

回到公寓，林玳玳仍然心情消沉。

这种心不在焉的状态，一直持续到她的游戏人物被一团光焰砸中。

林玳玳方才拉回了思绪，片刻的走神，女医师的血量已经见底，在一群怪物中轰然倒地，屏幕随之变得灰白。

系统提示：你的角色已死亡。

李晓萌发来私信询问："玳玳，你今天怎么了？为什么我觉得你一直在走神？"

她们现在打的副本叫土木堡战殇，是 105 级的副本，难度不是很高，但极为考验玩家们之间的配合和技巧。因为林玳玳频频的失误，他们团灭了好几次。

土木堡战殇副本，每关每周只有五次的挑战机会，这已经是他们第五次挑战了。

"我……"

林玳玳打出几个字，过了几秒，又被她删掉。最终，她打下一行字："没什么，可能是今天天气太热了，我有点儿不舒服。"

"那你别玩游戏了，早点儿睡觉，好好休息。"李晓萌关切地说。

林玳玳回复了一个"好"。

她退出游戏，盯着笔记本电脑的屏幕发怔。

要是被人欺负了，该怎么办？

李晓萌曾经说过，君子报仇，十年不晚。就像小说里的主角一样，隐忍一时，然后通过实力证明自己，等到拥有足够的资本时，再从各个方面狠狠地碾压对方，报复回去。

所以，她一直都很努力，希望通过成绩来证明自己。

可现实呢？

她不知不觉地打开了微博，在搜索栏输入"陆子航"三个字。

相关人物里，立刻出现了她要寻找的目标人物。

"Gavin 陆子航 V"个人简介：东阳集团董事陆子航，毕业于 M 国剑桥州立大学。

在微博上，他是拥有 100 多万粉丝的知名人士。三年前开始在网络上闻名，因为总是以犀利的言辞点评各路网络红人和明星的相貌，被称为"毒舌陆公子"。

而时有思念，也是网络上小有名气的游戏主播，极受粉丝们的追捧。

过去欺负过她的人，似乎都活得比她光鲜，凭什么呢？

李晓萌也愤怒不平地问过她这个问题，然而答案是无解的。

小说和现实的差距，便是如此。很久之前，林玳玳便深深地意识到了——在现实面前，她微小得不值一提。

游戏世界里。

猫猫猫团子下线了，木子熊猫和泽木也退出了副本。

李晓萌解散了队伍，正要自己去做日常任务的时候，她突然收到泽木的私信。

【私聊】泽木：猫猫以前的事情，你了解吗？

她暗觉奇怪，给他打了一个问号。

【私聊】木子熊猫：怎么了？

【私聊】泽木：她先前私底下和我聊过天，稍微提过她以前的事情。

【私聊】木子熊猫：啊？

回过神来的时候，林玳玳才发现自己盯着电脑屏幕看了十多分钟。

这样的行为，好像……有点儿傻。

她无声地扯了一下嘴角，关掉了"Gavin 陆子航 V"的微博主页，再点开好友列表——微博客户端寥寥无几的好友里，只有泽木在线。

犹豫片刻，她几乎是不抱希望，向泽木发送了一句：要是讨厌的人再次出现在你面前，你会怎么办？

十几秒后，私信显示已读，泽木反问：为什么要在乎他们？

林玳玳没想到泽木会如此迅速地回复，她愣了一下，才回答道：也许，是我过不去自己心中那道坎儿，我没有办法原谅他们。

泽木却说：你错了。

错了？为什么？她不解地问。

泽木：虽然我不了解是怎么一回事，但是不在乎并不等于原谅，原不原谅是一回事，你是否能够放下过去的事情又是另外一回事。但是能做决定的，只有你自己。我这样说，你明白吗？

林玳玳怔了一怔。

她从来没有想过，在她看来矛盾的两样东西，其实是可以共存的。

她的内心有一瞬间的触动。但是，她暂时还没有足够的勇气，去直面那一切……

现在想不明白没关系，不要为难自己。

没等她开口，泽木又说：上线吧，我有话想和你说。

有什么微博私信里不方便说的吗？

她打了个问号，但泽木没有回复。

林玳玳带着疑惑重新登录游戏，刚上线，就收到了泽木发来的组队邀请。

系统提示：玩家泽木邀请您加入队伍，是否同意？

她犹豫了，在提示即将过期的时候，还是点下了确定按钮。

组队频道里，林玳玳疑惑地询问：泽木，你有什么话要和我说？

泽木淡淡地说：这里说话不方便，跟我来。

放出飞行坐骑后，他向林玳玳发来共乘邀请。

林玳玳选择"接受"。

游戏里的时间与现实是同步的，正如现在——

飞行坐骑的羽翼拍打，两个角色缓缓腾升，四面八方汇集而来的云层，还有头顶的星辰，都如梦似幻。

他们来到了京杭大运河。

石桥底下，可以看到银色的圆月。面前徐徐展开的，是浩瀚的星空。

只有在游戏的夜晚时分，才能看到这种场面。

这里几乎满足了林玳玳对于整个游戏最大的遐想：星空，飞翔，还有静谧。

【队伍】泽木：心情好一些没有？

在这一刻，眼前那一片虚拟的星空好像真实地浮现在眼前一般，女医师和黑袍偃师相互偎依在一起，时光轻慢，岁月静好。

这片安逸，让她内心消沉和浮躁的情绪奇迹般地消减了不少。

泽木向来话少，却有一颗细腻的心。

明白了他的意图，林玳玳不由得莞尔一笑：好一些了，谢谢你，泽木。

嗯。良久，泽木回复了一个字。

《新倩女幽魂》的新版本上线时间定在了九月底。

目前还是八月，但月末总是公司最忙碌的时候。整个项目组都进入了争分夺秒的忙碌状态。

办公室里。

顾时泽在键盘上敲了几下，页面上随即出现搜索的结果，他轻蹙起眉头，看着屏幕久久不语。

"咚咚"！

这时，有人敲了两下门。

"阿泽。"

身后传来朱辰的声音。

脚步声渐近，顾时泽按下快捷键，把网页缩小，转头看向他。

"什么事？"

朱辰大步走了进来，停在他身后，语气又急又快："阿泽，我听说东阳集团和张姐的事情了。新版本宣发的事情，你有头绪了吗？还有张姐那里……"

顾时泽说："这件事情，责任在我。你们不必有负担，我会想办法解决的。"

朱辰眼中满是不可思议："可是，同时在线人数突破500万！目前国内做得最好的端游，同时在线人数达到300万已经是巅峰。"

他继而愤怒不平："张姐提的这个条件分明是刁难你，其实你真没必要……"

"还没有尝试，怎么知道做不到呢？"顾时泽打断他，停顿一下，语气沉缓，"无论结果如何，毕竟我们曾经努力过。"

朱辰闻言愣了一下，随后轻轻拍了拍他的肩膀，豪气地说："好，既然你这么说，那兄弟我就舍命陪君子，和你一起拼一把。"

顾时泽笑了笑："谢了，兄弟。"

"客气什么。"朱辰摆了摆手，说着，他回头往外看了一下，又朝他挤了挤眼，揶揄道，"不过，我看小师妹最近几天的情绪明显不对劲儿，这是个好机会，你怎么还不去安慰她？"

"不，不能强迫她。"顾时泽敛起眼中的笑意，"这是她的心结，需要让她自己想明白，从阴影中彻底走出来。要是强加干扰，只会适得其反。"

"这样真的好吗？"朱辰皱眉。

"我和张姐打赌的事情，暂时不要告诉她。"顾时泽说，停顿一下，他又嘱咐道，"让组里的人也注意些。"

朱辰眉头舒展，向他保证道："好，我明白了。知道这件事情的人也不多，反正我是绝对不会说出去的。"

在忙碌的实习状态中，八月眨眼即过。九月是开学的月份，但A大大四上学期是实习的时间，因此林玳玳并不需要像以往一样回校报到。

中午的时候，周檬又来找她一起去吃午饭。

"玳玳，东阳集团代表那事情，后来怎么样了？"端着餐盘在她对面坐下，周檬压低声音，小心翼翼地问了一句。

林玳玳怔了一下："什么……怎么样？"从周檬试探的语气里，她敏锐地察觉到一丝不对劲儿，便问道："东阳集团的代表怎么了？"

"咦？你不知道吗？"周檬一脸惊讶的表情，"我那天经过办公室的时候，恰好听到张姐和顾哥争吵……"

她似乎想到什么，欲言又止。

林玳玳追问："发生了什么事？"

周檬看了林玳玳一眼，迟疑地说："那天，顾哥……他好像和张姐打赌，新版本上线当天，同时在线的玩家人数要突破500万，否则，他就引咎辞职……"她停顿了一瞬，又担忧地看向林玳玳："玳玳，你不知道这件事吗？我看你们项目组最近这么积极地加班加点，还以为顾哥和你们组里的人已经告诉你了，难道……"

什么？顾师兄他……林玳玳大吃一惊，心也一下子沉了下去。

周檬想了想，又说："我知道了，一定是他让大家瞒着，不跟你说，免得你担心。"重重地叹了一口气,不等林玳玳接话,她又自顾自地说了下去:"也是,换作我的组员,也会瞒着我这件事。要是让我知道自己捅出了这么大的娄子,估计会内疚得立刻辞职吧……"

林玳玳没听到周檬接下来说了什么,脑子里一直回响着刚才的那些对话。

"……他和张姐打赌,新版本上线当天,同时在线的玩家人数要突破500万,否则,他就引咎辞职。"

林玳玳心急火燎地回到办公室,想找顾时泽问个清楚,但让她失望的是,他这时候并不在办公室里。

作为项目组的负责人,顾时泽的确很忙。但最近他频繁外出,好像比平时更忙碌了,尤其是在游戏新版本即将上线这么关键的日子里。

项目组的成员也像平常一样,经常打闹说笑,与平常无异。但她在的时候,他们总是会飞快地转移话题,尽量不在她面前提及工作。

她太迟钝了,竟然没有发现这些异常。

外面传来脚步声,午休时间已过,出去吃饭的人也陆续回来工作。

朱辰刚好路过,看到林玳玳怔立在办公室门前,侧眸看了她一眼,打趣道:"小师妹,怎么站在门口发呆?"

林玳玳收回思绪,赶紧喊住了他,问:"朱师兄,顾师兄不在吗?"

朱辰一愣,停住了脚步:"他刚刚出去了,怎么,你找他有事?"

"朱师兄,我想问你……"林玳玳犹豫了一下,又摇了摇头,说,"没事了,我先回去工作。"

"啊?"朱辰抓了抓头发,看着她的背影,有些摸不着头脑。

林玳玳回到自己的座位,吴吴拎着一盒章鱼小丸子回来了。

她像往常一样招呼林玳玳:"玳玳,吃小丸子吗?"

林玳玳摇头:"不用了,谢谢师姐。"

吴吴坐下后,打开盒子,用竹签戳了一个小丸子,边打开电脑边问:

"玳玳，早上那份策划书，你那里有吗？"

林玳玳在桌上翻找了一下，找到了文件，递给吴吴的时候，心中犹豫了一下，还是开口问："吴吴师姐，我想问问你，你知不知道，顾师兄和张姐打赌的事情……"

吴吴先是一愣，随后她盖上小丸子的盒子，抬起头问："玳玳，你知道了？"她皱了一下眉："是谁告诉你这件事的？张姐吗？"

林玳玳说："不是张姐，是……我无意中听到其他项目组的人在讨论。"

"没想到让你知道了。"吴吴叹了一口气，承认道，"好吧，的确有这么一回事。"

"这么说来，顾师兄真的因为我才……"

"不，准确地说，你那事情不过是导火索，张姐会提出这样的要求，我猜和另外一件事有关。"

林玳玳疑惑："另外一件事？"

吴吴点点头，继续说："在我们项目组组建之前，张姐在Y集团里是资历最深的，《新倩女幽魂》端游的项目本来内定了由她接手负责，但没想到顾时泽空降而来。想来，她并不甘心。

"我刚来的时候，也听了很多八卦。张姐为人如何，我不好说。但听说在她负责的项目组里，和那个周檬一起的，原本有三个实习的策划，但因为张姐看不惯那些实习生，处处为难他们，已经有两个策划受不了，不到一个月就走了。"

吴吴说着，看她一眼，语气里满是歉然："玳玳，很抱歉。这件事情，本来顾时泽不让我们告诉你的，怕你会有负担。"

"没关系的。"她轻声说。

林玳玳心情沉重。

进入Y集团后，她了解了一些游戏行业的常识。在线人数达到

500万,这是一个非常苛刻的条件。她能想象到,顾时泽是顶着莫大的压力,才保下了她。

吴吴刚才那番话,何尝不是在安慰她?

直到现在,她才知道,原来在她不知道的时候,在她没有看到的地方,有人为她遮挡了这么多风雨。

林玳玳没有等到顾时泽,直至下班,他仍然没有出现在公司。

她往那个空着的位置看了一眼,还是收拾东西离开了。

林玳玳也不知道自己是怎么回到公寓的,复杂的情绪一点点占据了内心。她不知道自己呆坐在沙发上多久,屋子外面传来了门锁打开的声音。

顾时泽回来了?

林玳玳几乎是立刻从沙发上跳了起来,可是冲到门前的时候,她又收住了脚步。

在这一瞬间,心中的冲动像是泄气的皮球,全部漏光了。她踟蹰不前,可此时此刻,她内心的思绪纷乱如麻,什么都无法思考。

即使现在面对顾时泽,她也不知道应该怎样开口。

最终,林玳玳折返回来,看向窗外。

天色已暗,今夜无风。夜空黑沉沉的,仿佛涂抹了重重的浓墨,看不见一丝微光。

叹了口气,林玳玳回到房间,放下手机,把自己重重扔到床上。

她睁着眼睛看着天花板,耳边一直回响着早上的那番对话,不知不觉睡着了。

醒来的时候,已经是第二天。

不能再这么下去了!

"林玳玳,你不能这样子。是顾师兄为了你,才答应了别人苛刻的条件。"林玳玳在心里对自己说。

磨蹭到晚上,她终于鼓起勇气,敲响了A1802室的门。

不一会儿,门被打开。

今天是周六,顾时泽没有出门。他穿着居家服和拖鞋,因为刚下过一场雨,夜晚的风带来一丝凉意,他身上多披了一件外套,看起来随意而闲适。

看到她的时候,顾时泽的眼里浮现出一丝意外之意:"找我有事?"

"顾师兄,我……"林玳玳说,"我有事情想和你说。"

"进来再说。"说着,他侧身让开。

"打搅了。"林玳玳走进屋内,拘束地打量着室内的环境。

A1802室的布局和A1801室一样,装修也是大同小异,唯一不同的地方体现在细节之处。这里的设计和布局更加简约明敞,客厅被改造成一间小型的办公室,一进门,映入眼帘的就是一排木制书架,上面放满了书籍。靠近阳台的落地窗前,放着一张被当成书桌的四脚木饭桌,上面堆满文件,略显凌乱。不仅是书桌,连茶几和沙发上也铺满了纸质的文件,笔记本电脑随意地放在沙发上,屏幕亮着。

"坐,屋里有些乱,我先收拾一下。"顾时泽招呼道,合上笔记本电脑,又迅速把茶几上散乱的纸张收拾成一摞。

林玳玳组织了一番言语,开口说道:"顾师兄,我听说你答应了张姐……"

顾时泽动作一顿,抬头看向她:"你知道了?"

"顾师兄,对不起。"她低声道歉。

顾时泽皱眉:"你没必要道歉,这件事情,不是你的错。"语气淡淡,却透着笃定。

林玳玳:"顾师兄,其实你没必要为了我这么做的。"

顾时泽目光深深地看着她,眼眸漆黑深邃。

他说:"我的人,不是谁都可以欺负的。"

第 十 章
再见了,过去的自己

欸?

顾时泽的话,像是一把小锤,在林玳玳的心尖敲了一下。

得到的答案,出乎意料,又在情理之中。

只是,这句话却引人遐思。

林玳玳的脸微不可察地红了红。

"师兄,你就这么相信我吗?"她轻声问道,"如果这件事情,真的是我做得不对呢?"

顾时泽轻轻牵动了一下嘴角:"比起我从别人那里听到的,我更相信自己的眼睛所看到的事实。"顿了顿,他又说:"其实,我也有私心。我不想因为这件事情失去一位人才,从而影响了项目组的进度。"

这番说辞,自然不全然是真相。在这场谈话中,他渐渐地成了掌握主动权的一方。

不等她开口,他又不动声色地问:"你最近几天的情绪不太对劲,就是因为这件事吗?"

林玳玳惊讶地睁大眼睛:"顾师兄,你……早就看出来我不对劲儿了吗?"

顾时泽没有说话。

林玳玳又有些不解:"那为什么……"

顾时泽笃定地说:"因为,我相信你能够克服眼前的困难。"

她的心弦忽地动了一下。

迎着顾时泽深邃的目光,林玳玳不由自主地想起在心理咨询室的时候,他送给自己的字条。

——我相信你,你能够做得到。

她微微低头,再抬头时,眼中再也没有了犹豫。

"顾师兄,我今天过来找你,是想和你说一件事。你之前说过,要是遇到不愉快的事情,可以向你倾诉,现在还有效吗?"

顾时泽笑道:"当然。"

她说:"这件事情,涉及了我的一段经历,和安思念也有关系。我和安思念的纠葛,要从高中说起……"

林玳玳和安思念相识在高中开学的第一天,她还记得,那时正值九月金秋季节,那天是天高气爽的一天。

中午放学后,她独自一人前往食堂。

"哎。"林玳玳独自走在校道上,突然有人从身后拍了拍她的肩膀。她诧异地回过头,就有一张如花的笑靥映入眼中。

女生快步走上前来,冲她友好地微笑:"我叫安思念,刚刚在大礼堂迎新大会上坐在你的旁边,你呢?"

向来独来独往的林玳玳,在某天安思念向她主动搭话之后,两个人自然而然地成了好朋友。

只是，林玳玳从小就性格内向，不爱说话，害怕与人交往。

升上高中后，妈妈对她管得特别严，那时候林妈妈还听信了好姐妹们的"营养秘方"，整天用药材炖补汤给她补身体，林玳玳不敢反抗，加上学习压力大，导致身体发胖。

因为发胖，她穿上校服的模样显得更加土气了，加上自卑，她成为别人眼中古怪的存在。

而安思念却是班上灵动可人的美人，林玳玳和她成为朋友，自然引来很多人的注意，在别人看来，她们成为朋友是不可思议的事情。

不过，安思念是她在学校里唯一的好朋友，她很珍惜。

林玳玳将安思念当成了无话不说的闺蜜，那段时间她们几乎每天都出双入对。然而，她看重的友谊，却在不知不觉间变了质。

安思念喜欢看言情小说，她总是在小说里挑出一些配角是胖女孩的段落，故意在林玳玳面前念。念完之后，她会笑嘻嘻地问林玳玳："玳玳，你看，这里面的小胖子像不像你？"

"思念，能不能不要再念了？"林玳玳不止一次地请求她停止这种无聊的行为。

安思念则是撇了撇嘴，毫不在意地说："我只不过开个玩笑罢了，怎么了？你连玩笑也开不起吗？你这人怎么这么无趣？"

她对林玳玳的抗议置若罔闻，下一次，又周而复始。

林玳玳的学习成绩很好，总是位列年级前茅，安思念贪图方便，经常会借她的作业抄。

次数越来越多，林玳玳担心会影响到安思念的学习，于是委婉地劝说："思念，这样不好吧？老师布置作业，是为了让我们巩固当天学习的知识点，要是经常抄，可能会……"

安思念不耐烦地打断了她："这有什么关系，我们不是好朋友吗？"

说着，抬眼看向她，故作生气："你连作业都不肯借给我抄，是不是想跟我绝交？"

到后来，她连招呼也不打一声，直接从林玳玳的抽屉里翻出做好的作业。

在两个人的相处中，安思念总是占据主动的一方。每一次，她把事情安排好，并强势地要求林玳玳去做。安思念要求做的事，林玳玳不能说"不"。

有一次，林玳玳的作业写错了一个字，没想到安思念看也没看就照着抄写下来。老师这才知道安思念一直以来都是抄写别人的作业，于是狠狠地批评了她一顿。

安思念心里自然是不服气的。

"你是故意的吧？"回到教室，安思念把作业本甩到林玳玳的桌上，红着眼圈说，"看我被老师批评，你很得意是不是？成绩好很了不起吗？我对你这么好，没想到你却和我耍心机！"

林玳玳握着笔的手微微发抖，一瞬间像是掉进冰窖，冷得手心都疼。

原本她可以理直气壮地反驳，但她没有。

虽然很快安思念又与她和好如初，但她也因为这些事情跟林玳玳有了间隙。尽管没有表现出来，但之后每当林玳玳因为成绩优秀被老师夸奖时，就会发生一些莫名其妙的事情，让大家开始躲着她。

后来发生的一件事，导致两个人原本有了裂缝的友谊彻底陷入了无法挽回的境地。

不知从什么时候起，有人在学校论坛的灌水版块里连载了一部名字叫《霸道校草的可爱丫头》的小说。

令人惊讶的是，这部小说的男主角和女主角，分别叫"陆子航"和"林玳玳"。

陆子航是年级里的知名人物，性格冷傲不羁，因为长相出众，在女生之中很受欢迎。

一个是年级里常常名列前茅的学霸,一个是年级里的风云人物,这部小说很快在学校里引起了热议。与此同时,班上起了流言蜚语。

"安思念说了,这小说就是林玳玳写的。"

"她们好像是好朋友,既然安思念都这么说了,那肯定是她做的。"

"不知廉耻,"同学们都在私底下讨论,"没想到她是这样的人,她以为这样做,陆校草就会看上她了吗?"

安思念怎么会这么说?比起同班同学的讽刺和嘲笑,林玳玳更不愿意这些话是从自己的朋友那里流传出来的,她立刻找到安思念对质。

"思念,那部小说不是我写的。你相信我吗?还有,班里的那些传言,真的是你说的吗?"她咬着唇,等待安思念回答。

然而安思念目光闪躲,言辞含糊地反问她:"如果不是你写的,那为什么女主角会是你的名字?"

林玳玳当即明白了她的态度,一颗心顿时沉入谷底。

这件事情最后闹大了,传到了年级教导主任的耳中。

教导主任向来雷厉风行,知道这件事后,她当天就把相关的人员叫到教导处,进行审问和谈话。

但不是她做的事情,林玳玳自然不会承认。因为林玳玳向来成绩优秀,教导主任也没说什么,最后这件事情不了了之。

离开教导处的时候,陆子航用厌恶的眼神狠狠地瞪她一眼,然后摔门而出。

这件事以后,林玳玳敏感地发现,她彻底地被班里的同学孤立了,而安思念似乎也在躲着她,没有人相信她。

她一直不明白,为什么安思念要这么对她,直到有一天,她终于弄明白了原因。

那天中午,恰好是她值日。她提前了半个小时回校。放下书包后她进入杂物房取扫帚，出来的时候，却听见安思念的声音从门外传来。

"……怎么会，她又土又胖，性格古怪又不合群，这么个女胖子谁会喜欢？我就觉得她很可怜，同情她一下。"提起她的时候，安思念嗤笑出声，不屑地说，"如果不是她成绩好，还能利用一下，我才不会和她一起玩。而且跟她走在一起，才能衬托出我的优秀来。"

林玳玳躲在门后，握紧了拳头。她很想打开门，出去找安思念当面问个清楚，但是又害怕得到一个残酷的答案。

然而，就在同一天里，林玳玳在自己的桌面上发现了一个不属于自己的笔记本。

她以为是课代表发作业的时候发错了，于是翻开来，想要在里面找到笔记本主人的名字，却无意中在笔记本里发现了和学校论坛里那部主角与自己同名的小说一模一样的文字。

上面的字……分明是安思念的笔迹。

"我的笔记本怎么在你这里？"安思念略显慌张的声音突然从身后传来，未等林玳玳有所反应，笔记本已经被对方夺走。

迎上林玳玳诧异、难过和不可置信的眼神，安思念骤变的脸色渐渐恢复，眼神一点点地变冷："你都看到了？"

"思念，你为什么要这么做？"林玳玳颤声问。

安思念冷冷地说："你以为我真的想要和你做朋友吗？和土气的你走在一起，别人都拿这个来嘲笑我，我早就受够了！"

那时候，林玳玳终于知道了，她的忍让，只会让安思念变本加厉。而安思念对她做的事情，只不过是冰山一角……

唯一的朋友知道她有社交恐惧症，不但没有将她从阴影里引导出去，反而把她向深渊里推得更远。

从那天起，林玳玳也开始躲着其他人，变得更加孤僻。

"高中的时候,我除了成绩好以外一无是处,不仅在班上人缘不好,就连唯一的朋友也在背后嘲笑自己……"

林玳玳的语气平静,好像在陈述一件与自己毫不相关的事情。

"够了,"顾时泽出声打断她,用肯定的语气,一字一字地说,"玳玳,不要妄自菲薄。你并不是一无是处,你已经做得足够好了。

"能说出不堪的过去,你比谁都要勇敢。"

林玳玳抬头,她看见顾时泽的眼里似有浩瀚的星辰大海。她在那里看到了自己的影子,从未有过地清晰。

心中仿佛落下了一颗石子,原本的平静被彻底打破。

她摇了摇头,轻声说:"顾师兄,也许我没你想象的那么好。我并不是一个完美的受害者。"停顿了一下,她继续说:"我以前一直以为,只要自己足够努力,就能摆脱过去的一切。但是后来我发现,无论我怎么努力,那些做错事情的人反而过得比我更好。有时候我会阴暗地想,他们凭什么过得这么好?为什么没有得到应有的惩罚?每当看到他们的时候,我总会不由自主地想起那些事情……"

"所以,你一直在逃避?"顾时泽一针见血。

林玳玳没有说话,但她并不否认。

"你过来一下。"他说着,转身向阳台走去。

林玳玳有些疑惑,但还是跟上了他的脚步。

走到阳台,顾时泽问:"从这里望出去,你看到了什么?"

林玳玳不明所以,但还是依言望向茫茫夜色下的这座城市。

夜渐深,华灯初上,夜晚的G市比白日少了几分浮躁,但从18层高楼望出去,视野非常开阔。她看到的城市似乎比平时更广阔,地平线的尽头与夜色连成了一片。不必抬头,就能看见那布满了繁星的夜空。

她不确定地说:"高楼大厦,还有……广阔的星空?"

"没错,你看到了吗?那片星空,像不像一个更广阔的世界?"

顾时泽转头看向她,"你遇到过的人和事,只不过是万千世界里渺小的一颗星,而你为什么只看到它们,却看不到它们之外的那片浩瀚的星空呢?"

他接着说:"你看,就如天边那几颗明亮的星星,看起来都很努力地散发光芒,让自己看起来是最耀眼的一颗。但当时间从黑夜过渡到白天,它们的光芒终将会被太阳覆盖,过去的人和事都不值一提。

"我这样说,你能明白吗?"

林玳玳点点头,又摇了摇头,似懂非懂。

"那我说直白些。"顾时泽换了一种说法,"我刚才要表达的意思是,黑夜和白天是时间的分割线,代表着不一样的世界。正如我们和那些人一样,所处的圈子不一样,为什么要在乎无关的人的感受?就像是不能相交的平行线,层次不一样。只有层次一样的人,才能互相承认。

"所以,你有不甘心的想法是正常的。谁都希望伤害过自己的人得到惩罚,但是做错事情的人并不是你,你不必用别人的错误来惩罚你自己。"

笼罩在林玳玳心中的迷雾被一点点地拨开。她一直在寻找的答案渐渐地清晰起来。

"该受惩罚的并不是你,而是犯下过错的人。"他说,"过去的人和事,不过是组成人生微小的一部分,不要让它占据了你人生的全部。属于自己的人生,应该更加丰富多彩。"

顾时泽的语气清淡,却不容置疑。

林玳玳的心骤然被什么击中。

顾时泽的手落在她的发顶,轻轻拍了拍:"想哭的话就哭出来,会好一些。"

终于,林玳玳强忍了许久的情绪,如同决堤的洪水,奔涌而出。

"嗯。"她重重地点了一下头,眼泪顺着脸颊无声地落了下来。

想通一切，心中豁然开朗。

林玳玳抬头看向漫无边际的夜空，扬起了一个发自内心的微笑。

再见了，过去的自己。

回到客厅时，墙上挂钟的时针已指向了数字"9"。

不知不觉间，已经过去了一个多小时。

林玳玳想起正事，赶紧把话扯回正题上："师兄，那现在你要怎么做？我听说你答应了张姐苛刻的要求。"她有些自责："都是我的错，如果不是我……"

顾时泽笑了笑："觉得内疚的话，就和我一起努力，和团队一起渡过这个难关，将功补过，怎么样？实现这个听起来不可思议的目标，我需要你的一份力量。"

林玳玳怔了一怔，而后莞尔一笑："好。"

顾时泽在平板电脑上轻敲几下，调出一份数据表，递给了林玳玳。

"这是一年以来，每次新版本更新后同时在线人数的数据。"

林玳玳接过来看。

"你看了后，有什么想法吗？"他问。

林玳玳仔细地看了一遍，实话实说："每次更新后，同时在线人数看似都有所增长，但走势却相对平稳，没有一个很大的爆发点，似乎进入了一个瓶颈期。"

"没错。"顾时泽点头赞同，"这一年来，同时在线人数已经很长时间没有出现一次大的数据增长，这对我们而言，是很不利的。"

林玳玳问："那顾师兄，你有相应的对策了吗？"

顾时泽叹气道："我最近都在跟合作方联系宣传的事情，但目前还没有一个具体且稳妥的方案。"

难怪最近顾时泽人总不在公司，原来是为了新版本的事情忙碌。

"我初步的想法是,能有一个让已经弃游的老玩家回归,并能吸引大批量的新玩家进入游戏的活动。"

可是,怎样才能吸引新玩家呢?

两个人就这个问题讨论起来。

林玳玳向顾时泽要来一叠草稿纸,边和他讨论,边在上面写写画画。

夜渐深,她却一点儿也不觉得疲倦。

她一直都觉得自己的生活犹如一潭死水,不起波澜。但是现在,这潭死水开始有了生机。她感觉到从未有过的充实。这就是和伙伴一起奋战的感觉吗?

同时在线人数突破 500 万,看起来难以实现。可要是他们做不到,顾时泽的团队就要面临解散,但要是做到了……

这将会是国内游戏史上一个新的里程碑。

和煦的阳光透过窗户洒落到房间里,染上了一层温暖的颜色。

林玳玳醒来的时候,已经是第二天早上。

她坐了起来,揉着眼睛打量四周,觉得陌生。

虽然她所在的房间十分宽阔,却显得格外轻简,样式朴素简单的家具,没有过多的装饰,倒是平添了几分雅致。

这不是自己的房间。

林玳玳才迟钝地想起来,昨天她来到顾时泽的家里,和他讨论游戏新版本宣传的事情,后来太累了,居然在他的屋里睡着了。

可她记得,她昨天明明是在客厅里……记忆到此断片儿,昨晚的事情,她怎么也想不起来了。

林玳玳抱着猫咪走出房间,就遇到刚从厨房出来的顾时泽。

"早。"

"顾师兄早。"

昨晚之后，他们之间的关系似乎有了微妙的变化。她说话也不再像以前那样畏首畏尾。

林玳玳走到客厅，看到沙发上的被子，顿时明白他昨天是在沙发上凑合了一晚。

顾时泽把煮好的白粥端到桌上，招呼道："来，先吃早餐。"

除了白粥外，桌上还摆着散发着热气的煎荷包蛋和烤得金黄的切片面包。

林玳玳在餐桌一侧坐下，拿过一片面包，稍微酝酿了下情绪，开口："顾师兄，真的很抱歉，昨天占了你的床，你还给我做早餐。"她的语气充满歉意。

顾时泽笑了笑："没关系，老朱他们来的时候，我也经常在沙发上凑合。说起来，不好意思的应该是我才对，昨天拉着你陪我一起加班。"

林玳玳咬着面包，摇摇头。她几口把面包咽下，说："顾师兄，经过昨晚的一番研究，我有一个想法。"

顾时泽抬眸看向她："你说说看。"

"我们可以邀请一个比较有影响力的人来为我们的游戏代言。在游戏上线当天，进行直播活动，与玩家们互动。"林玳玳说出了自己的想法，"就算是不玩游戏，粉丝们也有可能为了自己喜欢的偶像，进入游戏一睹偶像的风采。"

她的想法很直接，老玩家回到游戏中，很大原因是情怀。而新玩家会玩一个游戏，是因为这游戏里面有吸引他们的东西。

有趣的玩法，精美的画面和吸引人的装备等元素，能吸引到的新玩家有限，但……如果是人呢？

"你的想法不错。"顾时泽感兴趣地说，"那你尽快写出一份策划书来，周一，我拿给大 boss（老板）看。"

林玳玳点头："好。"

周一早上，公司策划部召开了例行的月度会议，各项目组负责人及成员都要参加。

林玳玳只是一名小实习生，没有发言的资格。她偶尔抬头听听别人的发言，又低头继续用手机修改昨天的策划书初稿。

在会议上，顾时泽稍微提了一下宣传方案的事情，策划部的总监对此很感兴趣。

"有相关的策划案吗？"他问。

顾时泽看向林玳玳。碰上他的目光，林玳玳会意，朝他点了下头。

顾时泽收回目光，说："大致的活动方案已经有了。"

总监说："好，那会议之后，把策划案拿给我看看。"

会议结束后，林玳玳返回办公室，打算尽快把策划书修改好。时间很紧，她必须在午休之前完成这项工作。

走入电梯，她习惯性地把手伸入口袋，却摸了个空。

她的手机呢？

林玳玳愣了一下，接着把身上翻了个遍，可手机依然不见踪影。

在开会的时候，她还使用过手机，不可能是忘在办公室或是家里。

林玳玳立刻沿路返回寻找，刚转身，就遇到了迎面而来的周檬。

"玳玳！"

周檬喊住了她。林玳玳看到，她的手里正拿着一部手机，很是眼熟。

周檬小跑过来，把手机交还给她，解释说："你刚刚把手机落在会议室了，我看到后，就帮你收拾起来了。"

原来是落在会议室里了。林玳玳满怀感激地说："周檬，谢谢你。"

"不客气。"周檬笑了笑，朝她挥了挥手，"我先回去工作了。"

找回了手机，林玳玳回到办公室，按下启动电脑的开关。只是，当她打开文件夹的时候，却发现昨天写好的策划书初稿，不见了。

怎么会？

握着鼠标的手僵了一僵，林玳玳不可置信地刷新了好几遍——文档确实是从文件夹里消失了。

她使用的文档有云存储的功能，通过手机编辑的文档会同步到电脑上，在会议室的时候，她还打开查看过。

可是，怎么会不翼而飞了呢？

林玳玳又仔细地查看了一遍手机，发现文档确实丢失了。

她的手机没有设置密码锁屏，而在这段时间里接触过她手机的人，只有周檬了。

会是她做的吗？

想起周檬平日里迷糊鲁莽的行为，她又有些不确定起来。

第一次遭遇这种情况，林玳玳的心绪乱成一片。

算了，眼下最重要的，还是先把策划书找回来。

她强迫自己冷静下来，找到顾时泽："顾师兄，我……策划书出了些问题，可能今天没有办法上交了，能不能推迟一天？"

顾时泽没有问缘由，他拧眉沉思片刻，说："我去和boss说一下，你抓紧时间，争取在明天上班之前把策划书重新赶出来。"

"好。"林玳玳点点头，却有些心神不宁。

下午，林玳玳向公司请了半天假。

她回到住处后，把笔记本电脑搜索了一遍，但只在里面找到起草了几行的策划稿。

看着几近空白的文档，她顿然感觉到不知所措。

要重新写吗？

可是，有很多在先前写策划案时想到的细节可能会回忆不起来，这样会失去原来的亮点。

林玳玳莫名觉得心烦意乱。

不知怎的，她把文档缩小，点开了桌面《新倩女幽魂》的图标。她登录上游戏，好友栏里只有泽木的头像是亮着的。

泽木看到她上线，给她发了条信息：要一起下副本吗？

林玳玳叹了口气，回复：不了，我刚遇到一点儿麻烦，要先把问题解决了。

泽木：发生了什么事？

林玳玳：我写好的策划书突然不见了，那份策划书很重要。

需要我帮忙吗？

泽木只是一名高中生，能帮上什么忙？林玳玳无奈地笑笑，但又不忍拒绝对方的好意，于是不抱希望地回复：你有办法找回在电脑或手机里被删除的文件吗？

可以试一下。他扔过来一串号码，这是我的QQ号，你添加一下好友。

哎？

看着那串数字，林玳玳有些惊讶。

她迟疑了一下，在添加好友处输入了他给的号码。

泽木迅速通过了她的申请，并向她发来了远程协助的邀请。

你接受一下我的远程协助。

好。

眼下只能死马当活马医，林玳玳点了"同意"，把电脑的操作权移交给泽木。

泽木在她的电脑上安装了一个软件，打开后，一个漆黑的对话窗口跳了出来，随后滚过了一行行令人眼花缭乱的代码。

很快，远程协助结束。泽木退出了操作，林玳玳重新打开文件夹，看见那个名为"活动策划案.doc"的文件正安静地躺在里面。

她深呼吸一口气，点开文档，策划书完好无损地恢复了，是她早上用手机修改过的版本。

林玳玳：太感谢你了！

泽木回复：不用客气，这是我一位朋友做的小软件，可以找回被误删的文件，还能查到文件丢失的原因。

林玳玳下意识地问：那这份文件突然不见了的原因是什么，是文档抽风被吞掉了吗？

泽木说：不，你这份文件消失并不是系统的原因。

他的回答，让林玳玳的心一下子沉到了谷底。

是人为删除。

看着泽木的消息，林玳玳的心情有点儿复杂。

策划书是被人为删除的，而接触过她手机的人，只有周檬，可是没有直接的证据证明是周檬所为。

林玳玳想了想，再一次向泽木道了声谢，暂时把这件事置之脑后。

第二天回到公司，林玳玳把策划书从电脑里拷贝出来，拿去打印。

周檬也在打印室里，她正在复印文件。看见林玳玳进来，她默不作声地收拾好复印好的文件，低着头从林玳玳身边走过。

"等一下。"林玳玳转过身，喊住了她。

周檬脚步一顿，抬起头来："玳玳，有事吗？"

林玳玳直视她："周檬，你为什么要这么做？"

周檬愣了一下，眼中满是困惑和不解："玳玳，你……你在说什么？我没听懂。"

林玳玳说："昨天我储存在手机里的策划书，是你删掉的吗？"

"什么？什么文档？"周檬脊背一僵，用力地摇了摇头，"你不相信我吗？我昨天在会议室里看到你的手机，就马上拿回来给你了。"

没等林玳玳开口，她旋即低下了头，小声地说："抱歉，我还要把复印的文件拿给张姐，我先回去了。"

她匆忙地离开了打印室。

林玳玳看着她的背影，陷入了沉思。

新版本的宣传策划案终于顺利交到了策划部总监的手中。

办公室内，总监合上文件夹，和颜悦色地说："你们的策划案我已经看过了，这个主意非常棒。"

"至于具体的代言人，我与几位负责人讨论过，认为时有思念可以担任。"稍作停顿，他问道，"你们觉得怎么样？"

虽然是询问式的语气，但实际上已经把人选敲定了。

林玳玳和顾时泽诧异地互望一眼。

"时有思念？为什么会是她？"顾时泽不解。

总监说："时有思念的人气一直居高不下，虽然近来有一些不利于她的传言，但这并不影响她的人气，反而会引发更多的话题和热议，她的形象比较青春，有卖点，也有话题度，是很适合的人选。

"我也看过官网上的调查，她的人气在所有游戏主播里排名第一，并且甩了第二名一大截。所以，综合考虑，我们认为她很适合《新倩女》的直播代言人。"总监屈起手指敲了敲桌面，"总之，联络的事情就交给你们了。"

代言人的事情，就这样被敲定下来。

出了总监办公室，林玳玳和顾时泽前去乘坐电梯。

顾时泽说："抱歉，代言人的事情，我并不能完全做主。那么，邀请安思念的事情……"

"顾师兄，让我去吧。"林玳玳突然出声打断了他。

顾时泽有些意外："你自己一个人可以吗？"

他仍然没有询问理由。

林玳玳说："不用担心，由我惹出来的麻烦，就由我来解决。这是工作上的事情,不应该把私人情绪带到里面。"

接着,她笑了笑:"这一次,我不会退缩了。"

林玳玳接下了任务,但她没有贸然去找安思念。

她和安思念好些年没有联系了,要找到她,只能通过学校。不过距离九月还有几天的时间,目前还算是暑假。

新版本上线的日子定在了九月二十日,她打算等新学期开学后,再去找安思念。谈好合作事宜,配合宣传期,大半个月绰绰有余。

开学前一天,林玳玳忙完宣传活动的事情,抽空上了一下游戏。

没想到刚上线,一连串陌生人的消息便轰炸而来。

【私聊】大英雄789:猫猫,我知道你在的!你不说话没关系,我已经查到了你的真实地址和名字了。

【私聊】大英雄789:等我!我明天就来找你,不见不散!

……

许久没有动静的大英雄又跑出来兴风作浪了。

林玳玳皱眉。

这大英雄又要搞什么事情?还不见不散?

林玳玳并不想理会,她略略扫了一眼留言,就把他的新马甲给拉黑了。

九月一日,又到了新一学年的开学日。

新学期伊始,A大校园各处拉起了欢迎新生的横幅。

此时刚入秋,秋高气爽,林玳玳走在林荫道上,微风轻柔地拂面而来。一路上,她想了很多事情。

她的手机里还存着安思念的号码,但是她没有打。

林玳玳直接来到了艺术系的宿舍楼下。

艺术系的女生宿舍楼有一个十分诗情画意的名字,叫映秋园。此时的映秋园异常热闹，却不是因为新生的到来，而是有人正在喊楼表白。

映秋园 C 座楼下，鲜花和蜡烛摆成了心形，一个男生站在心形的中间，手里捧着一大束鲜花。他身着一套黑色的燕尾服，浑身上下显然是精心打扮过的。

他把手放到嘴边围成喇叭状，朝着楼上大喊："映秋园 C 座 603 宿舍的安思念，我喜欢你！"

林玳玳看着男生那副标志性的黑框眼镜……等等，这不是 B 大计算机系那个性格古怪的男生吗？

她愣了一下。

上学期期末，这男生不是还嫌弃安思念"偷拍"自己？这才两个月，他就改变态度了？

B 大男生深情款款地望着某一楼层，继续大喊："安思念，我喜欢你！每一次我和你告白，我都是认真的，可是你总当我在开玩笑……即使你今天再次拒绝了我，我也会坚持。安思念，你愿意接受我吗？"

"安思念，看在他这么有诚意的分儿上，你就出来吧！"

周围站满了看热闹的人，不知是谁起了头，越来越多的人加入喊楼中。

"安思念，出来！安思念，出来！安思念，出来……"

过了好一会儿，安思念磨蹭着从楼上下来了。

看到正主出现，周围顿时响起了一片掌声，众人群情激昂，齐声喊着："答应他！答应他！答应他……"

安思念也算是 A 大小有名气的"女神"，喊楼表白这种事情，她几乎每个学期都要遇上一两次，早已经见怪不怪。

起哄声中，她一脸娇羞地走上前，把头发别到耳后，十分矜持地开口："这位同学，我知道你的心意了，但是很……"

匪夷所思的是，男生并没有露出欣喜的神色，反而脸色一僵，"噔噔噔"地后退了几步,警惕地瞪她:"你是谁?为什么要冒充安思念?"

"啊?"安思念瞪大了双眼,刚想说出的拒绝的话全都吓了回去。她愣愣地瞪着面前的人,有些摸不着头脑。

"哦,我记起来了!你是上次那个假装自拍然后偷拍我的女人!"男生一脸嫌弃地打量着她,忍不住提高了声音,"喂!怎么又是你这个花痴?你是不是想冒充我'女神'?你怎么这么不要脸!"

一瞬间的寂静后,现场一片嘘声。

安思念的表情有点儿僵:"这位同学,你在开什么玩笑?我就是安思念……"

"不可能!安思念不可能长你这个样子。"男生矢口否认,看着安思念的眼里满是轻蔑,"你快让开,我要找的是安思念。"

安思念也生气了:"我就是安思念!"

男生冷笑了一声,并不相信:"胡说!你肯定是想吸引我的注意力,我的猫猫才没这么丑。"

"什么猫猫乱七八糟的?"安思念正在气头上,压根儿没注意到男生说的是什么,"我再告诉你一遍,我就是安思念,我怎么可能冒充我自己?"

林玔玔想起昨天在游戏里,大英雄发给她的私聊信息,突然生出了一个不可思议的念头——这男生,是大英雄!

大英雄对安思念的解释充耳不闻,自顾自地抱怨:"现在的女生怎么这么不要脸,连接受表白都要冒充……"

安思念一听,再也顾不上"女神"范儿,像被点着的炮仗一样炸了:"我说你这人是来捣乱的吧?你说我不要脸,你才不要脸呢,你是不是觉得全天下女生都喜欢你?自恋狂!还有,谁表白是用菊花的?"

林玔玔下意识地把目光移向了大英雄手中的花束。绑着蝴蝶结的精美包装纸里,黄色和白色的菊花混在一起,还有满天星穿插其间。

她确信自己在半个小时前看到过一模一样的花束。

F大旁边的步行街有一间花店,她回学校的时候刚好经过。那门口就摆放着一堆这样包装好的花束,旁边竖着一块牌子——"十五块一束,不议价"。

看着这令人啼笑皆非的一幕,一瞬间,林玳玳不由自主地想到了"学艺不精"这个词。大英雄不会真的想通过黑客手段找到她的真实地址,而且已经这么做了,结果却因为技术不够,找错了人?

还这么巧合地找到了安思念头上。

"猫猫!猫猫!你出来,我知道你在上面!"大英雄不死心,还在宿舍楼下上蹿下跳,那大嗓门儿惹得聚在这里的人越来越多,最后还是宿管阿姨怒气冲冲地跑过来把他撵走了。

围观的人散场了,莫名其妙被闹了个大乌龙,安思念一脸土色地站在原地。

随同她一起下来的女生努力忍着笑,走上前去:"思念,刚刚……"

"走开!"安思念不耐烦地甩开女生的手,向楼上走去。

"安思念。"林玳玳走上前去,头一回清晰地喊出她的名字。

安思念转过身来,她正在气头上,看到林玳玳,像是找到了一个发泄点:"林玳玳?呵!你是来看我的笑话的,是不是?"

林玳玳一脸平静:"我找你是有其他重要的事情。"

安思念的表情复归平静,她没好气地说:"说吧,找我什么事?"

林玳玳深吸了一口气,用公事公办的语气说:"我代表Y集团,前来邀请你担任《新倩女幽魂》的代言人。"

"哦?代言?"安思念拖长了声音,瞥了她一眼,嘴角勾起一抹弧度,脸上神色似笑非笑,"好呀,我们换个地方谈吧。"

第十一章
$r = \text{Arccos}(\sin\theta)$

十五分钟后，咖啡室里。

安思念用小勺子搅拌着杯中的咖啡，显得漫不经心。她头也不抬，态度冷淡："有什么事赶紧说，我只有十五分钟的时间。"

林玳玳说出来意："目前我负责的游戏即将更新新的版本，公司拟邀请你成为新版本的代言人，还有就是，希望你能在新版本上线当天，做一场直播活动，和玩家们进行互动……"

安思念啜了一口咖啡，抬眼看了林玳玳一眼："第一次听你说这么多话，真是少见。"

"这是我们活动的相关介绍，请看一下。"像是没有听到她话中的讽刺，林玳玳从包里拿出一份文件，直接推到她的面前。

安思念拿起文件，随手翻了翻，然后合上："你觉得，我们之间的关系那么差，你凭什么认为我还会答应你？"

林玳玳说："我来找你，仅仅是因为公司的任务，不携带任何的个人情绪。关于合作的条件,你可以提出你的要求,我会尽量跟公司申请。"

"我的条件?"安思念停下搅拌的动作,突然提了一个毫不相关的要求,"要是我让你离开顾时泽呢?"

微怔了一下,林玳玳迅速反应过来:"如果是这样的条件,那么我知道你的答复了。"她语气平静地说:"这个代言,你觉得不合适可以拒绝,我们再找其他合适的人,没必要同意这种刁难的要求。不过,你也是《新倩女》的忠实玩家,接下这个代言,无论是提升形象,还是其他方面,对你来说,是百利而无一害的。

"另外,我和顾师兄不是你想象中的那种关系。即使是,很抱歉,他是一个独立的个体,不是物品,我无权替他做主。"

说着,她站起来,就要离开。

安思念心里一慌,下意识脱口而出:"等一下!"

林玳玳停下脚步,回头看向她。

"好,我答应了。"片刻的沉默后,安思念吐出一口气,打量着她,"的确,你说得没错。我没必要因为讨厌你而拒绝这么好的机会。"

林玳玳没有接话。

安思念仍然盯着她:"你挺让我意外的,林玳玳。"

林玳玳没有接她的茬:"那我们就算达成共识了,签约的事情,会有专人来和你洽谈。合作愉快。"

"我知道了。"安思念不咸不淡地回应。

这么爽快,让林玳玳有些意外。她本以为还要费一番口舌才能说服安思念。

不过,既然已经谈妥,她也没有留下来的必要了。

林玳玳果断结了账,离开了。

走出咖啡室,她拿出手机,给顾时泽发了一条信息:安思念答应了。

隔着落地玻璃窗，看着林玳玳匆忙离开的背影，安思念握着咖啡杯的手收紧。

杯中的咖啡已凉，她重重地放下杯子，拎起包包打算离开。

这时，有人从附近的卡座站了起来，快步走上前喊住了她："安小姐，请等一下。"

周一，林玳玳回到公司，才知道周檬已经从公司离职了。

这件事，是她在茶水间泡奶茶的时候，无意中从两名实习生的议论中知道的。

"听说周檬是被东阳集团挖走了，她一周前匆忙递交了离职申请，没想到这么快就走了。"

"现在正是最缺人手的时候，她突然离职，张姐不大发雷霆才怪……"

两名女生小声地交谈着离开了茶水间。

东阳集团？

"小师妹，奶茶洒出来了。"朱辰打趣的声音从身后传来，"在想什么这么入迷？"

林玳玳回过神，才发现杯中的奶茶溢了出来，连忙拿出纸巾收拾："朱师兄。"

"你在想周檬的事情？"

"没有……"

朱辰安慰她说："你和那个周檬好像挺要好的，公司里员工流动很正常，别太难过。"

林玳玳知道他误会了，只是笑笑，没有解释。

她只是在意，周檬为什么要删掉她的策划案。

莫非就是因为这件事，她才要辞职吗？

算了，还是不要为一个无关要紧的人伤脑筋了。

林玳玳收回思绪，抿了一口奶茶，离开了茶水间。

距离新版本上线还有一周的时间，在最近这段时间里，项目组一直处于异常忙碌的状态。林玳玳亦然。

到了午休时间，她依然坐在位置上，午饭吃的是来公司前在面包店买的面包。

累了，她就趴在办公桌上小憩一会儿。

睡醒后，林玳玳却发现她的桌上多了一份芒果布丁。

这是？

一抬头，她就看见电脑显示屏上贴了一张便利贴。她拿下来，上面写着两个字——加油。

她认出来了，这是顾时泽的字迹。

除了打气的话外，下面还有一串函数。

r=Arccos(sin θ)？

她猜测，这大概是顾时泽打草稿用的便利贴，他写的时候没有留意，随手写了字就撕了下来。

恰好朱辰从旁边路过，林玳玳下意识叫住了他："朱师兄，这份布丁是……"

朱辰边吃布丁边说："刚刚阿泽回来过，说是我们加班了这么多天，特意买来犒劳我们的。"

她问："那顾师兄呢？"

朱辰说："他又出去了，不过你刚才在睡觉，他没好意思叫醒你，所以给你留了言。"

林玳玳看着便利贴上的话语，会心一笑，郑重地将它收入钱包里。

工作在紧张而有序地进行着，项目的进展很顺利，然而，在某天的下午，商务部负责与安思念对接洽谈代言合作的人突然传来一个消息："先前和时有思念谈好的合同，她今天突然反悔，说不签了。"

格子间里，所有人都停下手头上的工作，纷纷看向了那名负责人，眼中满是诧异："怎么回事？"

林玳玳心中也升起了不好的预感。

她太熟悉安思念了，熟悉到仅仅是一个小举动，她便能猜出对方接下来要做什么。

果不其然。

"不好了，不好了！"朱辰从外面，着急地对所有人说。

陈迹问："老朱，你这么十万火急，发生了什么事？"

他上气不接下气地说："你们快看时有思念的微博！她……我们的宣传方案……"

大家察觉到大事不妙，赶紧打开了网页，搜索出时有思念的微博。

时有思念最新的一条微博，是一条游戏直播预告。

一人一剑，一壶浊酒，指间一场江湖梦。嗨，大家好，我是时有思念。今晚七点半，我们一同穿梭在《梦幻武侠》的世界里，不见不散哟。

这宣传模式，林玳玳再熟悉不过了。这不就是她先前写的那一份方案吗？

时有思念微博里提到的游戏，是东阳集团最新出品的一款角色扮演类电脑客户端游戏，刚上线没几天。

大概浏览了游戏的介绍，她的心一下子沉入了谷底。

"这不是抄袭吗？"其他人也陆续发现了问题。

这个叫作《梦幻武侠》的游戏，只是在《新倩女幽魂》的基础上换了个故事背景，角色职业改了名字，就连技能也是换汤不换药，里面很多的东西都能一一对应上。

江维气愤地说:"东阳集团这是要干什么?要弄一个山寨版《倩女》吗?"

"他们也不是第一次干这种事情了。"吴昊眉头紧皱。

陈迹提醒道:"对了,阿泽呢?你赶紧喊他回来。"

"好,我先打电话给他……"朱辰说着,便心急如焚地跑出去了。

如果这个世上有时光机器的话,林玳玳肯定不会就这么贸然地去找安思念。她无力地笑了笑,听到安思念毁约的那一刻,林玳玳心里的感受就像是回到了从前那段不堪忍受的岁月一样,既无助又彷徨。说来也是她太愚蠢了,假若安思念有半点儿把自己当成最好的朋友来看待的话,以前的事情就不会发生了。

玉抑的气氛一直盘旋在办公室内,项目组的成员像是失去了动力一样,变得颓然和沮丧。

时有思念来的这一出,是谁也没有想到的。这意味着,这几个月以来的努力全都白费了。

突然,朱辰眼睛一亮,从座位上一跃而起:"阿泽,你回来了!"

顾时泽大步走入办公室,神色是前所未有的凝重。

林玳玳也跟着站了起来,忐忑地开口:"顾师兄,时有思念的事情……"

"时有思念的事情,我也看到了。"他语气沉重,"所有人马上到会议室,我们要召开一个紧急会议。"

策划部临时召开了紧急会议,参加会议的不仅有顾时泽负责的项目组的成员,还有其他几个项目组的负责人。

"是我的错。"会议上,林玳玳内疚地说,"我没有确认她真正的意愿,就自以为是地以为她是真心的……"

顾时泽打断了她:"不,发生这种事情,是大家都没有想到的。"

"是啊，小师妹，刚才商务部的人不是说了吗？时有思念一开始是很主动过来商谈合作事宜的。"朱辰接话，"我在 A 大的时候，曾经听系里的女生说过时有思念人品不好，没想到还真是。邀请她做代言人，本来就不是一个好主意。"

他快言快语，想到什么就说什么，策划部总监的脸色变得有些难看。

总监沉着一张脸，问："那东阳集团宣传方案是怎么回事？"他说着，看向了顾时泽和林玥玥："我记得，那份策划案，只在公司内部流传过。"

桌底下，林玥玥的手握成了拳头。

她给安思念看的那份文件只是大概的方案，根据公司规定，还没有正式签约，详细的合作方案是暂时不能给合作方看的。

按理说，安思念不可能知道他们的具体方案，可是东阳集团的宣传方案和她的策划方案如此相似……

是周檬？

林玥玥突然想起自己的手机里那份不翼而飞的策划书。

"周檬。"顾时泽提出一个名字，与她的想法不谋而合。

他提议道："我建议调出周檬离职前一周的所有监控视频，还有她使用电脑的记录，可能会找到相关线索。"

总监板着一张脸，还想说些什么，却被一个声音打断。

"总监，我认为方案被盗窃的事情先放一边，当务之急，是先要想出补救的方案。"说这话的人，是张姐。

遭遇这种事情，作为"竞争对手"的张姐不仅没有落井下石，还帮忙说话了，这让林玥玥等人都有些意外。

顾时泽看向总监："没错，现在并不是追究谁是谁非的时候，我们应该把新版本上线的事情放在首位。"

总监沉吟片刻，最终同意了顾时泽提出的请求。

散会后,总监先离开了会议室。

顾时泽站了起来,向张姐道谢:"张姐,谢谢你。"

张姐停下脚步:"不要误会,我只是认为把公司的机密带到竞争公司这种手段很无耻。"说完,她离开了办公室。

吴吴小声地和林玳玳说着听来的八卦:"我最近才知道,张姐对实习生这么严厉,是因为她刚入职的时候,被同期的实习生陷害过。据说那名实习生弄错了一份文件,却推到了张姐的身上……"

其他人先离开了,项目组的成员继续留了下来,商议补救的方法。

"现在时有思念不但成了竞争对手的代言人,还通过某些途径带走了我们的方案。"顾时泽沉着冷静地说,"唯一的补救方法,唯有立刻改变方案,更换代言人。"

朱辰担忧地说:"现在还来得及吗?还有比时有思念更加合适的代言人选吗?"

"除非……"林玳玳想到了什么。

所有人看向了她:"除非什么?"

她犹豫了一下,说出自己的想法:"除非邀请比安思念更有名气的人。"

时间已经不多,这种情况下众人也别无他法,只能更换代言人和宣传方案。林玳玳在会议上的提议,得到了其他成员的一致认同。可是,新的代言人,找谁更合适呢?

比时有思念更加有名气的人,大家首先想到的是目前当红的明星。林玳玳认为这次的事情,她有很大一部分责任,所以主动揽下这个任务。

这些天,她一直联系经纪公司的明星经纪人,但是得到的答案几乎是统一的:没有时间见面或没有排期。

听着电话里千篇一律的答复,林玳玳的心再度沉到谷底,她再也坐不住了,看着经纪公司的名片,她想了想,抓起包包跑出办公室。

"哎！玳玳，你午饭都没吃完呢，你要去哪儿？"坐在隔壁的吴吴看见林玳玳快速跑出去，问了一句。

"我出去一趟，帮我和顾师兄说一声！"林玳玳话音刚落，人已经不见了踪影。

她在公司楼下拦了一辆出租车，快速关门："师傅，我要去星尘娱乐公司，谢谢。"

林玳玳匆忙付了车费后，跑到星尘娱乐公司的门口，保安拦都拦不住。

前台小姐看着眼前这个冒冒失失的女孩，还是习惯性地带上了友好的笑容，询问道："你好，请问找谁？"

"你好，请问关经纪现在在吗？我有重要的事情找他，麻烦你帮我联系一下他，可以吗？"林玳玳上气不接下气地说。

"请问你有预约吗？没有预约，我们按照规定是不能给你通报的，抱歉。"前台小姐婉拒了她。

"真的不能给我破一次例吗？我真的有重要的事情，我不是骗子，这是我们公司的简介……"林玳玳从包里取出一份文件，递给她。

"这位小姐，请回吧，真的不行。"

林玳玳被拒绝了，前台小姐没有再和她说一句话，低头继续忙碌手中的事情。

无功而返，林玳玳满心都是失望。

她深吸了一口气，转身走出星尘娱乐公司的大门，紧紧地抓住手中的包包。

林玳玳定定地站在星尘娱乐公司的门口，想不到丝毫的办法，只能干干地坐在门口的石级上。

她低头看着手机，无意识地打开联系人列表。看着上面所有的号码，她发现这里面竟然没有一个人是能够让她倾诉心中苦恼的。

林玳玳有些难过。

不知道等了多久,就在她要放弃的时候,突然有一道惊讶的声音传入了耳中。

"玳玳?"

林玳玳怔了一怔。她觉得这个声音分外耳熟,当即转过身看向来人,下一刻便惊讶起来。

"晓萌?"她惊喜地看着面前的人,"你怎么会在G市?"

李晓萌走上前,握住了她的手,激动地说:"我是过来洽谈合作的,本来想确定了再告诉你。"

"洽谈合作?"

"对啊。"李晓萌点点头,脸上是收不住的笑容,"我新连载的漫画被这家公司看上了,他们想要买下漫画的影视版权,这次就是他们邀请我过来商谈签约的事情。我今天是过来签合同的!

"真的吗?那太好了!"林玳玳打心底为好友感到高兴,"我哪里有瘦,还是吃得好好的。"

李晓萌把林玳玳上上下下打量了好几遍,才想起正事,连忙问道:"对了,你怎么会在这里?"

林玳玳这才想起来,刚刚在星尘娱乐公司碰壁的事情,心情顿时变得沉重起来。

"来,我们到那边的咖啡厅去聊。"林玳玳意识到这里不是说话的地方,赶紧招呼李晓萌向街道对面的咖啡厅走去。

咖啡厅气氛很好,店内弥漫着淡淡的咖啡香味,放着卡农钢琴曲,让人觉得浪漫而舒适。

与之相悖的,是李晓萌愤怒不平的声音:"太过分了!安思念她怎么能这么做?实在太无耻了!"

林玳玳简单地把事情告诉了她，李晓萌差点儿拍案而起。

"晓萌，谢谢你为我抱不平。"林玳玳心中满是感动。

"这种事情，换作是谁都会生气啊。"李晓萌愤怒地说，"对了，你打算怎么做？"

"因为安思念毁约了，所以我们要更改宣传方案，找一个比她更有名气的代言人。"林玳玳叹了一口气，有些无奈地说，"但是你也看到了，我被星尘娱乐公司拒之门外了。"

"比安思念更有名气的人？"李晓萌想了想，突然灵机一动，"等等，我想到办法了！"

"什么办法？"林玳玳好奇地问。

李晓萌没有说话，她拿出手机，快速地拨了个号码。

不一会儿，电话接通了。

"喂，请问是李制片吗？你好你好，我是今天要来和你洽谈合作的李晓萌。"

"对，不是不是，不是漫画影视版权的事情。我是有另外一件事，想请你帮帮忙。"李晓萌挡住林玳玳想要抢手机的手。

林玳玳有些着急，她并不想让好友去求人。

李制片在电话的另一头说了什么，林玳玳并不知道，她只听到李晓萌的话。

"对对对，我有个朋友想为公司的游戏找一位有名气的代言人，目前当红的最好。因为先前的代言人毁约了，所以……对，很急。我想请你帮忙牵个线，如果成了的话，我见面请你吃饭。顺便，我们合同约定的分成，我可以再让一下。"李晓萌赔笑说。

"好嘞，行行行，一定请你吃饭。说好了啊，不能反悔啊。"李晓萌挂了电话，满意地笑了，"玳玳，我帮你沟通好了，李制片答应我会联系你们公司的。"

"晓萌，其实你不必为了我而……"林玳玳语无伦次，"我不知道说什么，我……"

"别别别，你千万不要说什么感谢的话，或者觉得内疚。分成的事情，是我故意开高了的，我本来就等着对方压价。现在还能卖李制片一个人情，何乐而不为呢？而且，我只是帮你牵个线，剩下的还要看你自己。"李晓萌知道好友的个性，急忙打断她道。

片刻的无奈后，林玳玳真诚地说："谢谢你，晓萌。"

李晓萌笑了笑："客气什么，我们不是好朋友吗？"

两个人相视而笑。

是啊，她们可是很要好的朋友。

有什么事情，能比得上在你难过的时候，有一个朋友仍然信任和支持着你更令人感动呢？

更换代言人，意味着宣传方案也要更改。

林玳玳想了几个合适的人选，决定先做几个备选方案。她把自己的构思写在了草稿本上，第二天带到公司，边看资料边完善方案。

突然，林玳玳收到来自顾时泽的短信。

"需要帮忙吗？"

林玳玳知道安思念的事情给项目组造成了什么影响，但是她的身边没有一点儿风吹草动，这都是因为顾时泽在压着。

她想起了他和张姐打的赌，要是新版本上线后同时在线人数达不到500万，他就要引咎辞职……

林玳玳摇了摇头，驱除了那些不好的念头。她定了定心思，回复："谢谢顾师兄，我能做到的。"

"好，加油。我相信你能够做到。"

林玳玳看着他回复的短信，突然感觉有点儿微妙。这语气，感觉和她认识的一个人好像啊……

对了，是泽木？

林玳玳被自己的脑洞吓到了，她赶紧拿起杯子灌了一大口水："呼，好吓人！"

怎么可能呢？泽木只是一个高中生，一定是她多想了！

就在顾时泽发来短信的第二天，事情有了转机。

在李晓萌的牵线下，林玳玳和李制片联系上了。

林玳玳才知道，原来李制片就是国内鼎鼎有名的金牌制片人李江河，时下正热的两部电视剧《千金宠妃》和《仲夏夜旋律》都是由他担纲制作的。

他们谈话之后，顺利地确定了新的代言人人选。

令人意外的是，林玳玳原本觉得当红明星的脾气都很大，而且是不太可能答应接下来这么紧急的任务，但没有想到会有例外。

李制片给她联系上的代言人居然是温暖！

温暖是谁？

如今炙手可热的一线小花旦，拥有千万粉丝，是票房和收视率的保证。

温暖一出道，便跻身一线行列，斩获各大影后的奖项，刷新了影后获得者的年龄纪录。她超高的人气，让各大知名商家争破头皮邀请其代言，但是温暖都没有答应。

她居然答应了担任《新倩女幽魂》的代言人？林玳玳有些不敢置信。

但据李制片介绍说，温暖本人是《新倩女幽魂》的忠实玩家，所以主动接下了这个代言。

无论如何，这真是一个意外之喜。

本来合作这种事情，只需要和经纪人洽谈便可以了，但温暖为表诚意，说会亲自过来。

接待室里，在见到温暖前，林玳玳和几个策划坐在会议室里面的沙发上，显得忐忑不安。

朱辰看着几个小女生，安慰说："你们别紧张了，温暖是圈里难得的好人，再也不会发生毁约的事情了。小师妹，特别是你，放松点儿。"

"我不是为这个担心，一想到能看见我'女神'真人，我忍不住激动！"这几名小女生是温暖的粉丝，一听说温暖会到公司商谈代言的事情，主动找过来接下接待的任务。慢了一步的，估计现在都在捶胸顿足。

"话说回来，玳玳，你能找到温暖做代言人，真是厉害！"朱辰朝林玳玳竖起了大拇指。

旁边的几名小女生也应和道："对对对，还好有玳玳，我们才能见到'女神'！"

林玳玳笑了笑，有些不好意思。

这时候，外面传来敲门的声音。三下不轻不重的敲门声过后，负责接待的助理打开了门，对里面的人说："温暖小姐和她的经纪人过来了。"

随即入门的就是温暖，还有她的经纪人和助理。

林玳玳等人急忙站起来："温暖小姐，你好。"

"你好你好，你们就是《新倩女幽魂》的负责人吗？"温暖微微笑着，丝毫没有明星的架子。她和几个人都握了手，还主动给几位小迷妹都签了名，小女生们幸福得快要晕过去了。

"我昨天收到李制片消息的时候还惊讶了一下，我也很喜欢《新倩女幽魂》的。这个游戏公测的时候，我就开始玩，一直到现在……"

"小暖！"温暖的经纪人有些尴尬地咳了一声，打断了她。

"啊，抱歉，一兴奋就忘了场合。"温暖调皮地吐了吐舌头。

小迷妹们几乎要尖叫起来："啊啊啊，'女神'好亲和，一点儿也没有大明星的架子。"

林玳玳一脸茫然，朱辰最先反应过来："温小姐，那接下来我们商谈一下具体的合作事宜？"

"好。"

事情进展得很顺利，温暖看了一下合同条款，确认没有问题后，很爽快地签约了。

"那么，温小姐，合作愉快。"

"合作愉快。"

合作敲定下来后，温暖还和他们交换了联系方式，说是以后一起打游戏，她的态度让林玳玳等人直到最后还处于惊讶的状态。

温暖还答应，《新倩女》举办COS（角色扮演）活动的时候，她一定前往。这让林玳玳大喜过望。

最后，因为她还有事情，所以先和助理离开了，留下经纪人和他们商量宣传的细节和具体方案。

第 十 二 章
这场胜利,来之不易

一切准备就绪,就等新版本上线那天了。

这几天,林玳玳和温暖在微信上联系过几次,也在《新倩女幽魂》相互添加了好友。她发现大明星在片场休息的时候,也大大咧咧地玩《新倩女幽魂》的手游。晚上的时候,她们也会一起下副本,看着电视里风情万种的温暖,再看看正在游戏里厮杀的温暖,真是天差地别。

距离《新倩女幽魂》新版本上线倒计时还有一天。

林玳玳一大早就来到了公司,时刻关注着网上的动静。

八点半,顾时泽回到公司,发现林玳玳比他来得还早,颇为意外。

他走了进去,打招呼:"玳玳,今天这么早。"

林玳玳听到声响后,目光从电脑屏幕上挪开。看到来人是顾时泽后,微微一惊,但很快就平静下来。

"顾师兄早。"她解释说,"我想着明天就是新版本上线的日子,就想早些过来处理一些事情。"

顾时泽笑了笑:"好,那我不打搅你了。有什么困难,尽管和我说。"

"那个,顾师兄!"林玳玳下意识喊住了他。顾时泽停下脚步,回头看向她。林玳玳犹豫地开口:"你觉得我们会不会……"

仿佛知道她要说什么一般,顾时泽缓缓开口:"不必紧张,明天就会知道结果了。"

停顿一下,他又说:"无论结果如何,至少我们努力过,不是吗?"

这样的声音,让林玳玳的心情瞬时平复下来。顾时泽就是这样的人,让人甘愿把信任寄托在他身上。

林玳玳重重点了一下头,露出微笑。

随后,林玳玳继续关注微博上的动态,她刷新着网页,没想到竟然刷出了这样一条消息——

在几秒前,时有思念刚发了一条新的微博。

时有思念V:之前拒绝某游戏的代言,是因为我发现公司的合同有瑕疵,而不是因为某集团有黑幕换掉了代言人。请大家不要再议论此事了,这会给我和合作方带来困扰的,谢谢。

虽然她是这么说的,但在她的评论底下,迅速出现了一批揭露"真相"的水军。

热门评论里面——

赤月:我来爆料!思念本来答应了某公司的代言,价钱和合同都谈好了,本来就要签约了,但某公司却反悔了,说要压价,不然就毁约。这是因为公司某总找了关系户做代言人,所以要临时把思念换掉。

月舞霜:不是吧?呵呵,某集团好歹也是家上市公司,居然做出这么无耻的事情?

粉嘟嘟:为什么你们都知道某公司是哪家公司?某游戏又是哪个游戏?我怎么看也没看出来啊。

seed:某公司是Y集团,游戏是《新倩女幽魂》,请夸我小天使。

黑暗之神：嗯……我听我在某公司任职的舅舅说，那位关系户就是某总的侄女，某某网红。

JOJO：岂有此理！居然换掉思念？在我心中，《新倩女幽魂》代言人的人选只有思念，什么新的代言人，坚决抵制！

……

就在时有思念这条微博发布后，马上就在微博上引战了。"《新倩女幽魂》代言人黑幕""《新倩女幽魂》更换代言人""抵制《新倩女幽魂》""《新倩女幽魂》代言人唯有思念"等一系列话题迅速出现在热门话题的列表里。

一个小时不到，微博上已经是一片血雨腥风。一大批水军涌到《新倩女幽魂》的官方微博下，不断刷着抵制新代言人和抵制游戏的评论。许多不明真相的粉丝看到水军的评论，也跑来为时有思念讨公道。

有些看不过眼的老玩家反驳：你们家的时有思念是什么东西？不过是个网红而已，整天在微博上兴风作浪，没完没了。什么换代言人，不会是她编出来的吧？官方压根儿就没有邀请她！

这时候，陆子航也用大号转发了时有思念的微博，并评论：某公司真让我大开眼界，索性不要做游戏了，抱着你们的十八线网红过活吧。

黑乌鸦：呵呵，陆公子都发言了，某些黑子打脸不？

我只一枚念珠：啊啊啊，只有我觉得他们很配吗？

bb：陆公子要保护好我们的思念哦！

……

这下子，微博更混乱了。

林玳玳看得瞠目结舌，心里更多的却是气愤。

项目组的其他成员也陆续回到公司，知道微博上的事情后，大家都很生气。

"又买热搜又买水军的，这安思念到底想做什么？"朱辰满肚子的火气。

江维猜测:"估计是他们打听到我们换了代言人,所以要趁我们新版本上线前歪曲事实,抹黑我们。"说到这里,他感到愤怒不平:"虽然这是打击竞争对手的惯用手段,但他们的卑鄙程度真是让我大开眼界。现在该怎么办?"

吴昊冷静地说:"不必理会她,不过是跳梁小丑罢了。而且她这种做法,明显在给我们送热度。距离新版本上线只有一天了,我们不能被这种事情干扰。"

"吴昊说得没错。"何非凡接话说,"不过,他们一定没有想到我们的代言人是谁。"

陈迹看向顾时泽:"阿泽,你怎么看这件事?"

顾时泽说:"为了公司的形象,等代言人的人选公布后,还是让官博发一条声明吧。"

一切正在按照计划进行。

官博陆续放出了新版本里面新玩法的预告,先在网上进行一拨预热,至于代言人方面……

林玳玳在很早的时候就关注了温暖的微博,很快,她刷出了一条新的消息。

温暖V:《新倩女幽魂》,谁来与我一同云游四海?【图片】

配图是一张温暖在家里打《新倩女幽魂》的照片,还有在游戏里她下副本时的截图。

温暖的微博粉丝有三千多万,林玳玳看着她这条微博的评论飞速增加。仅仅过了几分钟,已有过万条评论和两万多次转发,点赞更甚。

堂堂大明星居然是资深网游玩家,比起其他总是发自拍和心灵鸡汤的明星,这接地气的做法,震惊了一众粉丝和网友。

林玳玳点开评论，温暖的粉丝陷入了疯狂的状态。

温暖的小甜心：温暖"女神"也玩《新倩女幽魂》？还是满级的玩家！

最爱温小暖：啊啊啊，我看到温小暖的游戏名了！我也要去玩这个游戏！

碧小空：和"女神"组队刷副本的是哪个小妖精？羡慕嫉妒恨！

……

林玳玳知道温暖很受欢迎，但没想到她的影响力竟如此大。

温暖粉丝们的发言很快把黑子们的评论盖了下去，不到半个小时，"温暖《新倩女幽魂》"这个话题空降到微博热搜榜的第一名。

由于公关及时，东阳集团的阴谋诡计并没有完全得逞，反而给《新倩女幽魂》的相关话题增添了热度。

技术部早就把新版本的更新包上传到后台，第二天一大早，项目组的所有人都提前来到了公司。

新版本定在早上九点发布，目前距离发布时间还有一个多小时。

林玳玳和朱辰说着新版本的事情，脸上是掩盖不住的兴奋。

顾时泽走了过来，开口道："大家先别激动了，重头戏还在后头。"

距离正式上线还有三分钟，林玳玳跟着其他人一起挤到了统计数据的电脑前，默默地在心中倒计时着。

林玳玳站在边上，双手紧握，和一旁安之若素的顾时泽形成强烈的对比。

三、二、一……

新版本正式上线！

所有人都盯着后台的数据，看着代表在线人数的数字一点点变多。

一小时过去了，两小时过去了，三小时过去了……

后台的数据在不断地增长着。

50万,100万,150万,200万……

林玳玳觉得她的脚快要麻木了,但她没有离开,她动了动手脚,又继续和大家一起盯着数据统计。

300万……

400万……

500万!

不知道过了多久,500万同时在线人数的大关,突破了!

"啊啊啊,500万的大关,终于!终于!我们做到了!"

不知道是谁大喊了一声,在场所有人都惊醒过来。

林玳玳后知后觉地回过神来,才发现屏幕上的数字,已经达到了500万。她仔仔细细看了好几次,确认了自己看到的数字的真实性后,终于忍不住释放了自己的情绪。

"玳玳,快看!500万,我们做到了!"吴吴扑了过来,一把抱住了她。

说不激动是假的,林玳玳紧捂着嘴巴,这一刻,她激动得想要流泪。

"啊啊啊啊啊!我们做到了!吴吴师姐,我们做到了!顾师兄,我们做到了!"她回抱住吴吴,又松开来,转身一把抱住了顾时泽。

顾时泽怔了一下,神色很快恢复如常,唇角却勾起了一个微小的弧度。

原本还在呐喊的朱辰突然愣住,他茫然地看着面前热情地拥抱在一起的两个人。这是什么情况?

林玳玳丝毫没有意识到自己的举动在别人眼中是怎样的一幅画面,朱辰愣了几秒后,默默地走开了。

他的内心很受伤,嘴里还不停地碎碎念:"呵呵,欺负单身狗?"

过了一会儿,林玳玳才反应过来,连忙松开了手,有些不好意思:

"抱歉，顾师兄，我刚刚……刚刚我太激动了！

"不过太好了，你不用引咎辞职了……啊不，我的意思是……"她有些语无伦次。

"没事。"顾时泽笑了笑，神色如常。

林玳玳脸红了红，找了个借口便溜掉了。顾时泽看着她"落荒而逃"的背影，嘴角的弧度加深。

办公室里，项目组的成员们都沸腾了。

打了一场漂亮的胜仗，项目组所有人都扬眉吐气。

不过这场胜利，来之不易。

顾时泽走了出来，愉悦地说："这段时间大家也辛苦了，回去好好休息。今晚的庆功宴，我请客。"

朱辰拍了拍他的肩膀，喜气洋洋地说："哈哈，阿泽，你就等着今晚钱包大出血吧。"

"乐意奉陪。"顾时泽保持着笑意。

"好，今晚我们一起来吃垮阿泽！"江维和其他几个人击掌欢呼。

似乎想起什么，朱辰问："不过，这么多玩家同时在线，服务器能承受得了吗？"

"放心吧，对于今天这种情况，技术部那边早有心理准备了。"顾时泽说，"不过，恐怕今晚技术部又要加班了。"

朱辰叹了一声："真同情他们，他们恐怕又要背锅了。"

同时在线人数突破 500 万，这下连张姐也心服口服了。

她特意来到顾时泽的项目组，大方地向他们道贺："恭喜你们。"

顾时泽也坦然接受："谢谢张姐。"

离开之前，张姐说："先前是我带了偏见去看人，把自己的观点错误地强加在你们身上。以后，一起加油吧。"

顾时泽欣然道："好。"

在新版本上线的同时，《新倩女幽魂》的官博也公布了代言人的人选。

微博上的热议立刻转了个风向。

Coco：昨天温小暖突然贴出打游戏的照片，原来她就是《新倩女》那位神秘的代言人？

奶茶姐姐：等等，代言人是温暖？那么时有思念说她的代言被一个十八线网红抢走是怎么回事？

啦啦：呵呵？是谁说我们暖暖是十八线网红？开什么玩笑！

樱落无声：看到今天的消息，我感觉我昨天被时有思念耍了。

小可爱：等等，按时有思念昨天说的，是温暖抢走了她的代言？温暖还需要抢代言？她坐家里，代言都主动送上门好吗？时有思念是疯了吗？一线小花旦和十八线网红抢代言？她那些图片都是伪造的吧？怀疑时有思念说话的真实性。

这时，《新倩女幽魂》的官博又发布了一条新的消息，同时配文：祝贺《新倩女幽魂》同时在线人数突破500万！仅温暖"女神"代言，你值得拥有！@温暖

随后，温暖转发了这条微博。

温暖V：恭喜。

微博又掀起了一阵热议，随着网友们的深入了解，仅在一个早上，就挖出来了无比劲爆的消息。

网友们纷纷猜测，《新倩女》官博上那个"仅"字，是在映射时有思念昨天的微博。仅一个字，就打脸了时有思念。

两相对比，时有思念就像一个跳梁小丑。

网友们开始嘲笑起时有思念来，甚至学习她说话的模式——"之前拒绝了爱慕者的追求，是因为我发现他居然不洗澡，而不是因为他

爱吃香菜。"

温暖的粉丝看着时有思念昨天"代言被十八线网红抢走"这一暗示性的话语，出奇地愤怒。

时有思念太过分了！居然讽刺我们暖暖是山寨货！她才是山寨货好吗？

她分明是在说自己吧！想抢温暖的代言，抢不过就在网上造谣。

造谣是要负法律责任的！时有思念，你好自为之！

暖宝宝们，走，我们一起去找那个十八线网红，让她见识见识我们暖宝宝的力量！

……

一时间，时有思念成了网友口中的笑话。

项目组的目标顺利达成，该是秋后算账的时候了。

东阳集团在网络上故意抹黑Y集团及其代言人的做法已经构成了恶性竞争，这给Y集团造成了极为不良的影响。Y集团的法务部向东阳集团发出了侵权告知函，并以盗取商业机密和抄袭为由将东阳集团告上了法庭。

公司调查了周檬离职前一周的监控，并调取了她使用电脑的记录，发现了她和东阳集团之间的秘密通信。

与此同时，Y集团在微博上发了一份声明，简单地描述了事情的经过，并把一封律师函张贴出来。

吃瓜的网友们还没从上一轮事件回过神来，又被接踵而来的消息惊蒙了。网友们把Y集团的公告围观了个遍。

网友1：好一出年度大戏，东阳集团窃取Y集团的新版游戏策划案？刺激啊！

网友2：哇！果然是人红是非多，商业间谍真可怕！

网友3：这回要不是温暖，我觉得Y集团也很难洗白了。没想到陆子航居然是这样的人，东阳集团实在太阴险了！

……

有好事的网友分别跑到时有思念和陆子航的微博下，要求他们给个说法。

陆子航没有关闭评论，但他发了一条微博后，便销声匿迹了。

Gavin 陆子航V：纯熟捏造，已交由律师处理。

然而在Y集团有力的证据下，他这条辩白，显得苍白而可笑。

温暖的粉：呵，陆公子不抱着你的"十八线网红"安思念过活了吗？

路小西：只有我一个人发现，陆太子打错字了吗？是纯"属"不是纯"熟"。

Vivian：呵呵，这种水平还海归党呢？文凭是买回来的吗？

莺歌：等等，剑桥州立大学，M国有这个学校吗？留学党表示从来没听过这个学校哦。

真相只有一个：干货来了！觉得这个学校的名字很诡异，我就跑去查了一下，才发现学历得到国家承认的正规外国大学名单里面，没有这个大学！也就是说，这个所谓的"M国剑桥州立大学"是个野鸡大学。

Kin：留学党同表示，M国并没有一个叫"剑桥州立大学"的正规大学。

这一条消息一出，网友都震惊了，某些娱乐营销号更是兴奋得不得了。原来堂堂东阳集团的太子爷，是野鸡大学毕业的呀？

墙倒众人推。

这时候，有知情人士站了出来，说陆子航的确曾经出国留学，就读的是一所名不见经传的外国大学，学校是正规的，但是，因为他不务正业，在第一学年就被学校开除了。

不过半天的时间，东阳集团的陆公子被大学开除的消息在网络上传开来。大家见状，纷纷加入挖掘消息的行列。

有眼尖的网友发现，陆子航微博的评论正以肉眼可见的速度消失。

但是他删评的速度，远远不及网友截图的速度。

一时间，各种黑料铺天盖地袭来。网友们都在嘲笑以前那些总是毫不吝啬地赞扬陆之航是真正的商业巨子的媒体，这真是啪啪打脸。

除此之外，时有思念毁约，后来又和东阳集团合伙对前东家落井下石的消息又在微博上疯传。时有思念注销了微博，网友们已经搜不到她了。而东阳集团开始公关删帖，但他们的行为在网友看来更是心虚的表现。

越是要掩盖真相，网友们骂得越是来劲。同时，他们都在感叹，有钱人的世界真复杂。

东阳集团焦头烂额，不仅新上线的游戏受到了影响，更是陷入了侵权和抄袭的风波里，公司的股票大幅下跌。

对此，林玳玳只有一个想法：早知如此何必当初呢？做错了事情，总有一天会曝光在大众面前。

但是对安思念，她的心情却是复杂的。到了现在她才发现，原来她没有真正释怀，安思念还欠自己一个道歉。

不知不觉，林玳玳已经在 Y 集团实习了三个月。

她的性格越来越开朗，现在无论和谁说话，都能正常交流。

这天下班的时候，林玳玳刚好碰见顾时泽，于是十分愉快地和他打招呼："师兄，回家了。"

她正要离开，顾时泽却叫住了她："玳玳，晚上你有别的事情吗？"

"没有，顾师兄，怎么了？"林玳玳停住脚步，回头疑惑地看向他。

顾时泽说："也没什么，我想请你帮一个小忙。"

林玳玳问:"什么忙?"

"安思念给我发了个信息,说想和我见面,谈谈最近的事情,给我一个交代。"顾时泽请求道,"我自己一个人去不方便,你能和我一起去吗?"

安思念?不过有什么不方便的?

压下心中的疑惑,林玳玳点点头:"可以。"

正好,她也有事情要问个清楚,应该再去见安思念一面了。

看着林玳玳神色如常,顾时泽稍微放下心来。他本来还以为她会难过,但她的表现比想象中的好多了。

"走,你在外面等我,我先去取车。"

就这样,林玳玳上了顾时泽的车。

黑色车子在黄昏时分异常显眼,林玳玳坐在副驾驶座上,系着安全带,有些惊讶:"顾师兄,原来你有车子啊!怎么没见你开过?"

顾时泽说:"买了也有一阵子了,但平时没什么用车的机会,就一直停在公司的车库里。"

林玳玳点了点头,两个人都没有再开口说话。车内安静下来,气氛似乎有点儿窘迫。

上次"借宿"事件后,林玳玳就再也没有和顾时泽独处一个空间。

顾时泽眼角的余光看到林玳玳故作淡定的模样,不由得抿嘴一笑。他踩下油门,发动汽车。

为了避免尴尬,林玳玳出声打破了沉默:"顾师兄,你平常喜欢听什么音乐?"

"也不怎么听,都是一些钢琴曲。"顾时泽说着,打开了播放器,卡农的 D 大调乐曲在狭小的空间流转着。

两个人之间的尴尬似乎消除了一些,车内气氛变得温和起来,没有了刚开始的窘迫。

林玳玳继续寻找话题:"那个……师兄,我有一个问题一直想问。但是觉得不太好意思,也怕你会生气,所以一直没有问出口……"

"没关系,问吧。"顾时泽笑了笑,"我不会生气的。"

林玳玳开口:"师兄,你当初说,你选择这个专业是因为你哥哥,后来你找到了自己感兴趣的事情。那你为什么读研的时候不选择另外的专业呢?"

"三百六十行,行行出状元,你不觉得,将你所学的知识运用在自己喜欢的事情上,更有成就感吗?"

林玳玳顿时不再说话了,她看向顾时泽,心中浮现出一丝困惑。此时的困惑却不是因为他的话,而是因为他的语气。她为什么会觉得他的语气熟悉?

对了,顾师兄这个语气和泽木很像……

不对,你在想什么呢?为什么会突然想起泽木?林玳玳摇了摇头,赶快甩掉这个念头。她觉得自己有些魔怔了。

顾时泽察觉到她的异样,问道:"怎么了?"

林玳玳急忙说:"没什么,只是在想一会儿和安思念见面的事情。"

顾时泽笑了笑,没有再说话。

十多分钟后,两个人到达了目的地。

停放好车子,顾时泽带着林玳玳来到一家咖啡厅。

推开门,咖啡香醇的味道扑鼻而来,林玳玳的目光在里面环视一圈,很快找到了安思念的位置。

安思念坐在一个不起眼的角落里,正踌躇不安地握着手机,不时向门外张望。

"顾——"

看到顾时泽出现,安思念的眼中有了亮光,就要脱口而出,然而当她看到林玳玳的时候,脸色一下子变得煞白。

"林玳玳,你怎么也来了?"

第十三章
我好喜欢你……

林玳玳看着出现在自己面前的人,没有说话。过往种种情景,再次浮现在她的眼前。

安思念手里提着一个黑色的小包,今天的她虽然化了妆,却掩饰不了脸色的苍白。她身上没有了往常的矫揉造作,而是带着一丝破败后的不堪和挣扎。

她从座位上一跃而起,像是愤怒的小兽,瞪着林玳玳,率先出声:"林玳玳,你怎么也在这里?"

"是我让她过来的。"顾时泽不咸不淡地开口,"安小姐,有什么话,你可以说了。"

安思念难以置信,似乎没想到顾时泽竟然会把林玳玳带过来。

她无力地嚅动了一下唇,最后无力地跌坐到椅子上:"我……"她蓦地抬头:"林玳玳,你很得意吗?带着胜利对我耀武扬威,你明明知道——"

林玳玳打断了她:"安思念,到了现在,你还没有意识到自己的错误吗?"她直视着安思念的眼睛,怒声质问:"恕我直言,你的做法真是愚蠢又恶毒。"

安思念一下子消了声,她目光呆滞地望着他们半晌,终于崩溃了:"不是的,我……我之前没想过……本来我没有想过毁约,是周檬她……"

"可是你确实这样做了。"顾时泽语气平淡,却带着不怒自威的冷厉,"安小姐,你的做法虽然没有构成法律上的违约,我们也不会追究你的责任。但是你的做法已经违反了道德的底线,是助纣为虐的帮凶。"

"我……"

林玳玳平静地说:"现在你能告诉我们,你这么做的原因了吗?"

安思念像被触碰到逆鳞一样,再一次瞪起眼睛,指向林玳玳:"猫猫猫团子!林玳玳,你是猫猫猫团子,对吗?"她的声音里夹杂着愤恨:"如果不是无意中看到周檬微信的好友列表,我居然不知道你就是猫猫猫团子。你明明知道我讨厌那个泽木,却还要和他狼狈为奸,一次次帮着他打击我,是不是看着我被你耍得团团转很好玩?"

周檬给她看手机里的策划案时,她无意中发现了"猫猫猫团子"这个昵称,一问之下,才知道这个猫猫猫团子居然是林玳玳!所以她才会头脑一昏,答应了周檬的条件。

林玳玳心中充满了诧异,安思念居然知道了这件事?顾时泽眉心微动,眼中也有一抹意外之色,但他仍不动声色地听着她们的对话。

"就为了这种可笑的理由,你就伙同周檬盗窃了我的策划案?"林玳玳反问。

安思念脱口而出:"我没有!是周檬……"

这时,顾时泽出声打断了她:"安小姐,你让我过来,就是为了让我来听你推脱责任的理由吗?"

"不是……"安思念哽咽了一下,随后又自嘲地笑了一声,"是啊,你们成功地让我失败了,现在人人都知道我是一个卑鄙无耻的人。林玳玳,你满意了吧?以前我那样欺负你,现在你终于有机会看到我被人唾弃,你应该很开心吧?"

她说话的时候,一直紧紧拽着手里的小包,面容也因为不甘而有些扭曲。她的小动作,暴露了她的紧张和不安。林玳玳看着她这副模样,反倒觉得她有些可悲。

林玳玳语气平静地说:"并没有,我看到你这个样子,没有感觉到开心,但也不是难过。安思念,我觉得你很可怜。我不知道以前你是出于什么心态和我交朋友,也许只是为了抄我的作业,或者把我当成你的笑料。但到现在,你还没有认识到自己到底错在什么地方。你为了一己私利,和周檬合伙盗窃我的策划案,甚至毁约,这未免也太幼稚了。我可怜你到现在都没有认清自己的内心。"

安思念听着林玳玳毫无起伏的声音,突然沉默下来。

"你同情我?所以你要大方地原谅我,再与我和好,博取大众的好感?"安思念突然嗤笑出声。

林玳玳摇头:"不,安思念,我是不会原谅你的。你以前给我带来的伤害,我不会再计较,但不代表我会忘记。我已经不是过去的我,所以没必要和一个毫不相关的人纠缠一辈子。在高中的时候,我告诉你我有社交恐惧症,那时我曾经期望着,我的好朋友能帮助我,带我走出阴影,但没想到,你不但没有这么做,反而落井下石,和现在一模一样。"

安思念喃喃着:"毫不相关的人……"

林玳玳知道她在想什么,她肯定是回忆起高中那段带领着其他同学一起嘲讽她、在背后编派她的日子。

安思念终于低下了头，长发垂落，遮住了她的脸："以前的我年轻气盛，以为靠着美貌就能笼络所有人的心。我知道周围的人都是觉得我长得漂亮，才和我在一起玩的。可是到了高中，我才发现，我的美貌能带来别人的讨好，却讨不来成绩。你总是班上的第一名，我那时候其实很嫉妒你，心里还想着，上天真不公平啊，为什么你长得那么土又不好看，成绩居然会那么好。可是当我无意中看到你高中以前的照片，才发现我想错了。所以我故意接近你，和你做朋友，利用你，甚至和别人一起嘲笑你……"

听到安思念亲口承认自己曾经嫉妒过她，林玳玳无疑是惊讶的。

她继续说："但看着你当时失魂落魄的模样，我心里却没有感觉到痛快。后来上了大学，有时候远远地看着你那怯懦的样子，我心里居然会生出愧疚的感觉。有时候我在想，这怎么可能？你是以高分考入A大，而我呢？只能通过艺术生的方式进入A大。我也想过要好好补偿你，可是没想到，有一天，我会看见你和顾师兄走在一起，那时候我对你的心情，就演变成嫉恨……"

"补偿？"林玳玳打断了她，"可你知不知道，有些伤害，不是补偿就能弥补的。你永远不知道别人因为你受到过怎样的伤害。我以前是真把你当好朋友的。也许你很难相信，我会说出这样的话。我曾经也不敢相信，要是以前的我，肯定会一个字也说不出来，但是我做到了。过去的我很懦弱，没有勇气反抗，现在想想，依然觉得走出这样的困境很难。"

林玳玳的声音很轻，落在安思念的心里，却是重重的一击。

安思念说："我现在知道了。你说得没错，我就是卑鄙，就是无耻。可我并不想认输……"她无力地笑了笑，然后说道："但是，我今天已经知道答案了。刚刚我也想了很多事情……

"过往的种种，我还记得，到现在我还欠你一个道歉。对不起，林玳玳。"安思念重新抬起了头，与她直视。

林玳玳在安思念眼里看到了悔意，她很意外安思念会说出道歉的话，但她没有说话，而是看向了顾时泽。

顾时泽点了点头。

几秒后，林玳玳才开口："嗯，你的道歉我收到了。不过，我还是无法原谅你，但是这些事情，我以后再也不会提起。"

安思念动了动唇，想问林玳玳为什么不会原谅自己，但是转念间，便明白了，她没有再问。

"我会改过自新的，东阳集团的代言……我已经和他们解约了，以后再也不会有交集。"她咬着唇轻声说。

顾时泽发声："安小姐，你能重新改过，我们很高兴。毕竟人生还长，人总是会被眼前的繁华迷了眼睛，而人心是永远不会得到满足的，唯一能自我满足的方式，就是去做一些实在的事情。我也希望，安小姐以后不要再做那些无聊的事情，而是让自己的生活充满意义。"

林玳玳十分赞同顾时泽的话，她接话道："好了，我们该走了，希望你以后过得更好。"

"等等。"安思念叫住了他们，"我有话想单独跟顾师兄说。"

林玳玳微怔一下，下意识看向了顾时泽。

顾时泽对她说："玳玳，你到外面等我。"

"好。"林玳玳点点头，走出咖啡厅。出门之前，她回头看了顾时泽一眼。

林玳玳走出咖啡厅，顾时泽的目光转落到安思念身上："安小姐，你有话可以说了。"

安思念用晦暗不明的眼神看着他，语气苦涩："顾师兄，有一些话，我一直想告诉你。我从大一的时候，就喜欢上你了，可是，为什么你从来不肯给我一个机会呢？我想知道，我到底哪里比不上林玳玳了？"

顾时泽风轻云淡地开口："安小姐，请问你了解我吗？"

"什么？"安思念一愣。

顾时泽问："你喜欢的，是我的外表，还是内在？要是我的内在，和外表不一呢？"

安思念一时语塞，半晌后说："我承认我最初是被你的外表吸引，但……你说我不了解你，那林玳玳也不一定了解你，为什么你……"

"她不一样。"顾时泽语气笃定。

"怎么不一样？"她并不甘心。

顾时泽抬了抬眸："比如说，你在游戏里讨厌的那个泽木，就是我。"轻描淡写的语气，却让安思念猛地僵住。

没等她答话，顾时泽已经起身离开了咖啡厅。

华灯初上，夜色渐浓。

回到车上，林玳玳偏过头看向顾时泽，小心翼翼地问道："顾师兄，安思念和你说了什么？她没刁难你吧？"

"没有，放心吧。"顾时泽三言两语转移了话题，"耽搁了你这么长的时间，真是不好意思，今晚我请你吃饭吧。"

"没事的，顾师兄。"林玳玳赶紧说，"应该是我谢谢你才对。"是顾时泽特意把她带过来，让她彻底打开心结。

顾时泽笑了一下："以我们之间的关系，你谢什么？"

他们之间的关系？他们之间有什么关系？

林玳玳愣了一下，正想问个清楚，但车子已经启动了。

那天和安思念开诚布公后，林玳玳觉得压在心头的大石一下子卸掉了，整个人都是轻松的。

她最近的心情很不错，朱辰看在眼中，不由觉得奇怪："小师妹啊，你最近是怎么了?这两天你整个人怎么都在飘啊?面色红润,是不是遇到什么喜事了?要不要分享一下?"

不过,林玳玳只给他一个大大的微笑,便抱着文件走开了。

"这是咋了?"只留下朱辰一脸迷茫。

林玳玳来到打印室复印文件。刚把文件放进复印机,又有人进来了。

听到推门的声音,她下意识抬头看了一眼。进来的人是一名年轻男子,二十七八岁的年纪,模样清秀。

他走了过来,主动和林玳玳打招呼:"你好。"

"你好。"林玳玳礼貌地回应了一句,低头继续复印文件。

没想到对方并没有走开,而是向她做自我介绍:"我叫沈澈然,是技术部一部的组长。我知道你,你叫林玳玳,对吗?"

他居然认识自己,这让林玳玳有些意外。她点点头:"是的。"

沈澈然笑道:"我听别的同事说,《新倩女》新版本的那些有趣的玩法是你想出来的。我一直都想认识你,但没找到机会,我今天晚上能请你吃饭吗?"

林玳玳连忙婉拒:"你客气了……"

邀请被拒绝,沈澈然有些遗憾,但还是拿了文件就离开了。

林玳玳松了一口气,朝他的背影看了一眼,有些疑惑地歪了下头,又收回目光,继续复印文件。

复印完文件,林玳玳回到办公室,放在口袋里的手机突然响了一下。她拿出来看了一眼,发现是一个微信好友添加的申请,来自安思念。

林玳玳犹豫了片刻,点了"同意"。

添加完好友,她把手机放到一旁,没有再理会。

忙完手头上的活儿,重新拿起手机,林玳玳发现安思念给她留了言:林玳玳,我和东阳集团正式解约了。不知道为什么又想到了你,所以我向别人要了你的联系方式。这几天我想了很多事情,就像你说的一样,人要学会往前看。未来这么长,说不定我能找到自己存在的真正价值。最后,谢谢你。

林玳玳看完后,回复:你能想明白就好,加油吧。

不一会儿,安思念又发来一条消息:我昨天从东阳集团的大楼出来,在路上看到了一则公益广告,是有关N省山区里留守儿童的。看着那些期待的眼神,我不知道怎么的,想起了高中时候的你。所以我决定去做支教,我这样说并不是为了博取你的同情。不知道,我现在说的话会不会让你反感,但是我是真的想这么去做。

林玳玳回复:虽然我们已经不可能再成为朋友,但我也希望你能过得好。祝顺利。

林玳玳的一番话,让安思念释然了。

那天回去之后,她就把自己的ID改了。谁也不曾知道,"时有思念"这个昵称存了她的一点儿小心思。时有思念,时和思念。可名字里代表的那个男生,终是不属于她。

安思念苦笑了一下,拉着行李箱,踏上了前往N省的动车。

林玳玳彻底把痛苦的过去深埋在记忆的箱子里,最近一段日子,她过得十分愉悦,人也非常开朗,胃口也长了不少。然而胡吃海喝的结果,就是胖了。

晚上,她又和吴吴在公司附近的火锅店涮了一顿火锅。回到公寓,她瞄到放在客厅的电子秤,便脱掉鞋踩了上去称了一下体重。

三秒钟过后……

林玳玳站在电子秤上面,看着显示的数字生无可恋:"啊啊啊!为什么我会重了这么多斤?我不要这样的结果啊!"

她从电子秤上跑了下来,飞快跑到房间,拿起手机,飞快地打开微信,给李晓萌发去一段语音:"呜呜呜,晓萌,我最近胖了五斤,肚子上的肉都在嘲笑我,为什么它不长在该长的地方,偏偏是肚子!"

李晓萌收到林玳玳消息的时候，正躺在沙发上打着《新倩女幽魂》的手游。她随手回复了林玳玳："没事，你还是胖点儿好。我上次和你见面的时候，你瘦得都不成人样了。长点儿肉肉才健康，下次我去G市，再请你吃肉。"

"晓萌！"林玳玳抗议。

李晓萌毫不在意，又回复了一条："漫画里面都是这样的，女生脸肉嘟嘟的，男生才喜欢，这样看起来会很可爱呀！"

林玳玳无奈地给她回复了一串省略号。

时间还早，林玳玳本来想着要不要到外面跑跑步，然后再回来看资料。这时候，游戏界面突然跳出了一条私聊消息。

【私聊】泽木：要一起下副本吗？我最近忙完了，有空做任务了。

泽木？

泽木这个高中生，怎么会有这么多的时间打游戏？

带着疑惑，林玳玳在对话框里敲下回复。

不好意思哈，今晚我还有事。她敷衍地跳过话题，又委婉地劝说道，不过泽木，高中生要好好学习才，不要整天只顾着打游戏，高考是人生重要的敲门砖啊！

猫猫，我不是高中生，我已经毕业工作了。他有些无奈。

什么？林玳玳傻眼了。

泽木不是高中生？这可以说是非常尴尬了。

几秒的呆滞后，她赶紧发过去几个卖萌的表情：抱歉！我一直误以为你是高中生，我脑洞太大了，对不起！

没关系，最近你过得怎么样？泽木毫不在意地问。

她简略地把最近的事情都告诉了泽木，泽木一一回应。

林玳玳看着私聊窗口的对话，心底微微起了波澜。一种莫名的连自己也说不清楚的情绪在心中弥漫。

自己这是怎么了？

她纳闷了，但没有想通，便摇摇头，甩掉脑中乱七八糟的念头，休息去了。

第二天，吴吴又约她一起去吃饭。

林玳玳想到自己飞涨的体重，本想拒绝，但又禁不住美食的诱惑，一番挣扎后，她还是答应了。

吃到一半的时候，吴吴突然提起了周檬。

"玳玳，上次我在步行街看到周檬了。"吴吴放下筷子，小心翼翼地看了林玳玳一眼，欲言又止。

"嗯？周檬？她怎么了？"林玳玳疑惑地问。

吴吴说："我听隔壁部门的人说，上次的事件后周檬就被东阳集团辞退了，上次我在步行街看到她在一家小店里卖衣服。唉，你说一个小姑娘，为什么要做这种事情？断了前程，真是可惜。不过现在东阳集团好像正在大洗牌，好像要东山再起。"

"人在做，天在看。这是她自己作出来的下场，没什么值得同情的。"林玳玳一边吃一边说。

吴吴点头："玳玳，你说得对。心术不正的人，应该受到惩罚才是。"

林玳玳继续说："这个世界上有很多心术不正的人，有很多的罪犯往往都是因为最开始有了一个坏念头，最后一发不可收拾，终成大错。所以，希望她能真真正正地改过自新吧。"

"玳玳，你知道吗？你现在说话越来越自信了。你能这样长篇大论，真让我意外。来来来，吃一个丸子。"吴吴开心地夹起一个丸子放在林玳玳的碗里，"你这么瘦，多吃点儿哈。"

这句话似曾相识啊……

林玳玳和吴吴饱餐一顿后，心满意足地抱着肚子回到了公司。

"玳玳，下次我们再去那里吃吧！"吴吴提议。

林玳玳欣然应允："好啊，下次叫上顾师兄和朱师兄他们，来个聚餐什么的。"

"对对对，叫顾时泽请客，必须的！"吴吴应和道。

"你们两个在说什么呢？"朱辰的声音从她们身后传来，他出现在两个人面前，"你们居然想让阿泽请客？他可是小心眼儿得很，上次要不是突破了500万的大关，他才不会请客呢！"

"啊？不会吧？顾师兄一直挺大方的。"林玳玳忍不住出声为顾时泽辩护，但话刚出口，她便愣住了，连忙解释，"呃，我是说顾师兄这么努力的人，怎么可能是小心眼儿的人呢！"

"就是就是！老朱经常胡说八道。"吴吴也搭腔，"老朱，你干吗还愣在这里？都上班时间了，赶紧去干活儿。万一让张姐看到了，又要说我们不是了，快走快走。"

吴吴不耐烦地把他赶走。

"哎哎哎，别呀……"

林玳玳看着朱辰故作搞怪的模样，忍不住笑了起来。

一天就这样过去了，临近下班的时候，林玳玳收到一条短信。

有时间吗？我们谈一谈吧。

令她意外的是，短信是周檬发来的。

林玳玳思考了一下，回复道：好，时间和地点？

六点，时光咖啡馆。

下班后，林玳玳准时到达了时光咖啡馆。

周檬早已在那里等候，就坐在靠近街边的落地玻璃窗前，林玳玳一眼就看见了她。

和以前相比,现在的周檬少了几分天真和迷糊,多了几分世故和憔悴。

林玳玳走上前去,拉开椅子落座:"你找我有什么事?"

等她坐下后,周檬才慢慢地开口:"策划书的事情,你猜得没错,的确是我做的。"

对于她的直白,林玳玳显然有些意外。

"我一直很嫉妒你。"周檬自顾自地说了下去,"同样都是实习生,为什么你能得到顾哥的青睐呢?"

林玳玳愣了一下:"你……"

周檬继续说:"我一直都想进入顾哥的项目组,但是他一开始就拒绝了我。开始,我觉得可能是我的能力不够,他才不肯要我。但是后来,你来了公司,却顺利地进入了顾哥的项目组。那时候我开始感到愤愤不平,我心里想,凭什么你一个不是游戏专业出身的策划,能够进入他的项目组呢?"

林玳玳接话道:"所以,你就偷窃了我的策划案?"

周檬哂笑一声:"是啊,当时被嫉妒冲昏了脑袋,把你的策划案偷走了。但是我不得不承认,你的策划能力的确比我强多了。"停顿一下,她语气平淡地说:"现在我被东阳集团开除了,我们算是两清了。这顿咖啡,就当是我对你的赔礼吧。"

开除?

"为什么?"林玳玳不解。

话刚出口,她便想起来了,吴吴中午的时候好像和她说过这件事情,但她当时只顾着吃东西,没有听清楚她说的内容。

"只是因为那份策划书的价值,没有了价值,我也没有用了。"周檬面无表情,"明明是共犯,现在却让一个小职员背上全部的罪名。"

林玳玳听完她的讲述后,并不同情,只是有些感叹。

人总要为自己做错的事情付出代价，周檬又何尝不是？

晚上回到公寓，林玳玳洗完澡后，就躺在床上玩手机。她刷新朋友圈，看到顾时泽刚发了一组猫咪的照片。

林玳玳笑了笑，点开了留言框：我好喜欢你的猫……

然而，"的猫"这两个字还没打完，指腹却点到了"发送"，还未打完的句子就这样误发出去了。

原本要发送的留言，变成了"我好喜欢你"。

林玳玳吓了一跳，赶紧返回，想要把留言删除重发。

没想到，顾时泽已经回复了她。

Zerus：好，那我们在一起吧。

林玳玳握着手机的手一僵。

喵喵喵？

呆愣了好一会儿，林玳玳蓦地回过神，迅速点开了顾时泽的对话框，飞快地打字解释：师兄，你是在开玩笑吗？哈哈，刚刚字还没有打完就发出去了，我是想说我很喜欢你的猫，你千万不要放在心上。

但后来发出去的消息如同石沉大海，他没有再回复。

林玳玳不由得又胡思乱想起来。

她在床上翻来覆去，不知不觉，就这样睡了过去。

这天晚上，林玳玳做了一个梦。

在梦里，她进入游戏世界，在一片百花盛开的原野上，她一路走着，却看不见一个人。"有人吗？"她无措地在这片似乎看不到尽头的花海里走着，突然看到前面有一个人。

她心中一喜，连忙向那道身影跑了过去。等走近时，才发现是一个男人的背影。

梦中的她问："你是谁？"

但男子没有搭理她，直接离开了。他越走越快，林玳玳连忙追了上去："不要走！"

他停下了脚步，回过头来，林玳玳才发现，这个人居然是顾时泽！

可接下来，更不可思议的事情发生了，顾时泽的模样渐渐变了，变成了游戏里泽木的模样，一名穿着黑袍的偃师。

场景转换得突然，但她心里却没有一点儿违和感。她拉着泽木，问道："泽木，你喜欢我吗？"

林玳玳惊醒过来。她睁开眼，望着天花板，才发现原来是场梦。

她看了眼时间，才早上七点半，时间还早。

她揉了揉眼睛，从床上坐了起来，心跳还未能平复。

为什么她会梦到顾时泽，他还变成了泽木？更惊悚的是，她还问泽木喜不喜欢自己……天！梦里的她为什么会这样做？

林玳玳觉得自己快要魔怔了，为什么最近老是觉得这两个人是同一个人？还有那说话的语气……她越想越不对。

难道她……

不，不可能的。她从来都把顾时泽当作前辈一样尊敬，而泽木……就像是李晓萌一样的好朋友。

这到底是怎么回事？

林玳玳十分纠结，她用被子盖住脑袋，通红的脸就被盖在被子底下。

想到今天还要上班，她突然不知道应该怎样面对顾时泽了。

第 十 四 章
他 的 告 白

八点，林玳玳稍微收拾了一下乱糟糟的心情，出门上班。到公司后，没想到她刚出电梯，就看见顾时泽从转角处出现。

看到他，林玳玳又不由得想起昨晚那古怪的梦，顿时红了脸，转身就跑掉了。

刚想和她打招呼的顾时泽顿时愣住。他停下脚步，看着她匆忙离去的背影，陷入了沉思。

林玳玳快步走回办公室，停下脚步后，她突然想，自己为什么要跑呢？

是啊，昨天的事情，不就是个玩笑吗？

这么一想，她也冷静了下来。

没想到，顾时泽进入办公室后，直接找到了她："玳玳，我有话想跟你说……"

"什么？"林玳玳怔了一下。

顾时泽犹豫了一下，说："昨天的事……"

但话未说完，朱辰的声音便从身后传来："阿泽，你快过来一下！"语气很急，像是有什么着急的事情。

"抱歉，我先过去一下，待会儿再找你。"顾时泽向她道了歉，转身走开了。

"好……"林玳玳胡乱点了下头，心里竟莫名觉得一松。

不过接下来的一天，顾时泽也没再来找她。

倒是下午三点的时候，她遇到了总监助理，对方把一份文件交给她，让她转交给顾时泽。

林玳玳没有办法，只能硬着头皮去找他。

轻轻敲了敲门，林玳玳推门走进办公室，但是顾时泽不在。她把文件放在顾时泽的桌上，正打算离开，突然，放在顾时泽桌面上的手机响了起来。

林玳玳走上前去，看到来电是一个陌生的号码。

她没敢动它，过了一会儿，对方挂线了。

林玳玳留在这里等了好一会儿，也没见顾时泽回来。她拿起手机触了几下屏幕，但是手机锁屏了，只能拨号。

她尝试用这部手机拨打自己的号码，发现来电显示的是"顾时泽"。

这是顾师兄的手机？

林玳玳走出办公室，找到朱辰："朱师兄，你看见顾师兄了吗？"

朱辰说："他半个小时之前就出去了，你找他有事？"

"他的手机落在这里了，我看到就帮他收拾起来了。"

正说着，刚才那个陌生的号码又打了过来。

林玳玳犹豫了一下，接听了。

"你好，请问你是……"

那边响起一个熟悉的声音："玳玳吗？我是顾时泽。"

林玳玳惊讶道:"顾师兄,你的手机……"

"嗯,我刚刚出门的时候有点儿急,没有拿手机。"顾时泽解释道,"我现在在 A 大,待会儿要回宿舍一趟。你能帮我把手机拿到学校,带给一个叫张原逸的人吗?他是我的舍友,我现在打给你的号码就是他的,你到了打这个号码就行。"

"好,我知道了。"林玳玳答应下来,"我现在马上过去。"

担心顾时泽有要紧的事情,林玳玳打车回到 A 大。

来到研究生宿舍楼下,她第一时间拨打了张原逸的号码。

不一会儿,一个戴着眼镜、有点儿书呆子气的男生从宿舍楼里跑了出来。他左看右看,最后发现了林玳玳:"你好,你就是林师妹吧?真不好意思,让你久等了。"

看样子,他就是顾时泽的舍友张原逸。

"没关系,张师兄,这是顾师兄的手机。"林玳玳把顾时泽的手机交到了他的手上。

张原逸说:"好的,我待会儿就还给他,辛苦你跑这一趟了。"

把手机收好,他又和林玳玳闲聊了几句。

"我早就听阿泽说过你了,那时候我经常看见他在宿舍里玩游戏,却没想到,他一个心理学系的高才生居然跑去做游戏了,真让人意外。可惜我不太喜欢玩网游……"

听着他的话,林玳玳突然捕捉到了什么。

和顾时泽认识了这么久,她连他的游戏账号是什么都不知道。她曾经听朱辰说过顾时泽也有玩《新倩女幽魂》,作为项目组的负责人,他不可能连个账号都没有。

林玳玳试探着问:"对了,张师兄,你知道顾师兄的游戏名字是什么吗?"

张原逸惊讶道:"哎?你不知道吗?不可能吧,你都和他相处了这么久。"他想了想,有些不确定:"我想想,名字好像叫什么泽什么木来着,两个字。"

泽,木,两个字。

她压制着心底的慌乱,向他确认:"他游戏里的昵称,是不是叫'泽木'?"

张原逸一拍脑门儿,恍然大悟般说道:"啊,对,就叫泽木来着。"

嗡——

林玳玳的大脑顿时一片空白。

"师妹,你怎么了?"察觉到她失神的模样,张原逸有些奇怪。

林玳玳没有听清他后面说了什么,只是摇头:"没什么,我先回去了。张师兄再见。"

从 A 大离开,林玳玳没有回公司,而是直接回到公寓。

一路上,林玳玳明显心不在焉。

原来,她那些看起来不可思议的预感都是正确的。

她从来没有想过,"顾时泽"和"泽木"这两个名字能联系在一起。

更何况,泽木在她心里只是一名高中生。她怎么也没想到,那个马甲下面的真实身份,就是身边的人!

顾时泽是不是早就知道她是猫猫猫团子了?可是,他为什么没有告诉她?

林玳玳被这个事实弄得心烦意乱。顾师兄就是泽木,泽木就是顾师兄……一道诡异的等式像弹幕一样不停地在她的脑海里飘过,她烦躁地抓了抓头发:"啊啊,为什么会是这样?"

顾时泽回到宿舍,张原逸正在修改第 N 稿的论文。

"阿泽,你回来了。"看到顾时泽回来,他随手把手机递给他,"给,你的手机。"

顾时泽接过："谢了。"

张原逸有点儿话痨属性，看到人，话匣子不知不觉就打开了："刚才林师妹来送手机，我和她聊了会儿，发现她人挺不错的。对了，你们是不是在玩那个叫《新倩女幽魂》的游戏，为什么我提到这个游戏，林师妹的脸色会变得怪怪的，一句话没说就走开了？"

顾时泽一怔："你和她说了什么？"

张原逸想了想："也没说什么，她问了我你在游戏里的名字，我就告诉她了，然后她就回去了。"似是意识到什么，他不确定地问："这……应该没问题吧？"

顾时泽眸色一沉。

怎么会没问题？原本他是想循序渐进，但没想到事情来得突然，一下子把所有的事全部摊开到她的面前。

以她的性格……

想到这里，他收起了思绪。

"今天的事情谢了。我还有事，下次再请你吃饭。"顾时泽拍了拍张原逸的肩膀，转身离开了宿舍。

张原逸抓了抓头发，一脸的不解："哎，这么急干吗？"

一口气跑回公寓，林玳玳反锁上门。

她背靠门喘着气，过了好一会儿才缓过来。

她走到书桌前，迟疑地打开了电脑。登录QQ界面，她点开了泽木的对话框。

直到现在，她仍然不敢相信，泽木和顾时泽是同一个人。她知道，只要她把疑问发过去，就能得到答案。

但是，她犹豫了。

打出来的字,删掉,再打出来,又删掉。这样重复了好几遍,她失去了询问的勇气。

她的心里,此刻正有两个小人儿在争吵。

小天使说:"你别发消息,这样不尊重顾时泽师兄的隐私啊!"

小恶魔说:"别听这个白痴的,快发,发完了以后,你就能解开内心的谜团了!"

林玳玳最终还是没有发,她犹豫了很久,登录了《新倩女幽魂》。

她似乎已经发呆了一个小时,泽木正是在线状态,好像在特意等她一样。

林玳玳深吸了一口气,在键盘上"噼里啪啦"打了一行字,最后想发送出去的时候又停住了。删删写写,一直不停。

泽木,今天我从学校一位研究生师兄口中听到了一件事……

泽木,你是顾时泽吗?

泽木……

林玳玳又删了。

她的内心挣扎了很久,最终,手微颤着打下一句:师兄,是你吗?

确认,发送。

过了会儿,泽木回复:是我。

单单两个字,让林玳玳的心彻底跌入谷底。

真的是他!顾时泽和泽木,的的确确是同一个人!

林玳玳不敢置信地盯着私聊窗口的对话,艰难地打字:为什么?

他说:我们见面谈吧。

好。

她蓦地惊醒过来,才意识到自己答应了什么,连忙补充:我有点儿不舒服,明天早上见面再谈吧。

那我明天在公寓门口等你。

林玳玳看到他的答复,但没有搭理,她迅速退出了游戏,逃下线了。

看着黑下来的电脑屏幕,她只觉得心如擂鼓,心情始终无法平静下来。

不过,这天晚上,还是平安无事地过去了。

然而,翌日一早,林玳玳还是逃掉了。

为了避免在公寓门口见到顾时泽,她特意起了个早,快速地洗漱完毕,穿鞋出门。

林玳玳一整天都在躲顾时泽。

但是,有些事情,想逃是逃不掉的。午休的时候,她正想要像早上一样,却被顾时泽直接堵在了大门口。

他拦住了她的去路,问:"玳玳,你为什么不赴约?"

林玳玳躲避着他的目光:"我……"

顾时泽直视着她的眼睛:"你在躲我吗?"

"我没……"林玳玳后退了一步,"抱歉,我想自己冷静一下。"

她抓住时机,挣脱了他的手,像兔子一样,三两下逃了。

顾时泽头一回感到挫败。他意识到,自己搬起的石头似乎把自己的脚给砸了。该怎么办呢?顾时泽站在原地思考了片刻,转身回到公司。

下午,林玳玳索性向公司请了假。

她回到公寓,把大门和窗户全都锁上了,锁得严严实实的,仿佛这能够让她彻底冷静下来。

但事与愿违,她的内心越来越茫然无措。

她一直觉得,泽木和顾时泽的画风截然不同。游戏里的泽木更加冷静、杀伐果断。但仔细一想,这两个人身上还是有相似之处的。

若他们是同一个人……好像,有些事情也能解释通了。

每次遇到不愉快的事情,泽木都会第一时间出现,耐心地听她倾诉。

而她向泽木透露过心声，顾时泽好像也了如指掌，适时地帮她从困境里走出来。

但是，她却不知道应该怎样面对顾时泽了。

顾时泽这样做的原因是什么？她心里有了一个答案，却不敢深究。

林玳玳给自己倒了一杯水，灌了一口，试图让自己冷静下来。

然而，事实证明，她还是没办法冷静，那些纷沓而至的回忆很快又让她走神了。

不知道过了多久，林玳玳被手机的提示音惊醒。她拿起来一看，是顾时泽发来的消息。

玳玳，我知道你不想听解释，但你能上一下微博吗？我有东西想让你看。

微博？

林玳玳原本是不想理会的，但为了转移注意力，她还是点开了微博。

顾时泽发来的，是一串网页链接。

林玳玳微微感到疑惑，她犹豫了一下，点开了网址。

网页跳转后，一幅水墨画卷在她的面前缓缓铺开，然后变成了彩色。

这似乎是一个自制的小游戏，画面做得十分精美。

这个小游戏背景使用的，是《新倩女》游戏的场景截图，画面完全展开后，她仿佛进入了如梦似幻的游戏世界里。

接着，一道问题跳了出来。

问题1：在《新倩女》里第一次见面的时候，你还记得你对泽木做了什么吗？

1. 记得。2. 忘记了。

她选择了1，随即进入了一幅幅由截图组成的回忆动画。

问题2：你还记得第一次见面的时候，是在哪里吗？

……

林玳玳一条条做了下去，是有关 A 大、实习生活和《新倩女幽魂》的情景题目。

想起过往那些有趣的事情，她时而忍俊不禁，时而感动。

林玳玳每选一道，都会看到顾时泽在这个选项里记录的自己的心路历程。

……原本只是为了心理实验而进入游戏，没想到，会遇到如此有趣的事情。

在宣讲会的时候，我又看到了那个熟悉的 ID……

林玳玳的心里起了微澜。

不知不觉，她已经做到三十道题，选完最后一个选项后，画面跳转，却不是前面的回忆动画，而是一个告白。

这是顾时泽的告白，并有是否接受告白的选项。

林玳玳怔住了。

顾师兄他……喜欢自己？

林玳玳紧紧地盯着屏幕上的问题，生怕下一秒就变成一个恶作剧。

为什么会是我？

她犹豫片刻，在 QQ 上向顾时泽问了这么一个问题。

这是林玳玳一直想不透的问题。

顾时泽没有正面回答她，而是通过 QQ 发来一组照片。

这是……

林玳玳瞪大了双眼。

照片上有一男一女，都是高中生的模样，但她知道，这是一张合成的照片。因为照片上的女孩，就是她。

高中时候的林玳玳微胖，加上内心自卑，所以拍照的时候会很腼腆。而照片上的男孩，虽然面孔有些稚嫩，但她仍然能认出这是顾时泽。

他接着，又发来了一组照片。

从婴儿到幼儿，再到六七岁学龄儿童的照片，也是一个女孩和一个男孩的合照。

顾时泽问："你还记得吗？"

林玳玳看着照片上的人，不由得出了神。

这些照片上的小女孩不是别人，正是小时候的她。照片里的小女孩和小男孩正玩得高兴，笑靥像花儿一样好看，而照片将那一幕记录了下来。

顾时泽的消息紧接而至：高中时代缺失的一角，我已经补上了。这样，你人生的每一个阶段，都有我的陪伴了。

林玳玳好像有些懂了，但又不完全懂。

他说：我和你的人生，终于圆满了。

她再也忍不住，捂住了嘴巴，眼泪顺着脸颊滑了下来。

思绪纷飞，尘封已久的记忆匣子渐渐地开启了。

老旧的家属院里，小女孩正和一群孩子在玩捉迷藏。

小女孩穿着漂亮的裙子，打扮得像个小公主。其他的孩子们看到她，心里都很嫉妒。所以，他们趁着捉迷藏的机会，把她关到了杂物房里。

小女孩开始还傻乎乎地认为他们正在玩耍，可等了好久，仍然没有人来找她。

她饿了，等不下去了，就想从杂物房出去，可这时候，她才发现杂物房的门被人反锁上了。

小女孩意识到不妙，猛拍着门，大喊："放我出去！放我出去……"

但喊了好久，仍然没有人理会她。

杂物房没有窗户，又黑又冷。小女孩等啊等，等了好久都没有人来救她。

"呜呜，爸爸……妈妈……我好饿……"她忍不住抽泣起来，不知道哭了多久,她感到又饿又累。

就在她绝望的时候,门被人用力踢开了,一个男孩气喘吁吁地出现在门口。

她永远记得那一天,那个小男孩宛如阳光般出现在她的世界里。

他朝她伸出了手,语气里全是担忧:"太好了,你没事吧?"

林玥玥心中有了答案,但还是想要向他确认:"你是……顾哥哥?"

顾时泽说:"是的。"

那段记忆在林玥玥的脑海里由模糊转为清晰,她的眼眶红起来。

在林玥玥那些尘封的记忆里,有一段一直让她难以启齿的记忆,这就是她社交恐惧症的由来。她从来没告诉过任何人,包括李晓萌。

小时候,林玥玥一家和顾时泽一家住在同一个家属院。有一次她和别的小朋友玩捉迷藏的时候,他们把她关到了小黑屋。幽暗的环境让她害怕极了,她也是那时候得了社交恐惧症。

她被救出来后,很长一段时间不敢和别人说话,也不愿意和其他人玩了。

一直以来,她模模糊糊地记得,她被关在小黑屋里的时候,是一个小男孩把她救出去的。没想到,把她救出来的人,就是顾时泽。

后来林玥玥一家搬走了,他们两家再也没有了联系,林玥玥把这段记忆深藏了起来,也渐渐忘记了那个小男孩。

人生总是兜兜转转,因为命运的安排,在A大里,两个人重逢了。

那次的初遇,他一眼就认出了林玥玥。

林玥玥想起了和顾时泽的初遇,想起了在游戏世界里和泽木的相遇,想起了许许多多他们一起度过的日子。

之前,她还能自欺欺人地认为,她只把顾时泽当成朋友。但是这个小游戏里的问题让她彻底认清了自己的内心。

第十四章 他的告白

她和他经历的事情,她对他的感觉,都不是假的,是真实的。

这一刻,她终于确定了自己的心意。她对顾时泽,也有同样的感觉。

她看向网页上的问题,移动鼠标,毫不犹豫地选择了"是"。

与此同时,一条信息发到了她的手机上——

你出来吧,我现在在楼下。

看到消息,林玳玳毫不犹豫地打开了门,跑了出去。

她一口气跑到楼下,看到正站在公寓外面的顾时泽,停下了脚步。顾时泽站在离她几米远的地方,目光乌沉。两个人对望着,相视而笑。

几秒后,林玳玳跑上前去,顾时泽张开双臂,拥抱住她。

"我终于找到你了。"顾时泽声音低沉,"就知道你看到小时候的照片会哭,是不是想起来了?"

林玳玳把脑袋深埋在他的怀里,忍着哭腔,低声说:"顾师兄,对不起,还有,谢谢你。"

顾时泽拍了拍她的脑袋,安慰道:"好了,别哭了。起来吧,我们回去。"

"不要。"林玳玳不肯抬头。

顾时泽低头看着她:"为什么?"

林玳玳的声音从他的怀里传出:"我怕你看到我的样子会嘲笑我。"

顾时泽失笑:"放心吧,我是不会嘲笑你的。"

两个人正式开始交往。

那晚后,两个人的关系就有了质的变化。

他们一起吃了晚饭才回到公寓。

虽然现在他们是恋人的关系,但林玳玳还是第一次和男生交往,她不知道该怎样和顾时泽相处。因此走在一起,她还是有点儿不自在。

临分别的时候,顾时泽问:"玳玳,我们明天一起上班,好吗?"

"好。"林玳玳红着耳朵,点头。

"那我先回去了。"虽然这么说,但是他没有动。

林玳玳站在原地好一会儿,才意识到不对劲。她抬头,疑惑地看着他:"你怎么还站在这里?"

顾时泽笑了笑:"没有,我觉得你太可爱了。"

"喂!"林玳玳耳根上的红晕都要烧到脸上了。

"我回去了。晚安,玳玳。"低沉如大提琴的声音钻进林玳玳的耳朵。

"你快回去吧!"林玳玳倒有些不好意思了,"晚安。"

回到屋子里,锁上门,林玳玳呼出一口气,抬头望向窗外的夜空,嘴角不自觉地扬了起来。

一瞬间,就好像被星光点亮的星空,美妙又闪耀。

晚上,洗完澡,林玳玳静静地躺在床上。

她回想起最近在游戏里面发生的点点滴滴,不由得弯起了嘴角。

"谢谢你,顾时泽。晚安。"林玳玳轻声道,然后进入了梦乡。

一夜无梦。

闹钟欢快的声音响起,第二天到来了。

林玳玳睁开眼睛,觉得神清气爽。收拾好自己走出门,她发现顾时泽早就等候在门外。

她有些惊讶:"顾师兄,你怎么这么早……"

"早。"顾时泽若无其事地和她打招呼,然后委婉地提醒,"玳玳,我觉得,现在还叫师兄,好像有点儿不合适吧?"

好像的确是。

林玳玳想了想,说:"那我以后……像朱师兄一样,叫你阿泽?"

"好。"

称呼的问题,就这样愉快地决定下来了。

林玳玳有种做梦一样的感觉，同时，心里依然有些不适应。

为了缓和两个人之间尴尬的气氛，她主动寻找话题："我们直接去公司吗？"话一出口，她就意识到，这问的是什么！

顾时泽却一本正经地顺着她的话说了下去："先去吃早餐吧。公司对面有一家灌汤小笼包很不错，你想吃吗？"

林玳玳乖巧地说："你决定就好。"

顾时泽突然停下脚步，"玳玳，和我在一起的时候，你不必这么拘谨。"

"啊？"

"你知不知道，你刚才的样子像什么？"顾时泽眼里带着笑意。

林玳玳露出疑惑的神色："像什么？"

顾时泽弯起唇角："就像看到了老师的小学生。"

林玳玳无语。

顾时泽敛起笑意，说："好了，我们走吧。"

林玳玳忍不住鼓起包包脸，瞪他一眼。好像从她答应和他交往后，他内在的什么奇怪的属性觉醒了。

但是她发现，被他这么一打岔，自己好像没刚才那么紧张了。

走在前往灌汤包店的路上，顾时泽突然问："玳玳，你知道我一开始为什么要接近你吗？"

林玳玳看他一眼，摇头。

"我一直记得我们小时候一起玩耍的情景。童年的时光让我久久不能忘却，我在大学再看到你，你却和童年时活泼的性子截然不同。我那时候想，为什么小时候的你那么活泼，长大后却变得胆小怯懦，害怕和人相处？于是，我想到了小时候的事情。我深深地自责了，是我没能早点儿找到你，让你后来遭受到了那么多的痛苦，对不起。"

顾时泽的声音很轻，像是雨滴落到了平静的湖面上，让林玳玳的心泛起了涟漪。

林玳玳摇头："不，不是的，这件事情和你完全没有关系。并不是你的错，而且我应该感谢你，不是吗？是你最先找到我，把我从黑暗里面解救出来。虽然我已经记不清你带我出来的场景，但是我知道那时候是你来了。真正要说'对不起'的是我，在学校遇见你，居然没有认出你。我把你忘记了，还忘记了童年那些美好的时光。"

"怎么会和我没关系呢？"顾时泽看着她，"要不是这样，我们也不会走在一起。"

林玳玳怔了一怔。

"玳玳，谢谢你愿意和我在一起。也许再遇的那时，我是出于心疼，但后来和你一起相处的日子，让我认清了自己的心。所以，我认定了你。"顾时泽坦诚地把内心的想法全部说了出来。

林玳玳心中的涟漪渐渐扩大，最后千言万语都化为了一句话："我也是。"

虽然不是什么甜言蜜语，但对于顾时泽来说，这无疑是最好的答案。

林玳玳和顾时泽在交往，不过暂时没有将关系公开。

朱辰是率先发现两个人之间猫腻的人。

"喂，小师妹，阿泽，你们……"朱辰八卦的目光在两个人之间来回扫视，脸上带着了悟的笑意。

林玳玳正在和顾时泽说话，被他吓了一跳，连忙迅速转过身子，假装在看风景。顾时泽瞥他一眼，说："老朱，你很闲吗？我昨天让你整理的数据弄好了吗？"

朱辰随口敷衍："好好好，我马上去。"离开的时候，他忍不住回头看了两个人一眼。

啧啧啧,还装得一本正经。

他摇摇头,刚走到拐角处,就听到林玳玳小声地问:"朱师兄是不是知道我们的关系了呀?"

"没事,不用管他。"顾时泽说,"最近工作累吗?"

"还行,今天看了和C公司的合作策划书,找了一些资料来对比,就没干别的了,相对新版本上线的那段时间轻松多了呀。"林玳玳说。

朱辰被塞了一嘴的狗粮,莫名觉得心塞。

他摇摇头,但是心里为他们感到开心。毕竟小师妹和阿泽还真挺搭的,不是吗?一个娇小可人,一个……算了,他还是觉得,阿泽这个小心眼儿的是配不上小师妹的。

到了第二天,朱辰觉得飘着粉红泡泡的气氛越来越浓了。

平常到了吃午饭的时候,林玳玳都是和吴吴在一起的。但是从昨天开始,一直都是和顾时泽在一起!

朱辰终于按捺不住那颗八卦之心,忍不住冲进了顾时泽的办公室,大咧咧地占据了他的沙发:"阿泽,老实说,你什么情况?拿下小师妹了?"

他戏谑地看着顾时泽。顾时泽抬头看了过来,他立刻昂首挺胸,一副大义凛然、打听不到情报就不离开的模样。

"呵,就你想的那样。"顾时泽低头,继续看着资料,"我先表白的,她答应了。还有事?"他对朱辰没有隐瞒。

"你还能再敷衍些吗?"朱辰不满。

顾时泽抬眸看了他一眼:"那你想听什么?"

朱辰说:"好吧好吧,你厉害。原本我和非凡打赌,说你明年才能把小师妹拿下来,没想到你比我们想象中的还快。"

朱辰当然不会放过这个调侃顾时泽的机会。

顾时泽看了他一眼,不咸不淡地说:"好了,事情打听完了,你该回去了吧?"

"好好好,不打搅你了,不过你记得请吃饭啊。"

扔下这么一句话,朱辰生怕他反悔一般,脚底抹了油似的跑掉了。

朱辰成功地坑了顾时泽一顿饭,顾时泽也没有推托。

他趁着请客的机会,在组内公开了两个人的关系。

让林玳玳惊讶的是,项目组的成员听到这个消息后,都表现得非常镇定,好像早已经知道了这件事一样。

如果不是顾时泽说这是头一回告诉他们这件事,她还以为他早就私下和他们说了。

不仅是同事们,就连隔着一条网线的李晓萌也察觉到了他们之间不一样的气氛,直到林玳玳把他们在一起的事情告诉了她。

"不会吧,你们居然在一起了?泽木不是高中生吗?

"什么?他就是你的师兄?我居然是最后一个知道的!你居然瞒着我脱单了,说好做彼此的天使呢?玳玳,你太不厚道了!"

隔着屏幕,林玳玳也能感受到李晓萌的震惊,她赶紧道歉:"晓萌,我不是故意瞒着你的,我也是最近才知道的……"

"说什么呢?我没怪你的意思,我只是感到惊讶罢了。"李晓萌落落大方地说,"祝福你,你以后也要幸福哦!"

林玳玳微笑:"谢谢你,晓萌。"

李晓萌也发了一个笑脸表情:"我们之间说什么谢?下次见面,你把男朋友带出来,一起见个面吧。"玳玳这么单纯,万一被骗了怎么办?她一定要帮玳玳把好关!

林玳玳回复:"好。"

第十四章 他的告白

第十五章
最 好 的 你

日子一天天过去了，不知不觉中到了新的一年。临近过年，公司下发了办年会的通知，要求每个部门出一个节目，在年会上表演。据说还会进行评奖，按照名次来发奖品。

Y集团向来出手阔绰，公司里的人都在议论这次年会的福利，还有要出的节目。

年会要出节目的事情，林玳玳是在吃午饭时听吴吴说的。

"吴吴师姐，那我们部门要出什么节目？"林玳玳问。

"我们是隶属策划部的，听他们的意思，好像是……"吴吴想了一下，说，"据说是要演话剧。"

"话剧？"

"没错。"

林玳玳想了一下那个画面，有些开心地说："那应该会很热闹，不知道谁会表演话剧呢？肯定很好玩。"

吴吴点头："对对对，肯定很好玩，但是我听我们部门的 boss 说，要找人来做这个话剧表演的策划呢，我觉得肯定是叫阿泽和老朱去做，他们两个一定很在行。"

"可阿泽最近可能会很忙，应该没空吧，昨天他还和我说刚接手了一个大项目。"林玳玳接话。

"是吗？"吴吴没怎么把她的话放在心上，"那这个艰巨的任务，很可能就落在老朱头上。"

但是过了几天，部门话剧负责人的人选迟迟没有定下来。

这天回去的路上，顾时泽突然问林玳玳："玳玳，你想做公司年会话剧项目的负责人吗？"

"啊？话剧项目？不是说由朱师兄负责吗？"林玳玳想起前几天吴吴和她说的话。

"朱辰负责的只是流程而已，但是话剧的具体策划还没有人接手。我想让你试一试，你比以前更开朗了，和其他同事多接触交流，对你也有好处。"

"可我有点儿担心我做不好，就像以前一样……"林玳玳的声音突然低了下去。

顾时泽鼓励她说："没关系，做事情总有一个过程。无论结果如何，你至少努力过，不是吗？"

"对，你说得没错。就这样说定了，我接下这个任务了。"林玳玳握起拳头。

"好，要加油。"顾时泽笑道。

林玳玳接下了话剧表演策划的任务，她把要参演话剧的人员都拉到一个讨论组里，大家讨论了一个晚上，决定出演《罗密欧与朱丽叶》这部话剧。不过，他们在原剧本的基础上做了很多改编，还增添了不少搞笑的元素。

大家各自认领要出演的角色，最后，还缺了男女主角没有定下来。

"对了，玳玳，我觉得你和女主角的人设好像啊！你来演行吗？"这时候，有人提议。

"这……"

林玳玳本想拒绝，但讨论组里的人一致赞同由她出演，她推托不掉，只好同意了。

计划安排妥当的第二天，他们在一个大型会议室里排练。不过，还有男主角的人选没有定下，大家都比较烦恼。

林玳玳第一时间想到了顾时泽，可是——

"抱歉，玳玳，最近几天我都要和老朱到外面谈项目，可能没有时间和你们一起排练，你可以先找其他合适的人选。"

这下子林玳玳更发愁了。策划组向来男少女多，她一时找不到合适的人选，顾时泽项目组里的几个男生已经自觉认领了一些角色，比如树啊，侍卫啊之类路人甲的角色。

"等等，我想到好的人选了！"组内一名叫张莉莉的女生突然出声。

众人好奇："是谁？"

张莉莉笑了笑，卖关子道："等会儿你们就知道了。"说着，她转身离开，跑去交涉了。

很快，她带着"男主角"回到了会议室。

林玳玳认出了他，这人正是在打印室里和她有过一面之缘的沈澈然。

他的长相很有电视剧里那些偶像小生的味道，所以他一来就被众多女生围住了。

"大家好，我是技术部一部的沈澈然，请大家多多关照。"

"我以前怎么没发现技术部里有这么好看的男生？"有女生小声

地和旁边的同事说,"而且他风度翩翩,感觉好棒。不是说程序员都是那种不解风情的……"

沈澈然向话剧组的同事一一问好,最后向林玳玳走来:"你好,又见面了。"

"你好。"林玳玳礼貌地朝他点了点头。

工作准备就绪,角色的人选也确定下来,终于可以正式排练。

因为这次年会的奖品非常丰富,大家都铆足了劲儿,表现得格外卖力。

排练的过程很顺利,但是到了快要结局部分的时候,林玳玳却犯了难。

因为剧本里面有吻戏的一幕。

对此,林玳玳是拒绝的。可要是拿掉这一幕,话剧的整体效果也会因此减分。

"要不,尝试一下错位表演?"有同事提出了一个折中的办法。

林玳玳想了想,勉强答应下来:"好吧,先试一下。"

巧合的是,这天顾时泽和朱辰刚好有事从排练的会议室外经过。

朱辰听到里面传出来的念台词的声音,饶有兴趣地提议道:"阿泽,小师妹他们好像就在这里排练,要不要去看一下?"

顾时泽没有回答,朱辰默认他同意了,因为门是虚掩着的,他很容易就推开了门。

没想到,他们来的时机不对,一进门,就看到了男主角和女主角吻戏的一幕,虽然林玳玳的表演只是借位,但不知怎的,顾时泽再次产生了"搬起石头砸自己的脚"的感觉。

他让林玳玳接手年会表演策划,是想让她多锻炼,扩大交往的圈子。但没想到……

非练结束后,林玳玳发现了正站在门口的顾时泽和朱辰,微微有些惊讶。她立刻走上前去,问:"阿泽,你什么时候来的?"

"就在刚才。"顾时泽语气淡淡。

林玳玳明显察觉到气氛不对劲,立刻向朱辰投去询问的眼神。

朱辰却一个劲儿地摇头。

发生了什么事?阿泽是怎么了?

林玳玳一头雾水。

直到下班回公寓的路上,她才知道了答案。

一路上,看着冷着一张脸的顾时泽,她忍不住把心底的疑惑问了口:"阿泽,你今天是怎么了?"

昏暗的灯光下,顾时泽停下脚步:"在公司的时候,你和那个叫沈澈然的……"停顿了下,他偏过头去:"算了,也没什么。"

林玳玳听到了他的话,立马想到了和沈澈然排练错位亲吻的画面,顿时有些哭笑不得,她没想到顾时泽的醋意这么大。

她立刻解释道:"阿泽,那只是排练,我们那一幕表演是错位的。"

顾时泽看着她,目光深沉:"我知道。"他低着嗓音问:"但是,如果今天排练的不是你,而是我和另外的女同事,你会有什么感受?"

林玳玳仔细想了想,立马明白了他的感受:"我也会不高兴。"她抬眸看向顾时泽,说道:"阿泽,对不起,我忽略了你的感受。"

顾时泽没有说话,伸手摸了摸她的头。

林玳玳说:"你要是不高兴,我就回去和他们商量,把这一幕戏给删掉。"

顾时泽勾起唇角,眼中终于有了笑意:"好。"

次日,林玳玳特意找到话剧的编剧,和她说了改剧本的事,以"还是无法适应"为理由,请求她修改剧本。编剧虽然感到遗憾,但还是把吻戏的部分删掉了。

沈澈然也来问她这件事情,被她以其他的理由敷衍过去了。

沈澈然表面看起来对所有人都一视同仁,但林玳玳却觉得,他对自己似乎格外关注。

她感到奇怪。

她和沈澈然的交集,顶多就是发生在话剧排练的时候。沈澈然好几次以讨论剧本为由约她出去吃饭,但都被她拒绝了。

可是沈澈然没有放弃,他转而请了整个小组的人一起去吃饭,因为是集体的活动,林玳玳没有办法,只能跟着一起去。

她只能对沈澈然保持着礼貌疏离的态度。

然而,最近公司里却传出了一些流言蜚语,跟她和沈澈然有关。

这是林玳玳经过茶水间的时候无意间听到的。

不知名的女同事说:"你知道吗?策划部那个叫林玳玳的女的和技术部的沈澈然在演话剧的时候假戏真做了!好多人都在说呢。"

另一个女声惊讶地说:"真的啊?技术部那个沈澈然笑起来好帅啊,跟电视上的偶像一样,我都想去追他了!没想到这么快就有主了呀。"

隔着一道墙壁,林玳玳蒙了。

她什么时候和沈澈然"假戏真做"了?为什么她不知道这件事?

林玳玳不知道这个流言是从哪里传出来的,很快差不多整个公司的人都知道了,甚至传到了顾时泽的耳中。

她连忙找顾时泽解释:"阿泽,这是怎么回事?我跟他什么关系都没有,为什么会有人这么说……"

顾时泽打断了她:"玳玳,别多想,也不必理会,我会查清楚这件事情的。"停顿一下,他补充道:"我相信你。"

他的一句话让林玳玳放下心来,她听从了他的话,没有再理会此事。

这天中午吃完饭后，林玳玳继续去会议室排练，吴吴也跟着过来了。

正是午休的时间，排练的会议室里的人不少，这时有人走了过来，问了一句话："林玳玳，你和沈澈然是不是情侣？你们看起来挺般配的。"

林玳玳有些尴尬，赶紧解释："不是，我们也才认识，没什么关系。"

没想到，这句话落入了恰好路过的沈澈然耳中。

晚上，林玳玳突然收到了沈澈然发来的消息。

沈澈然在上周加了林玳玳的微信，但两个人自添加好友以来从未说过话。

沈澈然突如其来的表白，让林玳玳吃惊不已。冷静下来后，她还是果断拒绝了沈澈然。

处理感情的事情，不适合拖延，快刀斩乱麻，才是最好的方法。

林玳玳回道："谢谢你，但是我有喜欢的人了，我和他在一起很开心，也祝你找到属于你的幸福。"

沈澈然没有再回复。

那晚之后，林玳玳和沈澈然谁也没有再提那晚的表白。

有些事情知道就好，不必多言。

又过了两天，就是公司年会召开的日子。

策划部的话剧表演很顺利，演出结束后，他们收获了热烈的掌声。

只是，当林玳玳返回后台的时候，却看到吴吴一脸气愤的表情。

林玳玳赶紧走上前去，问道："吴吴师姐，发生了什么？"

"玳玳，她们在造谣你脚踏两条船，太过分了！"吴吴生气地说。

"什么？"林玳玳惊呆了。

一番思量后，她决定去找那个造谣的人当面对质。

在吴吴的带领下，她找到了正在后台和别人说闲话的女同事。

"你好，我想问一下，关于我脚踏两条船的事情，是你传出去的吗?"林玳玳直接走上前去,礼貌地打断了她。

女同事被吓了一跳,随即露出一脸不屑的表情:"是我又怎样?"

林玳玳冷静地说:"那么,请你停止造谣,你的诽谤行为已经对我造成了困扰,并且损害了我的名誉权,否则我会用法律手段解决。"

"我没有造谣!你的所作所为大家都能看见。"女同事有点儿慌了,但仍然故作镇定,"你平时和沈澈然走得那么近,下班后又和顾时泽卿卿我我,你这不是脚踏两条船是什么?"

林玳玳回应:"清者自清,我没有做过的事情,你怎么说都不会变成真的。但有一件事,你的确说对了。"

"哈,被我说对了?你脚踏两条船?"女同事得意地笑了起来。

"不是,我和顾时泽在交往是事实,但和沈澈然一点儿关系都没有。"林玳玳的话让在场所有人都震惊了。

此时,顾时泽适时地出现了。

他对在场的人熟视无睹,径自向林玳玳走来:"玳玳,该走了。"

林玳玳点点头,跟着他离开了后台。

所有人都用怪异的眼神看着那名造谣的女同事,女同事在众目睽睽之下,羞愤地跑掉了。

林玳玳小心翼翼地看了身旁的顾时泽一眼,开口:"顾师兄,真抱歉,我没想到谣言会愈演愈烈。"

顾时泽停下脚步,轻笑了一下,说道:"不,玳玳,我很高兴。"

"啊?"

林玳玳到最后也没弄明白顾时泽在年会那天说的那句话的意思,不过年会之后,有关她和沈澈然的谣言倒是消失了。

那个造谣的女同事落了个不好的名声,公司的人都渐渐远离了她。不过,这也和林玳玳无关了。

年会过后，就是春节长假了。

今年的春节，林玳玳没有回家过节，因为她想出了一个绝妙的点子。

"顾师兄！我突然想到一个点子！你说我们玩游戏的时候，用 3D 眼镜来玩会不会更刺激，更立体，更好玩？"

顾时泽很好奇，自己的女朋友为什么总是满脑子的奇思妙想？

不过，顾时泽在听了她的具体方案后，立刻联系了朱辰。

这个假期，林玳玳过得格外充实。她每天都和顾时泽还有朱辰讨论如何将 AR（增强现实）技术和 VR（虚拟现实）技术融入游戏里。

朱辰对这两个人很无语，心里有苦难言。他想的是，大年初三打电话过来跟我说有新的点子？行，点子是好，但是能让我安心过个年吗？

六月初，在 Y 集团的发布会上，顾时泽的项目组向大众展示了团队研发的最新成果。

经过团队集体的努力，他们成功将 AR 技术和 VR 技术融入《新倩女》的游戏里。

例如线下寻宝、现实 PK 等全新的玩法。

比如说，你在手机里安装了《新倩女幽魂》的手游版本，把 AR 开关打开，就可以在现实扫描，进行"寻宝"。现实里普通的一件家具、一棵树、一支铅笔，都有可能是宝物的藏身之处。

有时候宝物会根据现实定位进行提示，玩家可以根据提示，前往提示的地点进行扫描。

而现实 PK 的玩法则是，玩家打开游戏走在路上，可以通过地图查看路上其他玩家的情况，也可以向附近的玩家发起 PK 邀请。

另外，有一些目前还在研发中的构想，比如说将 3D 投影运用到现实 PK 里，真真正正地实现从虚拟到现实的跨越。

"我们的新技术融合了时下最新颖的 3D 技术，让游戏参与者体验一个全新的立体世界。同样，我们想要传达的是，线下游戏是指能让更多以前在家玩游戏的人可以到外面走走，跟更多的人交流。事实上，就是另一种程度的交往。人类的交流不应该只局限在网络的两端……希望此次发布会能让公众满意，谢谢。"

顾时泽的演讲结束后，全场掌声雷动。全场记者媒体和其他与会人员都在为一个新时代的到来而激动。

Y 集团发布会的成功受到了多家媒体竞相报道。

浏览着相关的报道，林玳玳兴奋地说："阿泽，我们做到了。"

顾时泽弯了弯唇角，看着林玳玳的眼中是满满的笑意："对，我们做到了。"

在这段日子里，因为忙碌，林玳玳和顾时泽登录游戏的时间少了，但偶尔也会回去看看。

江湖之中，猫猫猫团子和泽木依然是一对四处惹是生非的神仙眷侣。没事打打副本，或者捉弄一下大英雄，倒也逍遥得很。

平顺的日子过得飞快，转眼间毕业将至。

六月底，又是一年的毕业季。

终于到了分别的时候，林玳玳回到了 A 大参加毕业典礼。

在毕业典礼上，林玳玳已经不是大一时的她，此时站在台上的她像是一块金子，闪闪发光。

领了毕业证，与院长合照的时候，林玳玳看着台下为她鼓掌的顾时泽，脸上的笑容越发明媚。

毕业仪式结束后，她三步并作两步，跑到了顾时泽身边。

顾时泽眼里盛满笑意："恭喜毕业。"

"不知道为什么，突然有些伤感。"林玳玳感慨道，"眨眼间四年就过去了，一起度过四年的同学也要分道扬镳了。"

"还有我呢。"顾时泽轻声道，"我会陪着你走下去，用一辈子的时间。"

林玳玳问："你确定？"

顾时泽用笃定的语气说："我确定。"

往事如风，后面的日子还很长，她只要知道，只要是眼前的这个人，就好。

"哎！领了证书的同学，快过来拍毕业照。"摄影师在教学楼外的草坪上招呼毕业生到位。

"都来来来，站好，看镜头。笑一笑，茄子——没错，一、二、三——"

"咔嚓"！

最美好的时光，定格在那一刻。

看着毕业生队伍中仿佛自带柔光的林玳玳，顾时泽的嘴角泛起了一丝微笑。

感谢时光，在我的人生里，赋予了我最好的你。

（全文完）

意林精品图书推荐

《我不成仙 一 断尘绝念》
简介：不想成仙却毅然修仙，她见愁只想有朝一日对那人说："纵你成仙，亦不可逃！"
定价：28.80元

《我不成仙 二 杀红小界》
简介：血衣作战袍，刻骨为利刃。她的通天坦途，便是他的穷途末路！
定价：28.80元

《我不成仙 三 流星赶月》
简介：敏锐与直觉，无一欠缺；缜密与果决，兼而有之。力敌群雄者，舍她其谁！
定价：28.80元

《我不成仙 四 尘战空海》
简介：为成大道，葬痴情、斩尘缘者有之，可若寻仙问道是这般模样，她宁愿永不成仙！
定价：28.80元

《我不成仙 五 舍我其谁》
简介：见愁者，无限潜力，无限战力！斩断过去，分割今昔。她的世界，只有未来！
定价：28.80元

《禁域①墓地神婴》
简介：扶桑谷内迷雾重重，只为触底反击，再创传ז！踏破乾坤纵横时空，禁城绝密即将揭晓！
定价：28.80元

《禁域②宗门斗者》
简介：扶桑谷内迷雾重重，时间长河、神秘女子……时空彼端，究竟有着怎样的秘密？
定价：28.80元

《禁域③王者遗风》
简介：阳魄界，一个神奇的虚拟世界，浮生为赤钻来到这里，却发现了更惊人的秘密！
定价：28.80元

《符神传说①斩焰少年行》
简介：接通元灵符界，交易、对战、派单……现实与虚拟之间，体味什么叫酣畅淋漓！
定价：28.80元

《符神传说②东川起风云》
简介：逆转鬼煞岭、人鱼荒探迷城，跨越空间界限，开启奇幻热血征程！
定价：28.80元

《符神传说③刀芒惊天下》
简介：巧比黑狱筑识海，烈焱龙雀惊天下。勇探天符浩土，领略异闻传奇！
定价：28.80元

《符神传说④地下悬赏令》
简介：识妖族斗南洲，符驱四方显奇谋。游历异界空间，探索奥妙人生！
定价：28.80元

《雪鹰领主1》
简介：我吃西红柿全新力作！少年骑士惊世崛起，铸就为人类荣誉而战的英雄传说！
定价：29.80元

《雪鹰领主2》
简介：圣感超凡，初露峥嵘，打造热血沸腾的传奇武侠世界！
定价：29.80元

《决战星座学院1》
简介：为00后读者量身定制的校园星座魔法书，超反转、超疯狂的校园大作战，开始！
定价：29.80元

《浮玉仙魔》（全一册）
简介：跨越六界的情仇离合，仙家养成，嬉笑开演！看一代魔尊，如何搅翻浮玉仙山！
定价：29.80元

《倾世萌狐》（全三册）
简介：任他天道严酷，你始终是我无法斩断的"情"，难以绝的"爱"。
定价：29.80元

《我的画风不太对》（全二册）
简介：一不小心成了外星玩家的目标对象！千回百转的拼图游戏，谁是最终赢家？
定价：29.80元

《灵犀》（全二册）
简介：取《山海经》之精髓，谱一曲荡气回肠、龙狐相随的深情恋歌！
定价：29.80元

《仙萌奇缘》（全二册）
简介：迷糊弟子"约架"冷傲少主，无厘头话本奇袭玄天剑宗，非正统仙侠大戏反转上演！
定价：29.80元

意林精品图书推荐

《那个神秘的宣愉小姐》
简介：心理分析小说，一次亲情伤痛造成的人格分裂，一场洽愈并守护爱情的计划……
定价：32.80元

《对方正在输入中…》
简介：你是否能从他涨红的脸颊和掌心比阿尔卑斯山还强大的内心，让他的病只为你发作。
定价：29.80元

《你是年少的欢喜，喜欢的少年是你》
简介：古风作家吾玉打造都市清风之作，告诉你，如何学着去爱一个人。
定价：29.80元

《余生请对我好一点》
简介：时光回望，今日的纠葛，竟好似还了往日的债。
定价：32.80元

《比心》
简介：暗恋被冷酷拒绝，离开却突然收到女孩的短信，只有一行字，却让他笑了……
定价：32.80元

《从此晚安我自己》
简介：95后作家何家豪青春成人礼童话，将16个故事，说给长成大人的你！
定价：29.80元

《我不愿让你一个人走过青春的荒芜》
简介：写给你深情的告白书，15篇故事，有作者的亲身经历，也有勾勒的世间温暖。
定价：29.80元

《你是久爱，亦是心欢》
简介：青春与梦想，爱和守护的故事，孤冷少女与霸道阔少相爱相杀深情开演。
定价：32.80元

《胭脂将》
简介：魔幻江湖的纷乱，胭脂女将的传奇！
定价：32.80元

《一两江湖之望星记》
简介：古风作家一两打造全新江湖，一醉江湖三十春，尽在《望星记》！
定价：29.80元

《一两江湖之琵琶误》
简介：家仇国恨，爱上不该爱的敌国先锋，如何面对这生死纠缠的爱情？
定价：29.80元

《月光蒲苇①夜阑时》
简介：阴谋、友情、爱情，上古四神的恩怨，今生能否化解？
定价：32.80元

《世界的另一个你》
简介：18岁少女的奇幻冒险，唯美魔幻的童话世界，寻找世界的另一个你！
定价：32.80元

《绯色黎明》
简介：人类并不孤单，在黑暗种族的环伺下，被掩盖的真相等着你去探寻。
定价：32.80元

《这一杯，我敬的是年少无知》
简介：悬疑作家何慕精心打造的都市心理悬疑成长小说集。
定价：32.80元

《我的人生无须证明给你看》
简介：是选择梦想，还是安于现状？马叛用这些故事告诉你答案。
定价：32.80元

多味之恋
简介：七彩青春，多味之恋，寻找身边错过的小美好。
定价：29.80元/册

十八而志
简介：十八岁之前的远大志向，决定了十八岁之后的梦想人生。
定价：29.80元/册

深夜暖心
简介：青春絮语，灯下最好的陪伴，马叛、张芸欣、冷亦蓝深夜暖心之作。
定价：29.80元/册

初心讲义
简介：初心故事讲给你听，拥有一个又一个的小温暖。
定价：29.80元/册